Ditte Birkemose

VERSCHLEIERT

Deutsch von Gabriele Haefs

Ariadne Krimi 1208
Argument Verlag

Ariadne Kriminalromane
Herausgegeben von Else Laudan
www.ariadnekrimis.de

Titel der dänischen Originalausgabe: Drengen fra Agadir

Deutsche Erstausgabe

Glashüttenstraße 28, 20357 Hamburg
Telefon 040/4018000 – Fax 040/40180020
www.argument.de
Lektorat: Else Laudan
Umschlaggestaltung: Martin Grundmann,
www.herstellungsbuero-hamburg.de
Fotomotiv: © klemenr – Fotolia.com
Satz: Iris Konopik
Druck und Bindung: CPI books, Leck
Printed in Germany
ISBN 978-3-86754-208-1
Erste Auflage 2013

Mein Gesicht. Mein verhärmtes Gesicht. Ganz langsam werden wir vom Leben zerstört …

Mit einem Seufzer wischte ich mir ein Staubkorn aus dem Augenwinkel. Hing ein wenig meinen Gedanken nach, ließ den Spiegel in meine Tasche gleiten.

Ich saß in einem Café mitten in der Medina von Marrakesch. Überall um mich herum wimmelte es von Menschen, die Mittagssonne brannte auf die ockergelben Mauern, die den Stadtteil umgaben. Auf der anderen Straßenseite hockte eine Frau auf einem Schemel vor einer Verkaufsbude und bemalte einen jungen Touristen mit Henna. Sein Freund, ein hochgewachsener blonder Mann, stand mit der Videokamera zwei Schritte weiter. Ich hielt die beiden für Niederländer.

Ich streifte einen Schuh ab, wackelte mit dem Fuß. Meine Beine waren geschwollen, ich fühlte mich wie gerädert. Wo zum Teufel blieb Harry? Verstohlen sah ich auf die Uhr. Der Gestank der nahegelegenen Gerberei mischte sich mit dem Qualm der Imbissbuden und brannte in der Nase. Ich hob die Hand, um mich vor der Sonne zu schützen, atmete schwer. Die hellrote Stadt zitterte in der Hitze, Schweiß klebte mir mein züchtiges langärmliges Kleid an die Haut. Ich trank einen Schluck Minztee, stellte das Glas ab und verscheuchte eine Fliege.

Mir schräg gegenüber saß ein Mann mit Filzhut und grauem Anzug, scheinbar in eine Zeitung vertieft. Plötzlich sprang er auf, so dass sein Stuhl fast umfiel, und kam zu meinem Tisch. Er zeigte auf mein Feuerzeug, blickte mich fragend an. Ich nickte zurückhaltend. Zwei alte Männer in Djellabas, die Wasserpfeife rauchten, verstummten jäh und musterten mich missbilligend.

»Merci.« Der Mann mit dem Filzhut zündete seine Zigarette an und blies Rauch aus, dann kehrte er zu seiner Zeitung zurück.

Meine Lippen schmeckten nach Salz. Ich wühlte in meiner Tasche, fand Fächer und Portemonnaie und gab dem Kellner ein Zeichen.

Wir waren mit Leilas Vetter Youssef verabredet, der hier in der Stadt unweit des Djemaa el Fna-Platzes eine Apotheke betrieb. Er hatte uns herbestellt und hätte längst hier sein müssen. Ungeduldig schaute ich abermals auf die Uhr. Was in aller Welt trieb Harry bloß? Es war schon eine ganze Weile her, dass er in einer der engen Gassen verschwunden war, um sich Zigarillos zu kaufen. Konnte er sich verirrt haben?

Ein junger Mann mit Hasenscharte schob sein Fahrrad vorbei, barfüßige Knaben liefen johlend hinter einem Ball her, und eine Berberin, die sich ein knallbuntes Tuch um die Taille gewickelt hatte und einen Korb voller Rindenbündel trug, ging langsam und leicht vorgebeugt an mir vorüber.

»Monsieur! Monsieur! Donnez-moi un stylo! Donnez-moi de l'argent.« Eine kleine schmutzige Schar von Straßenkindern umdrängte bettelnd ein jüngeres japanisches Paar. Die Frau öffnete ihre Tasche und warf ihnen eine Handvoll Bonbons zu.

»Allahu-akbar, Allahu-akbar, Allahu-akbar, Allahu-akbar, Allahu-akbar ...« Von der Moschee her wurde zum Gebet gerufen, und binnen kurzem ertönten von nah und fern die Rufe aus allen Lautsprechern.

Ein alter Mann mit Fez blieb keuchend an meinem Tisch stehen. »Salām, bonjour ...« Er hustete und räusperte sich und fing dann an, über irgendetwas zu schimpfen, während er um sich herum zeigte. Der Kellner, der rauchend in der Tür stand, verschwand hinter einem bunten Plastikvorhang und kehrte gleich darauf mit einem Glas Wasser zurück, das er dem alten Mann reichte. Der trank gierig und fuhr sich mit dem Handrücken über den zahnlosen Mund. Er hustete abermals, rang nach Atem und stützte sich schwer auf den Tisch. Auf einmal ging er ganz leicht in die Knie und kehrte mir sein Gesicht zu. Ein glasiger Film zog sich über seine Augen. War er blind? Er machte einen unsicheren Schritt und packte den Stuhl, für einen Moment glaubte ich, er wolle sich setzen. In diesem Augenblick tauchte eine jüngere, gut angezogene Frau neben ihm auf. Sie schob ihren Arm unter seinen, lächelte mich entschuldigend an und sagte etwas zu dem Kellner, der sie offenbar kannte.

Nun mischten sich auch die beiden Wasserpfeife rauchenden alten Männer ein. Der eine hob den Arm und starrte mit funkensprühenden Augen vor sich hin, während er in kraftvollem Arabisch irgendeine Erklärung losließ. Dann verstummte er jäh, legte den Kopf in den Nacken und warf sich eine Handvoll Nüsse in den Mund. Der andere nickte zustimmend.

Die Frau lachte leise, zog die leicht zerknitterte braune Jacke des alten Mannes zurecht und machte sich mit ihm auf den Weg. Vielleicht war sie seine Tochter. Oder seine Enkelin? Der Kellner rief den beiden etwas nach. Sie schaute sich über die Schulter um, antwortete etwas und lachte wieder. Dann verschwanden sie in der Menge.

Die Luft war so schwer und drückend. Schweißtropfen liefen über meinen Hals und meine Brust, und ich benutzte eifrig den Fächer. Trotz der Hitze verspürte ich Hunger. Es war schon nach eins, und mein Frühstück hatte aus einem Keks und einer Tasse schwarzem Kaffee bestanden.

Ich hatte eben mein Handy hervorgezogen, als ich ein Stück entfernt Harry in einem Toreingang entdeckte. Ich winkte eifrig, aber sein Blick erfasste mich nicht.

Ein ramponierter blauer Lieferwagen auf drei Rädern bremste direkt vor dem Café, blieb mit laufendem Motor stehen, und ich konnte Harry nicht mehr sehen. Vom Fahrersitz sprang ein junger Mann mit einem Karton unter dem Arm. Ich erhob mich halb, reckte den Hals und erspähte Harry. Er ging in die entgegengesetzte Richtung.

»Harry!«, rief ich laut.

Er reagierte nicht. Die alten Männer starrten mich an. Ich glotzte zurück. Der Lieferwagen fuhr langsam wieder los und hupte einen schwer beladenen Packesel an. Ich griff nach meiner Tasche und verließ das Café.

»Harry …« Meine Stimme wurde vom Lärm des plötzlich wild Gas gebenden Lieferwagens verschluckt. Wie durch Zauberhand teilte sich die Menschenmenge. Die Leute sprangen zur Seite und beschimpften den Fahrer, der den Oberkörper halb aus dem Fenster lehnte und weiterhupte wie verrückt, bis der

Wagen mit einem wilden Aufröhren in einer engen Gasse verschwand.

Ich eilte auf die andere Straßenseite, auf das Tor zu. Vor einem Geschäft hingen an einem Haken zwei abgehackte Kamelköpfe. Das war das Letzte, was ich sah, ehe die Welt in einer ohrenbetäubenden Explosion zum Stillstand kam.

Für angstvolle Sekunden hielt ich den Atem an, dann dröhnte es wieder los. Hämmernder Pulsschlag, flimmernde Bilder vor meinem inneren Auge. Ich war fünf Jahre alt und rannte über die Straße, meine Großmutter stand auf der anderen Seite und schrie, ich solle stehen bleiben, aber ich rannte weiter, weiter, obwohl ich das Auto gesehen hatte, das mich nun erfasste, worauf das süße Wassereis aus meiner Hand geschleudert wurde, auf den Asphalt, und Oma in Ohnmacht fiel, weil sie es für Blut hielt …

Blut. Ich schwankte. Schloss die Augen, öffnete sie wieder. Ich war keine fünf mehr. Nicht meine Großmutter schrie, und das Rote, das sich auf den weißen Marmorfliesen des Cafés ausbreitete –

Das Rote, das sich auf den weißen Marmorfliesen des Cafés ausbreitete, war Blut. Ich schluchzte auf. Das durfte nicht wahr sein. Der Tisch, an dem ich gesessen hatte, der Mann mit dem Filzhut und die beiden Alten. Alles verschwunden … Ein Mann schleppte sich durch das Chaos aus Mauerschutt zu den Fliesen, wo verzerrte, verstümmelte und tote Körper lagen. Das Kind. Mein Blick fiel auf das Kind, leblos in einer Blutlache. Oh Gott.

Ich schrie. Meine Kehle wollte schier zerreißen. Benjamin! Ich sah ihn. Ich erkannte ihn auf Anhieb. Meinen Sohn Benjamin, der verstümmelt dort zwischen den Mauerbrocken lag. Panisch beugte ich mich über ihn, fuhr mit den Fingern durch seine Haare und fiel auf die Knie. Bleib bei mir. Bleib bei mir … Ich schüttelte ihn, presste ihn an mich …

Er war vier, als ich ihm ein grünes Dreirad schenkte. Er befestigte ein Stück Pappe daran, das beim Fahren knatterte. »Das hört sich an wie ein Motorrad«, rief er glücklich.

Ein Motorrad. Eine Harley. So ein richtiger Fetzer. Er lachte über meine Besorgnis und sagte, es sei auch nicht gefährlicher als viele andere Dinge.

»Der Teufel soll dich holen, Benjamin«, weinte ich. »Der Teufel soll dich holen …«

»Kit!«

Ich spürte eine Hand auf meiner Schulter und blickte in Harrys Gesicht.

»Komm …«

Er schien außer Atem zu sein, war er gerannt? Ich begriff nicht sofort. »Aber Benjamin …«

»Das ist nicht Benjamin«, sagte Harry ruhig.

Ich heulte auf. Wischte mir Rotz und Tränen aus dem Gesicht und starrte den toten Jungen an, der nicht Benjamin war. Mein Kleid war feucht von seinem Blut.

»Komm«, wiederholte Harry und nahm meine Hand.

Ich erhob mich mühsam und lehnte mich schwer gegen ihn. Überall Geschrei und lautes Gejammer. Eine Frau lag auf Knien, raufte sich die Haare und weinte hemmungslos, ein junger Mann lehnte an der Wand und starrte in einer Mischung aus Angst und Verblüffung blicklos vor sich hin, während Blut über seine Wangen strömte.

Einsatzfahrzeuge mit Blaulicht sperrten die Straße ab, zwei Männer brachten eine Tragbahre, aus der Ferne näherten sich Sirenen. Wie in Trance folgte ich Harry. Wir stapften durch Schotter, Balken und Glasscherben. Vorbei an einem Esel, der mit zerschmettertem Hinterleib dalag und schreiend versuchte, sich aufzurichten.

Ich schloss die Augen, öffnete sie wieder und schluckte. »Dieser Lieferwagen …«, sagte ich heiser und strich mir die Haare aus dem Gesicht.

Harry runzelte die Stirn, und mir fiel auf, dass er unter seiner tiefen Sonnenbräune leichenblass war. »Welcher Lieferwagen?«

»Die Bombe«, ich knickte mit dem Knöchel um und packte hastig seinen Arm. »Die … die war im Lieferwagen, das hab ich gesehen …«

Er nickte düster.

»Vielleicht war es Benjamin«, sagte ich verwirrt und dachte, wenn ich im Café sitzen geblieben wäre …

»Du redest irre.«

»Ja.« Ich seufzte. Er hatte recht.

Wir traten durch das Tor. Im Durchgang wehte Wind, und für einen Moment blieb ich stehen und ließ die Brise meine Haut kühlen.

»Schaffst du das?«

»Ja, ja.« Ich feuchtete meine Lippen an und holte tief Luft.

Wir gingen durch eine enge Gasse, wo zwischen den lehmverschmierten Häusern bunte Wolle zum Trocknen hing. Und hier schien es, als wäre nichts geschehen. Ein Tag wie jeder andere. Mit fremden Stimmen, Kinderweinen und Hammerschlägen aus einer nahegelegenen Werkstatt. Vor einem Haus fegte eine ältere gekrümmte Frau mit einem Reisigbesen, dass der Staub um sie herum aufstob und ich mich fragte, wozu das gut sein sollte. Ein junges Mädchen mit einem Kind auf dem Arm tauchte hinter der Tür auf. Hinter ihr war das Klirren von Töpfen und Pfannen zu hören, und Essensgeruch strömte aus dem Haus. Sie wischte dem Kind mit einem Lätzchen den Mund ab und starrte mich mit einer Mischung aus Neugier und Abscheu an.

Ein Mann mit zerschlissenem Turban und einem an den Mund geklebten Lächeln kam zielstrebig auf uns zu, sicher ein Andenkenverkäufer oder selbsternannter Fremdenführer. Als er mich von nahem sah, blieb er ruckartig stehen. Sein Blick erfasste mein blutbeflecktes Kleid, sein Lächeln verschwand. Er trat beiseite und lief dann mit verwirrter Miene weiter.

Kurz danach bogen wir ab in eine schattige Gasse, die nach Katzenpisse stank und so eng war, dass wir seitwärts gehen mussten. Die Gasse mündete auf einen offenen Platz, der in blendendem Sonnenlicht badete.

Ich kniff die Augen zusammen und schaute mich verwirrt um. »Wo sind wir?«

»Wir sind gleich beim Hotel.«

* * *

Ich dachte erst an Youssef, als ich unter der Dusche stand und versuchte, die Bilder von meinem inneren Auge zu verdrängen. Die Toten, die Verstümmelten, Benjamin …

Ich trocknete mich ab, griff nach dem hoteleigenen weißen Frotteebademantel, band den Gürtel zu und warf einen Blick in den Spiegel. Das Wasser hatte zwei schwarze Wimperntuschestreifen auf meine Wangen gemalt.

Mein Kleid lag auf dem Boden. Ich hob es auf und warf es in den Papierkorb, der unter dem Toilettentisch stand.

Ich rief Harry im Nebenzimmer an. Als ich auf Youssef zu sprechen kam, sagte Harry, daran habe er auch gerade gedacht. »Wir müssen uns bei ihm melden. Er hat garantiert schon davon gehört, aber er weiß ja nicht, was aus uns geworden ist.« Er fragte, ob ich einen Whisky wollte.

Nichts lieber als das.

»Bei dir oder bei mir?«

Ich schniefte und sagte, das müsse wirklich er entscheiden. Zwei Minuten später klopfte er an meine Tür.

Harry schenkte ein Glas voll Whisky und reichte es mir. Offenbar hatte auch er geduscht, seine Haare waren im Nacken nass, und er trug jetzt ein weißes T-Shirt und eine zerknitterte blaue Hose.

»Meine Fresse«, er ließ sich in den Sessel fallen. »Das war ein Schock, was?«

Wir schwiegen beide. Harry konzentrierte sich darauf, seinen Zigarillo anzuzünden, während ich dem leisen Summen der Klimaanlage lauschte und langsam wieder zu mir kam. Der Schock steckte mir noch in den Gliedern, inmitten eines Gewebes aus grauenhaften Bildern lag er auf der Lauer wie eine Spinne, aber ich wollte mich nicht fangen lassen. Ich konnte damit umgehen. Das sagte ich mir jedenfalls, und irgendwo tief drinnen war es wohl auch wahr. Ich musste mich nur an die einfachen Dinge halten. Ich befand mich hier im Hotel, in diesem Zimmer mit den melonengelben Wänden, indigoblauen Sesseln und hellroten Gardinen. Es war fast vier Uhr nachmittags. Ich hatte seit dem frühen Morgen nichts mehr gegessen.

»Zum Teufel, Kit, als ich das Café sah, dachte ich, du ...« Er verstummte und räusperte sich. »Da hat Gott ein Wunder vollbracht.«

»Du glaubst doch nicht an Gott.«

»Trotzdem ...«

Ich grinste schief. Nahm mir eine Zigarette, zog daran und dachte an die beiden alten Männer mit den Wasserpfeifen. Worum war es bei ihrer erregten Diskussion wohl gegangen? »Ich möchte wissen, wieso ...«

»Wieso was?«

Ich winkte ab und nahm einen Schluck Whisky.

»Das kannst du vergessen«, Harry schnaubte. »Glaub mir, es gibt keine vernünftige Erklärung dafür, dass eine Bande von knatschverrückten Idioten durch die Gegend rennt und Bomben legt.«

Ich streifte die Asche ab und starrte zu Boden. Die Sonnenstrahlen fielen durchs Fenster und malten ein flimmerndes Lichtmuster auf den Berberteppich. »Wieso gerade dieses Café?«

»Vielleicht gehört es einem Konvertiten, was weiß ich. Alles lässt sich irgendwie politisch auslegen.«

»Aber es muss doch einen Grund geben.«

»Na klar. Die sind mit dem falschen Fuß zuerst aufgestanden und haben eine kurze Lunte, fertig.« Harry streckte die Beine aus und schüttelte den Kopf. »Für Psychologen ist so was ganz klar ...« Er verstummte, presste die Lippen zusammen und runzelte besorgt die Stirn. Ich wusste, dass er an Mehdi dachte. Und an Leila.

Ich nickte langsam. Es war wie an einen Film zurückzudenken, und doch wieder anders.

Geistesabwesend leerte ich mein Glas und hielt es ihm zum Nachfüllen hin. »Ob jemand daran denkt, ihn zu töten?«, fragte ich gedankenverloren, hörte wieder den Esel schreien und hatte das Gefühl, versagt zu haben, aber was zum Henker hätte ich denn tun sollen?

»Töten? Wen?«

»Den Esel.«

Harry füllte mein Glas mit Whisky, gab aber keine Antwort.

Mein Blick streifte den an der Wand befestigten Fernseher. »Hast du zu Hause angerufen?«

»Bei wem?«

»Bei deinem Sohn.«

»Das kann ihm doch egal sein.«

»Aber wenn er hört, was hier passiert ist ...«

»Er hat keine Ahnung, dass ich hier bin. Und was ist mit deinen Leuten?«

Ich zuckte die Achseln und dachte an Joan, meine Schwiegertochter. Wir sprachen kaum noch miteinander. Das ging schon über zwei Monate so. »Die wissen auch nichts«, sagte ich müde und nahm mir noch eine Zigarette. Die Kinder fehlten mir. Sigge und Ursula. Würde ich ihnen eines Tages auch fehlen? Ich trank einen Schluck Whisky, schämte mich meiner Gedanken und konnte doch der Tatsache nicht ausweichen, dass ich gern in Erinnerung bleiben wollte. So war es nun mal. Und irgendwie ergab es ja auch Sinn. Schließlich hatte ich nur noch sie. ›Kommt der Körper auch in den Himmel, wenn man tot ist?‹, hatte Ursula gefragt. Und Sigge hatte geantwortet, das sei natürlich der Fall. ›Sonst erkennt man sich doch gegenseitig gar nicht.‹

»Hello, it's me ... Kit.« Ich hörte im Hintergrund gedämpfte Geräusche, aber es kam keine Antwort. »Hello, can you hear me? Youssef? It's me, Kit ...« Ein schwaches Rauschen war zu hören, dann ein Knacken, und dann ertönte Youssefs Stimme.

»Kit! Alhamdulillah!«, rief er erregt. »Von wo rufst du an?«

»Aus dem Hotel. Wir sind jetzt im Hotel, aber wir haben im Café gewartet ...«

»Yes, yes, yes. Sorry! I know, I heard ... how terrible! Ich habe mich verspätet, und als ich ankam ... ach, es war entsetzlich, einfach entsetzlich. Und ich dachte, ihr ... ich habe alle nach euch gefragt, aber niemand wusste etwas ...«

»Wir hatten Glück«, sagte ich. Fühlte mich schwach und wusste nicht so recht. Das Wort hallte in meinem Kopf wider. Glück. Und ein Vers aus einem Choral. »In wie viel Not hat nicht der gnädige Gott über dir Flügel gebreitet ...«

»Alhamdulillah, ihr hattet mehr als nur Glück.«

Eine kurze Pause. Youssef wandte sich an jemanden im Hintergrund, ich konnte schwaches Stimmgewirr hören. »Hör mal«, sagte er dann. »Ich kann Leila noch immer nicht erreichen. Ich habe es immer wieder versucht, ich weiß nicht, was los ist. Mein Vetter Ben sagt, sie ist bei seiner Mutter nicht aufgetaucht. Sie hat wohl angerufen und gesagt, es tut ihr leid, aber sie muss weiter nach Casablanca.«

»Was?« Ich drückte die Zigarette im Aschenbecher aus und schaute hinüber zu Harry, der den Fernseher eingeschaltet hatte und wild durch die Programme zappte. Ich war völlig verwirrt. »Aber wollte sie nicht ihre Familie in Essaouira besuchen?«

»Das hat sie mir jedenfalls gesagt«, er hörte sich unglücklich an. »Offenbar ist etwas dazwischengekommen. Mein Vetter Ben kommt heute Abend nach Marrakesch. Vielleicht weiß er mehr. Wenn ihr mit ihm reden möchtet, seid ihr herzlich willkommen.«

Ich schaute mit leerem Blick zum Fernseher hinüber, wo Bilder ohne Ton über den Schirm huschten. Auf einmal fuhr ich zusammen. Das Bild eines älteren Mannes mit Filzhut tauchte auf, ich erkannte ihn sofort. »Das ist er!«

Harry starrte mich an.

Ich zeigte auf den Fernseher. »Das ist er. Der saß im Café und las eine Zeitung.«

»Was ist los?«, fragte Youssef. »Wovon redest du?«

»Es ist im Fernsehen«, sagte ich auf Englisch.

»Was ist im Fernsehen?«

»Das Bombenattentat.«

»Jetzt?«

»Ja, ja. Sie zeigen gerade das Café nach der Explosion.«

Er rief etwas, und ich hörte durch die Leitung, wie ein Fernseher eingeschaltet wurde.

Wir verabredeten uns rasch für den nächsten Tag, wenn er in der Apotheke Feierabend machte, und beendeten das Gespräch.

»Ibn Al Ashari«, sagte Harry, als abermals das Bild des Mannes mit dem Filzhut gezeigt wurde. »Er war Schriftsteller, und anscheinend war gegen ihn eine Fatwa erlassen worden.«

Ich ließ mich zurücksinken und starrte zur Decke hoch. »Youssef sagt, dass Leila vielleicht in Casablanca ist.«

Harry schaute mich ungläubig an. »Was zum Teufel will sie denn da?«

Ich zuckte die Achseln. »Wir sind für morgen bei Youssef eingeladen. Offenbar kommt dieser Vetter aus Essaouira zu Besuch, dessen Familie Leila besuchen wollte. Vielleicht weiß er ja etwas.«

Harry stand auf und tigerte im Zimmer auf und ab. Seine Besorgnis war ihm deutlich anzumerken.

Die Dunkelheit hatte sich über die Stadt am Fuße des Atlasgebirges gesenkt, eine Unmenge von Sternen funkelte am Himmel.

Es war später am selben Abend, ich stand auf dem Balkon und betrachtete das Licht, das wie eine Aura über dem Platz der Toten schwebte. Djemaa el Fna. Eine sanfte Brise strich durch meine Haare, ich schloss die Augen und atmete tief. Ein Moped fuhr vorüber, in der Ferne war Katzengeschrei zu hören.

Meine Gedanken kreisten um den jungen Mann, der den Lieferwagen gefahren hatte. Wie alt mochte er gewesen sein? Höchstens vierundzwanzig. Ich sah ihn vor mir, wie sein Oberkörper halb aus dem Fenster hing, während er wie besessen auf die Hupe drückte. Irgendwo lebte womöglich die Frau, die ihn einst geboren hatte – ein unschuldiges Wesen, einen kleinen Jungen. Und jetzt … Was ging in seinem Kopf vor? Ich seufzte müde, setzte mich in den Korbsessel und steckte mir eine Zigarette an. Die, die die Wahrheit gefunden haben, sind immer die Schlimmsten.

Mit einem Anflug von Unruhe dachte ich an Leila. Wo mochte sie jetzt sein? Saß sie irgendwo, starrte in die Nacht, machte sich Sorgen um Mehdi? Vielleicht. Sie wusste nicht, dass wir sie suchten. Dass wir in Marokko waren. Ich zog an der Zigarette und dachte nach.

Harry hatte uns miteinander bekannt gemacht. Und er hatte mich auch überredet, den Fall zu übernehmen …

»Das kannst du vergessen!« Ich trank einen Schluck Wein, sah Harry an und schüttelte den Kopf.

Ich war noch nie der Meinung, wir hätten ein Anrecht auf Glücklichsein, aber das letzte Jahr war das schlimmste meines Lebens gewesen. Ich war gestrandet, und ich war müde. So müde.

»Du könntest doch wenigstens mal mit ihr reden! Das ist doch keine so große Zumutung?«

Ich hörte gar nicht hin. Was ging das mich an? Als hätte ich nicht schon genug Probleme.

Aber Harry ließ nicht locker. Ich seufzte voller Überdruss. Hier hockten wir nun, zwei verlorene Seelen auf einem Campingplatz, und er führte sich auf, als wäre alles in schönster Ordnung. Als könnten wir auf irgendeine Weise ›einen Unterschied machen‹. Also echt!

Ich goss Wein nach und schaute aus dem Fenster. Es war Frühjahr, das Licht war zurückgekehrt, und ich hatte meinen üblichen Platz auf dem Campingplatz Nærum eingenommen, in einer abgelegenen Ecke am Zaun zum Wald hin. Es war erst Mitte April, deshalb war auf dem Platz wenig los, aber zwischen den Bäumen blühten die Osterglocken, und die Spätnachmittagssonne warf lange Schatten über das Gras. Die Tür meines Wohnmobils stand offen, irgendwo in der Nähe waren Gelächter und laute Kinderstimmen zu hören. Mein goldbrauner Dackel Sofie, der in der Türöffnung lag, fuhr zusammen, hob den Kopf, lauschte und stand auf.

Ich schnippte mit den Fingern. »Sofie, hiergeblieben!«

Sie wedelte mit dem Schwanz und trat ein wenig hin und her.

»Hiergeblieben!«

Sie sah mich lange und fest an, dann legte sie sich mit traurigem Seufzen wieder hin.

Ich holte das Nikotinkaugummi hervor, überlegte eine Weile, entschied mich dann anders und steckte mir eine Zigarette an. Die dritte heute.

Eine Hummel drehte eine Runde durch das Wohnmobil und verschwand dann wieder. Sofie sah ihr interessiert hinterher.

»Überleg es dir noch mal«, beharrte Harry.

Ich zog an meiner Zigarette und wich seinem Blick aus. Meine sogenannte Detektei hatte ich mehr oder weniger abgewickelt. Mein letzter Fall lag bereits zwei Jahre zurück, aber es war nicht das erste Mal, dass Harry versuchte, mich zu einem Einsatz zu verlocken. Meine Güte, der Mann machte sich Sorgen um mich, und das war natürlich rührend. Aber der Fall, sofern diese Bezeichnung überhaupt zutraf, mit dem er mir jetzt kam, war so ungefähr das Hirnrissigste, was er mir bisher aufgetischt hatte.

»Mehdi ist ein guter Junge und durchaus begabt. Was mehr ist, als man über die meisten seiner Klassenkameraden sagen kann.« Er bückte sich und kraulte Sofie hinter dem Ohr. »Es wäre schlimm, wenn er in irgendeinen Scheiß reingezogen wird.«

Ich sah ihn nachdenklich an. Wurde er auf seine alten Tage etwa sentimental?

»Er hat eine Tischlerlehre gemacht, aber als er fertig war, konnten sie ihn nicht weiterbeschäftigen.«

»Was soll ich denn deiner Meinung nach unternehmen?«, fragte ich ironisch und aschte ab.

Er gab keine Antwort. Wir schwiegen eine Weile.

Eine Woche zuvor war er bei einem Klassentreffen an der Schule gewesen, wo er zweiundzwanzig Jahre lang unterrichtet hatte, und das Tagesthema dort war Mehdi gewesen, ein ehemaliger Mitschüler marokkanischer Herkunft. Harry hatte erstaunt gefragt, warum er nicht dabei war. Die anderen wunderte das offenbar überhaupt nicht. Ihrer Aussage nach hatte Mehdi sich sehr verändert. War immer verschlossener geworden und zu seinen dänischen Freunden auf Distanz gegangen. Unter anderem hatte er mit Mette Schluss gemacht, seiner dänischen Freundin, mit der er mehrere Jahre zusammen gewesen war.

Shit happens, dachte ich müde und stellte mein Glas ab. »Harry, verdammt, du hast ihn vor bestimmt fünf Jahren zuletzt gesehen. Ich meine, da kann es dich doch nicht überraschen, dass er sich verändert hat. Wie warst du denn in dem Alter?«

»Das ist etwas anderes.«

»Ach ja? Und warum?«

»Er geht jetzt häufig in die Moschee.«

»Na und? Wenn er Muslim ist, dann ist das sicherlich ...«

»Alexander sagt, dass er sich mit den ganz Rabiaten abgibt.«

»Wer zum Henker ist nun wieder Alexander?«

»Sein bester Freund. Oder jedenfalls war er das damals. In der Schule waren sie unzertrennlich.« Harry setzte sich gerade. »Und Alexander meint, dass Mehdi zu dieser Gruppe gehört – wie heißt die noch gleich?« Er schwieg einen Moment und starrte seine Handflächen an. »Hizb ut-Tahrir«, sagte er dann.

»Aber das ist doch nicht verboten«, sagte ich und dachte, dass hier sicher jemand aus einer Mücke einen Elefanten machte.

»Das nicht, aber trotzdem«, er spitzte die Lippen, und dann warf er seine Trumpfkarte auf den Tisch. »Ich habe wirklich Angst, dass er an eine Terrorzelle geraten ist.«

Ich starrte ihn an. War er noch bei Verstand? »Vergiss es«, sagte ich noch einmal, drückte die Zigarette im Aschbecher aus und erhob mich.

»Lass mich doch ausreden ...«

»Kommt nicht in Frage! Erstens habe ich nicht vor, für einen verrückten jungen Trottel Kindermädchen zu spielen. Und zweitens ...« Ich erwiderte seinen Blick und schüttelte den Kopf. »Selbst wenn du recht hast, was ich stark bezweifle, wäre das vielleicht ein Fall für den PET*. Aber ganz bestimmt nicht für mich.«

Harry schüttelte einen Zigarillo aus der Packung, zog das Feuerzeug aus der Tasche und ließ sich Zeit. »Wie lange soll das hier denn noch so weitergehen?«

Ich hielt für zwei Sekunden die Luft an. »Was meinst du?«

Er warf einen Blick auf die Rotweinflasche.

»Das kannst du dir sparen«, sagte ich wütend. »Wenn du mir mit der Mitleidsmasche kommen willst ...«

* PET (Politiets Efterretningstjeneste): In Dänemark der im Inland tätige Geheimdienst der Polizei, zuständig bei Verbrechen gegen die staatliche Sicherheit sowie Verbrechen gegen die Verfassung, vor allem Gegenspionage, Terrorismus- und Extremismusbekämpfung. [Quelle: Wikipedia]

»Du kannst dich nicht ewig verstecken«, sagte er kurz. »Außerdem geht es hier nicht um Mitleid.«

»Ach nein?« Ich lachte bitter.

»Glaub, was du willst.«

Ich kehrte ihm den Rücken zu und trat in die Türöffnung. Ein silberfarbener Geländewagen mit gigantischem Wohnanhänger fuhr vorbei. »Jetzt kommen die Wochenendleute«, sagte ich.

Er gab keine Antwort.

Der Wind war noch kalt. Ich fröstelte in meinem dünnen Pullover und schielte zu Harry hinüber. Ich wusste, dass er recht hatte. Im tiefsten Herzen wusste ich das. Aber ich war gespalten. Ich wollte meine Ruhe. Ich war niemandem etwas schuldig.

Er seufzte und leerte sein Glas. Sein Hemd war zerknittert, er brauchte dringend eine Rasur. Und ausgerechnet er meinte, ich sollte mich zusammennehmen! Vielleicht warfen wir uns gegenseitig vor, was wir an uns selbst am wenigsten ertragen konnten? Gott bewahre!

Und doch … mit einem Stich von schlechtem Gewissen wurde mir bewusst, dass er im Laufe des Winters ziemlich heruntergekommen war. Lange Zeit hindurch hatte er mit üblen Rückenschmerzen kämpfen müssen, was ihm schlaflose Nächte eingebracht und Spuren hinterlassen hatte. Ich musste an unsere ersten Begegnungen denken. Damals war ich frisch geschieden, hatte mein ganzes Geld in einen Wohnwagen gesteckt und mich damit auf dem Campingplatz Nærum niedergelassen, wo auch Harry sich angesiedelt hatte. Anfangs war er ziemlich reserviert, und ich hielt ihn für einen übellaunigen Idioten. Aber bald wurde mir klar, dass er nicht nur ein reizender Mensch war, sondern auch ein echter Freund.

»Also gut, lass schon hören.« Ich lächelte müde und ließ mich in meinen Sessel sinken.

»Ich mache mir Sorgen, Kit. Ganz ehrlich!«

Ich nickte, dachte mir meinen Teil, sagte aber nichts. Harry konnte ziemlich engagiert sein und hatte zu fast allem eine Meinung. Er irrte sich oft. Aber ab und zu war er auch genial und traf den Nagel auf den Kopf.

Ein paar Tage nach dem Klassentreffen, als er ohnehin in die Stadt musste und daher in der Nähe war, wollte er Mehdi besuchen, der noch bei seinen Eltern lebte, in einer Wohnung in Valby. Als Lehrer hatte Harry Jahre zuvor mit Mehdis Vater Mohammed zu tun gehabt, einem wortkargen Mann mit ziemlich herablassender Haltung. »Das kann natürlich Unsicherheit sein. Manchmal lässt sich das schwer sagen, was weiß man schon …« Er runzelte die Stirn. »Ein paarmal hatte ich den Eindruck, dass er uns alle für einen Haufen Trottel hielt. Erst als die Sache mit Mehdis Lehrstelle klappte, hat er …« Harry brach ab. »Aber was weiß man schon«, wiederholte er.

Weder Mehdi noch Mohammed waren zu Hause, als Harry vor der Tür stand. Die Mutter, Halima, machte auf, konnte sich nicht an ihn erinnern und erkannte ihn nicht wieder. Sie sprach ungeheuer schlecht Dänisch und begriff kaum, was er überhaupt wollte. Zum Glück war ihre Schwester gerade zu Besuch und übersetzte. Harry, der der Schwester nie zuvor begegnet war, war überrascht.

»Du würdest nie auf die Idee kommen, dass sie Schwestern sind«, sagte er. »Mehdis Familie kommt vom Lande, Halima ist tief verschleiert und lebt absolut zurückgezogen, wenn du verstehst. Die Schwester ist ganz anders, ich muss schon sagen. Sie sieht aus wie eine ganz normale Frau. Ich meine, ohne Kopftuch oder Niqab oder so.«

Ich sah ihn an und nickte.

Es stellte sich heraus, dass Mehdi seit Tagen nicht zu Hause gewesen war und seine Mutter nicht die geringste Ahnung hatte, wo er sich befand. Sie hatte auch seine Mobilnummer nicht, worüber Harry staunte, aber nachdem sie noch einige Gemeinplätze ausgetauscht hatten, musste er einsehen, dass nichts zu machen war. Schließlich bat er die beiden, Mehdi zu grüßen, und verabschiedete sich mit der Bemerkung, er werde demnächst noch mal vorbeischauen.

Als er zu seinem Auto ging, kam auf einmal Mehdis Tante mit wehendem Mantel hinter ihm hergelaufen. Mit allen Anzeichen der Besorgnis packte sie seinen Arm und bat ihn um Hilfe. Sie sprach hastig und zusammenhangslos, ihre Sätze überschlugen sich förmlich, und ihr ansonsten perfektes Dänisch wurde ein wenig unverständlich. Harry musste mehrmals unterbrechen und sie bitten, sich zu wiederholen.

Sie berichtete, das zwei Wochen zuvor zwei Männer vom PET bei Halima nach Mehdi gefragt hatten. Halima war natürlich erschrocken, doch die Männer konnten sie beruhigen. Mehdi habe nichts verbrochen, sie wollten nur mit ihm reden. Aber seither war er wie vom Erdboden verschluckt. Angeblich wohnte er bei diversen Freunden und war unter anderem mit Omar bin Amlikk zusammen gewesen, einem Imam aus London, der in einer Wohnung in der Nordweststadt untergekommen war. Sie und Halima hatten mehrmals versucht, Mehdi anzurufen, aber vielleicht hatte er ein neues Telefon, denn unter der alten Nummer meldete er sich nicht.

Harry, ein wenig auf der Hut, wollte wissen, warum Halima nichts davon erwähnt hatte, und die Frau namens Leila antwortete, ihre Schwester teile ihre Besorgnis keineswegs. Halima sei im Gegenteil stolz darauf, dass ihr Sohn offenbar mit wichtigen Persönlichkeiten in Verbindung stand. Erst vorhin habe sie erneut erklärt, er sei zu Großem ausersehen. Und genau dieser Ausdruck bereitete Leila Sorgen. »Im letzten Jahr hat Mehdi viel Koranunterricht genommen und immer mehr vom Kampf gegen die Ungläubigen geredet und davon, sich im Dienste Allahs zu opfern«, hatte Leila ihm anvertraut.

Es wurde still. Die Sonne hing über den Baumwipfeln, der Abend brach an. Ich spürte die Atmosphäre des Campingplatzes. Das ferne Stimmgewirr, den Gesang der Amsel, den Essensgeruch.

Harry wartete ab, bis das Schweigen ihm zu lange dauerte. »Kannst du jetzt verstehen, warum ich mir Sorgen mache?«

Ich nickte zögernd. Es klang natürlich bedrohlich, aber ich wusste nicht, was ich davon halten sollte. In der letzten Zeit hatten die Medien die Angst der Bevölkerung vor Terroristen gar zu energisch angeheizt.

* * *

»Hello, sweetiedarling! How are you? Hello, sweetiedarling! How are you?« Der gelbbrüstige blaue Ara tanzte auf seiner Stange hin und her, legte den Kopf schräg und musterte mich forschend.

»Sei jetzt still, Coco!«, ermahnte Leila den Vogel und lächelte mich entschuldigend an. »Ich habe ihn vor zwei Jahren von einer Kollegin bekommen«, erklärte sie. »Ihre Mutter musste ins Pflegeheim und konnte ihn nicht behalten, und da …« Sie schob eine Erdnuss in den Käfig.

Es war Mittwochnachmittag, kurz nach vier, und ich befand mich in Leilas Wohnung in der Forhåbningsholms Allé in Frederiksberg. Vor zwei Tagen hatte ich, hauptsächlich Harry zuliebe, nachgegeben und mich mit ihr verabredet, und obwohl ich mir keine genauere Vorstellung von ihr gemacht hatte, verspürte ich doch gewisse bange Ahnungen. Aber ich war positiv überrascht, als sie die Tür öffnete und mich mit freundlichem Lächeln hereinbat.

Leila war eine leicht mollige Frau mit dunkler, fast schwarzer Pagenfrisur, braunen Augen und breiten Hüften. Sie wirkte wie eine farbenfrohe Persönlichkeit, nicht nur wegen ihrer Kleidung – sie trug ein weites oranges Hemd und schwarze Jeans –, sondern auch aus einem anderen, schwer definierbaren Grund. Vielleicht lag es daran, dass sie eine Mischung aus Sinnlichkeit und Wärme ausstrahlte. Jedenfalls kam sie mir vor wie eine Frau, die mit beiden Beinen fest auf der Erde stand, und das wusste ich zu schätzen. Ich hatte eine Neurotikerin mit Hang zum Drama befürchtet.

»Ich setz nur schnell Wasser auf«, sagte sie, nachdem wir zur Einleitung, und ohne Mehdi mit einem Wort zu erwähnen, eine Weile über Wind und Wetter geredet hatten. Ich nickte, ließ mich in einen Sessel sinken und schaute mich um. Das Wohnzimmer war klein, aber hell und schön eingerichtet, mit Korbmöbeln, einem braunen Holztisch und jeder Menge Grünpflanzen. Mitten auf dem Couchtisch stand auf einer hübschen Häkeldecke ein Glaskrug voll bunter Seidenblumen. Ich betastete die Blätter, sie waren weich und überraschend naturgetreu. Trotzdem wusste ich nicht recht, ob sie mir gefielen. Ich hatte so die Vorstellung, dass Blumen echt sein sollten. Aber warum eigentlich? Das Leben war auch nur mieses Blendwerk, und eine künstliche Blume mehr oder weniger machte da wohl keinen Unterschied mehr. Ich schob mir ein Stück Nikotinkaugummi in den Mund, kaute ein wenig darauf herum und dachte daran, dass ich einen Zahnarzttermin abmachen musste, was ich schon zu lange vor mir herschob.

Die Tür zu dem französischen Balkon stand offen, der Wind hatte sich gelegt, und Sonnenstrahlen spielten zwischen den Zweigen der hohen Ulmen vor dem Haus. Es war typisches Aprilwetter. Als ich von zu Hause aufgebrochen war, schüttete es wie aus Kübeln, und ein scharfer Wind wehte. Die vergangenen beiden Nächte hatten Frost serviert, schon am Sonntagmorgen war ich aufgewacht und hatte feststellen müssen, dass die Seitenfenster meines Wohnmobils von innen bereift waren. So ungern ich das auch tat, ich musste die Wintermatte wieder hervorholen. Jeden Abend befestigte ich sie um das Führerhaus, es war eine Drecksarbeit, aber auf diese Weise hielt sich die Wärme.

»Frierst du?« Leila riss mich aus meinen Gedanken und stellte ein Tablett mit Tassen und Plätzchen auf den Tisch. »Ich kann die Balkontür schließen, falls …«

»Nein, nein, es ist gut so.«

Sie setzte sich, ihr Blick war jetzt düster. Sie stützte das Kinn in die Hände und schaute nachdenklich vor sich hin. »Zwischen Idealismus und Fanatismus gibt es nur eine haarfeine Grenze«, sagte sie dann.

Ich nickte langsam. »Das sind wohl zwei Seiten derselben Sache, es kommt auf die Haltung an.«

»Mehdi behauptet, der Islam sei der Nährboden seiner Identität. Er sagt selbst, es ist ihm restlos egal, was andere meinen oder denken. Das Einzige, was wirklich zählt, ist, dass alles, was er tut, vom Islam akzeptiert ist.«

»Und so war es nicht immer? Ich meine, hat er sich verändert, gab es etwas, das …?«

»So kann man das verdammt gut sagen«, sie fluchte auf eine seltsame, fast demonstrative Weise. »Früher war er ein ziemlich munterer und normaler junger Mann wie alle anderen. Es gab keinen Unterschied zwischen ihm und … Er spielte Fußball und hatte viele dänische Freunde. Bis er dann anfing, in die Moschee zu gehen.« Sie runzelte die Stirn und schwieg eine Weile. »Das muss etwas über ein Jahr her sein. Jetzt geht er zum Koranunterricht und hält sich genau an die islamischen Vorschriften für Essen und Gebete und solche Dinge.«

»Aber ist das so schlimm? Es scheint doch ganz natürlich, dass er wissen will, warum er Muslim ist. Oder?«

»Vielleicht. Aber er besucht ja nicht irgendeinen Koranunterricht. Weißt du, wer Abu Hakim ist?« Sie sah mich kurz an und sprach weiter, ohne auf eine Antwort zu warten. »Abu Hakim ist ultrakonservativ, er ist gegen die Demokratie und will die Scharia einführen, und leider bewundert Mehdi ihn sehr. Vor einem halben Jahr sind sie zusammen nach Sarajewo gefahren.«

»Was wollten sie denn da?«

»Gute Frage. Sie waren einen Monat dort …« Sie machte eine vage Handbewegung. »Jedenfalls ist es auch Abu Hakim, der Mehdi mit Imam Omar bin Malik zusammengebracht hat, einem engen Freund von Ahmed Selek.«

»Ahmed Selek?« Irgendwie kam mir dieser Name bekannt vor, aber ich war unsicher.

Sie schenkte Tee nach. »Er wird im Zusammenhang mit dem Terrorangriff in Oslo gesucht.«

»Ach.« Das Attentat auf die israelische Botschaft in Oslo hatte zwölf Menschenleben gefordert, und niemand wusste genau, wie viele Terroristen sich an dieser Aktion beteiligt hatten. Etliche von den Tätern befanden sich noch auf freiem Fuß.

Ich sah sie an. Trotz allem, was Harry mir erzählt hatte, fand ich das Ganze ein wenig seltsam. Warum machte sich Leila so viele Gedanken? Warum war es nicht ihre Schwester Halima, die sich sorgte? Es ging immerhin um Halimas Sohn.

»Was sagen deine Schwester und ihr Mann? Die müssen sich doch auch Sorgen machen?«

»Halima und ich sind sehr verschieden. Wir kommen vom Land, unsere Familie hatte einen Hof im Süden von Agadir und nahm *halal* und *haram* ungeheuer wichtig«, sie bedachte mich mit einem ausdruckslosen Blick. »Halima und ihr Mann Mohammed treten für die islamischen Gesetze ein.«

»Die Scharia?«

»Ja.«

»Und du tust das nicht?«

»Meiner Meinung nach kann man durchaus Muslim und trotzdem gegen die Scharia sein.«

Ich nickte. »Aber sie machen sich also keine Sorgen?«

Sie trank einen Schluck Tee. »Halima ist stolz, wenn Mehdi darüber schwadroniert, dass der sicherste Weg in den Himmel über den Kampf gegen die Ungläubigen führt. Aber vielleicht hat sie ihre Gründe«, sagte sie mit einem seltsamen Unterton. »Sie ist überhaupt immer mehr ...« Sie holte tief Luft und schüttelte den Kopf. »Vor ein paar Jahren, nach dem Irakkrieg, wurde sie Niqabi.«

»Was bedeutet das? Dass sie den Niquab trägt?«

»Ja.«

»Hm.« Ich musste diese Informationen erst mal verarbeiten. »Dann sind es wohl deine Schwester und ihr Mann, die Mehdi beeinflusst haben? Es ist sicher ganz natürlich, dass Eltern ihre Kinder beeinflussen?«

Sie antwortete erst nach einigen Augenblicken. »Natürlich haben auch sie damit zu tun.« Sie trank noch einen Schluck Tee und stellte die Tasse ein wenig unsicher ab. »Die ganze Zeit werden ihm die Ohren mit Propaganda über den westlich-amerikanischen Imperialismus vollgetutet«, sie schnitt eine Grimasse. »Halima und Mohammed haben ihre eigene muslimische Lebenswelt aufgebaut und natürlich beeinflusst das. Sie haben eine Satellitenschüssel und können sechs marokkanische Sender empfangen, der Fernseher läuft fast den ganzen Tag, und Halima hat absolut keine Ahnung, was in Dänemark vor sich geht.« Sie starrte an mir vorbei, ließ sich zurücksinken und faltete die Hände vor den Knien. »Im Übrigen war Mohammed immer sehr hart zu Mehdi. Viel, viel zu hart ...«

»Hello, sweetiedarling! How are you? Hello, sweetiedarling ...«

Das Lächeln veränderte ihr Gesicht, machte es jünger. Sie betrachtete den Vogel mit funkelnden Augen, und ich fand sie schön.

»Aber was soll ich jetzt tun?«, fragte ich.

»Ihn suchen. Ich muss mit ihm reden.«

»Vielleicht ist er mit Imam Omar bin Malik nach London gefahren, hast du dir das mal überlegt?«

»Omar bin Malik ist hier in Dänemark.«

»Warum versuchst du dann nicht selbst …«

»Mohammed und Halima dürfen das nicht wissen.«

»Aber was willst du denn eigentlich?«

»Mit ihm reden«, sagte sie vage.

»Und ich soll also nur feststellen, wo er ist?«

»Ja.«

»Mehr nicht?«

»Mehr nicht.«

Draußen hupte ein Auto anhaltend. Leila erhob sich, kehrte mir den Rücken zu und schloss die Balkontür.

Ich spürte ihre Anspannung und fragte mich, was sie nicht erzählt hatte, aber ich beschloss, das vorerst auf sich beruhen zu lassen.

»Hast du ein Bild von ihm?«

Ganz in Gedanken versunken, schaute sie mich verwirrt an.

»Von Mehdi. Ich muss doch wissen, wie er aussieht«, erklärte ich.

»Natürlich«, sagte sie und blieb stehen. Für einen Moment glaubte ich, sie wolle mich doch noch in ihre Gedanken einweihen, doch dann riss sie sich zusammen und nickte. »Ich habe welche in meinem Fotoalbum.«

Die großen braunen Augen starrten in die Kamera, ein kleines Lächeln umspielte seine Lippen. Ich beugte mich über das Album, musterte ihn genau. Ein sensibles Gesicht. Aber der Schein trügt, dachte ich und wusste nicht, was ich glauben sollte. Das Bild war offenbar in einem Park aufgenommen. Mehdi saß auf einer Bank, im Hintergrund stand ein blühender Rhododendronbusch.

»Weißt du, ob er ins Internet geht? Ist er auf Facebook, Twitter oder …«

Sie zuckte die Achseln. »Das weiß ich nicht.«

»Hm«, ich zögerte. »Ist er Mitglied von Hizb ut-Tahrir?«

Sie schaute mich überrascht an. »Wer sagt das?«

»Harry.«

Sie presste die Finger aneinander und schwieg lange. Dann hob sie den Kopf. »Vielleicht«, sagte sie müde. »Ich weiß es nicht.«

Harry hatte offenbar mit ihr schon über mein Honorar gesprochen, denn als ich die nötigen Auskünfte beisammenhatte und aufbrechen wollte, holte sie ihr Portemonnaie.

»Wenn ich richtig verstanden habe, bekommst du so viel«, sagte sie leicht verlegen und reichte mir einen Scheck. »Für den Anfang jedenfalls«, fügte sie hinzu.

Für den Anfang? Ich erwiderte ihren Blick und war verwirrt. Was genau erwartete sie eigentlich von mir?

* * *

Die Wochenendcamper hatten ihre Zeltpflöcke aus dem Boden gezogen und den jetzt mehr oder weniger ausgestorbenen Platz verlassen. Außer Harry und mir gab es kaum noch Gäste. Am Sonntagnachmittag hatte sich ein älteres deutsches Ehepaar in einer der Hütten einquartiert, und in der Nähe von Kiosk und Gemeinschaftshaus standen zwei Wohnwagen aus Belgien. An einer Schnur zwischen den Wagen wehten ein paar Lappen und Geschirrtücher, eine Frau in Pullover und Gummistiefeln führte eine Katze in einem goldenen Katzenzaum spazieren.

Ich drehte den Motor ab, blieb sitzen und schaute aus dem Fenster. Wind kam auf und schüttelte mein Wohnmobil. Ich zündete mir eine Zigarette an und zögerte, ehe ich bei Joan anrief in der vagen Hoffnung, mit Sigge und Ursula sprechen zu dürfen. Aber nein. Sie bedauerte, aber ihre Stimme klang fest, als sie zum Gott weiß wievielten Mal eine Ausflucht vorbrachte. Die Kinder hätten Freunde zu Besuch und könnten nicht ans Telefon kommen. Leider.

Der Teufel sollte sie holen! Ich schluckte und dachte, dass alles seine Bedeutung geändert hatte. Sogar die Erinnerungen. Dann presste ich mich zwischen den Sitzen hindurch in die Küche und setzte Teewasser auf. Sofie, die unter dem Tisch geschlafen hatte, erhob sich schwanzwedelnd.

Nach dem Essen war es dunkel und ziemlich kalt. Während meiner kulinarischen Ausschweifungen, Frikadellen mit weichen Zwiebeln, hatte ich Fenster und Türen geöffnet und mein bescheidenes Heim gründlich ausgelüftet. Zwiebeln waren so ungefähr das Schlimmste. Der Geruch blieb in der Luft hängen und klebte an allem. Ich blies nachdenklich auf den dampfenden Tee in meiner Tasse, streifte die Schuhe ab, zog die Füße hoch und wickelte mich in die Decke. Die Lampe an der Wand warf einen goldenen Schein auf die drei Fotos, die ich mir ausgesucht hatte und die jetzt auf dem Tisch lagen. Halima. Mohammed. Mehdi.

Halimas Gesicht und Körper waren verhüllt, nur Hände und Augen zu sehen. Sie stand unter einem Torbogen vor einem weißen Haus mit Fensterblenden. Das Haus sah sehr griechisch aus, aber ich nahm an, dass das Foto in Marokko aufgenommen war.

Mohammed war ein eher kräftiger Mann mit Bart und weißer Kappe. Er trug einen eleganten dunklen Anzug, Schlips und Weste.

Dann konzentrierte ich mich auf das Foto von Mehdi, zog mein Notizbuch hervor und trug meine Gedanken ein, so, wie sie mir einfielen. Wortfetzen, die ein Bild von Mehdi ergeben sollten, basierend darauf, was mir über ihn erzählt worden war.

Ich war sehr unsicher. Sprach überhaupt etwas dafür, dass er sich mit einer Terrorgruppe eingelassen hatte? Ich konnte mir das kaum vorstellen. Und doch. Das Profil von potenziellen Terroristen hatte sich verändert. Seit ein paar Jahren hieß es, sie seien zumeist in einem westlichen Land geboren, in einer modernen Kultur aufgewachsen, häufig sehr gebildet. Aber Mehdi?

Vielleicht. Ich hatte ja keine Ahnung, was in ihm vorging. Jede Religion lässt sich missbrauchen, und Leila zufolge war die Veränderung eingetreten, seit er regelmäßig in die Moschee ging. Und zum Koranunterricht. ›Mehdi sagt selbst, es ist ihm restlos egal, was andere meinen oder denken. Das Einzige, was wirklich zählt, ist, dass alles, was er tut, vom Islam akzeptiert ist‹, hatte sie gesagt.

Es war denkbar, dass das Zusammensein mit Gleichgesinnten ihm eine Art Identität gab. Ein Fundament. Jedenfalls entstand zweifellos ein starkes Gemeinschaftsgefühl, wenn man nach denselben Regeln lebte und dieselben Rituale ausführte.

Ich zündete mir eine Zigarette an und folgte dem Rauch mit meinem Blick. Vielleicht waren Terrorgruppen mit religiösem Fundament viel gefährlicher als rein politischer Terror? Ich wusste es nicht. Religiösen Terroristen ging es um etwas, das viel größer war als sie selbst. Man kämpft für eine höhere Wahrheit. Für Gott. Man fühlt sich auserwählt, hat eine besondere Mission und ist wie die Freunde in der ekstatischen Bruderschaft bereit, sich zu opfern. Meine Güte! Sicher gab das wurzellosen und unsicheren Seelen einen Sinn.

Ich gähnte, schüttelte mich und leerte die Teetasse. Es war erst elf, aber ich war müde, und ich beschloss, auf mein übliches Glas Rotwein zu verzichten und schlafen zu gehen, sowie ich mit Sofie Gassi gewesen war.

* * *

Am nächsten Morgen wurde ich von Harry geweckt, der an die Tür hämmerte und wissen wollte, wie meine Begegnung mit Leila verlaufen war. Er war unverschämt guter Laune. Ich zwang mich aus dem Bett, drückte ihm schlaftrunken die Hundeleine in die Hand und setzte Kaffeewasser auf.

Als er zurückkam, hatte er am Kiosk frische Brötchen gekauft, und zum ersten Mal seit sehr langer Zeit empfand ich einen Hauch von Alltagsfreude. Die Wärme und der Duft des frisch gebrühten Kaffees breiteten sich im Wohnmobil aus, und draußen brach bleiches Sonnenlicht durch die Wolken.

»Was hatte sie zu verbergen?« Harry sah mich forschend an und biss in ein Brötchen.

»Frag mich nicht«, ich zuckte die Achseln und schnitt mir eine Scheibe Käse ab. »Aber irgendetwas war da.«

»Hm«, er schenkte sich Kaffee nach. »Wie findest du sie denn sonst?«

»Sie wirkt sympathisch.«

»Ja, das finde ich auch.«

»Was macht sie eigentlich?«

»Sie ist Erzieherin, arbeitet in einem Kindergarten in Valby.«

»Hm. Jedenfalls hast du recht, sie ist wirklich anders als ihre Schwester.« Ich leckte mir Marmelade von den Fingern.

»Halima?« Er sah mich überrascht an. »Hast du die auch getroffen?«

Ich schüttelte den Kopf. »Ich habe ein Foto gesehen.«

»Ich habe auch nicht viel mit ihr zu tun gehabt. In der Regel kam Mohammed zu den Elternabenden.«

»Und den konntest du nicht leiden?«

»Das ist vielleicht übertrieben.« Harry schob den Teller weg und zog die Zigarillos hervor. »Aber er war irrsinnig ehrgeizig, was Mehdi anging, er ließ ihn nie in Ruhe. Ich glaube, der Junge tat mir ein bisschen leid.«

»Womit hat er ihn nie in Ruhe gelassen?«

»Tja, wenn ich das wüsste ...« Er trommelte mit den Fingern auf dem Tisch. »Er war einfach schrecklich autoritär, wollte bestimmen, mit wem Mehdi zusammen war und so. Vor allem sollte er wohl von seinen dänischen Freunden getrennt werden. Zwischenzeitlich hatte der Junge einfach die Hölle zu Hause, und ich dachte, ich müsste ...« Er räusperte sich. »Mal mit den Eltern reden«, sagte er dann. »Also mit dem Vater.«

»Ist dabei etwas rausgekommen?«

»Ja und nein«, er überlegte. »Doch, eigentlich schon. Jedenfalls hatte Mehdi es leichter, und nach zwei Jahren konnten wir ihm eine Lehrstelle besorgen. Obwohl ...« Er verstummte, riss ein Streichholz an und entzündete seinen Zigarillo. »Er war ein heller Kopf, und ich fand eigentlich immer, er sollte aufs Gymnasium.«

»Aber so kam es dann nicht.«

»Nein. Dabei wäre er besser geeignet gewesen als Mostafa.«

»Wer ist Mostafa?«

»Sein jüngerer Bruder. Der ging aufs Gymnasium von Rødovre,

und wenn ich das richtig verstanden habe, kam er da nicht sonderlich gut zurecht.« Harry zog am Zigarillo.

Ich trank einen Schluck Kaffee. Seltsamerweise war ich gar nicht auf die Idee gekommen, dass es in der Familie noch andere Kinder geben könnte. »Wie viele Geschwister hat Mehdi?«, fragte ich und stellte die Tasse ab.

»Er hat noch eine Schwester, Fatima. Sie war eine Klasse über ihm.«

»Ach.« Ich nickte und überlegte, warum Leila weder Mostafa noch Fatima erwähnt hatte. Wäre es nicht möglich, dass sie etwas darüber wüssten, wo Mehdi sich aufhielt? Andererseits konnte ich wohl davon ausgehen, dass sie die beiden schon gefragt hatte. »Wie war er denn so?«

»Mehdi? Ein guter Junge, ich mochte ihn gern, das ging allen so, Lehrern und Schulkameraden, aber …« Er brach ab. »Ich habe mir das ehrlich noch nie überlegt«, sagte er leise, fast an sich selbst gerichtet.

»Was denn?«

»Dass er vielleicht ein bisschen *zu* höflich war. Wollte es allen recht machen, wenn du verstehst. Ganz anders als Mostafa.«

»Kein Wunder bei dem Vater«, sagte ich und dachte mit einem Anflug von Wehmut, dass ein Kind, das sich nicht geliebt fühlt, wohl immer die Schuld bei sich selbst suchen und glauben wird, es habe keine Liebe verdient. Ich wusste nichts oder nur wenig über Mehdi, aber es konnte durchaus sein, dass er aus diesem Grund so dringend gemocht werden wollte. Angst vor Zurückweisung.

Möglich. Allmählich bekam ich eine vage Vorstellung von ihm, aber was wusste ich schon?

Von der offenen Tür her kam ein leichter Windhauch, in der Ferne schrie eine Möwe.

»Sagt der Name Ahmed Selek dir etwas?« Ich zog meinen Pullover fester um mich zusammen.

Harry runzelte die Stirn. »Irgendwas schon«, sagte er langsam. »Ist das nicht der aus Norwegen?«

»Ja, er wird gesucht«, sagte ich. »Steht unter Verdacht, bei dem

Terrorangrifff in Oslo mitgemacht zu haben. Und er ist ein Freund dieses Imam, mit dem Mehdi zusammen ist.«

»Omar bin Malik?«

»Ja.«

»Hab ich es nicht gesagt?« Harry lachte grimmig auf und sah mich an. »Ich hab's doch gewusst. Alexander hat recht, Mehdi rutscht da in irgendwas Mieses rein.«

»Vielleicht.«

»Vielleicht? Daran kann ja wohl kein Zweifel bestehen!« Er schnaubte verärgert. »Nur allzu viele Grausamkeiten geschehen im Namen des lieben Gottes.«

»Gott ist nicht lieb oder gütig«, ich lächelte dünn. »Wenn er das wäre, dann wäre er besser.«

In Harrys Wagen brannte Licht. Er war vor einer halben Stunde nach Hause gekommen, und ich vermutete, dass er beim Bahnhofsimbiss vorbeigeschaut hatte.

Ich hatte den größten Teil des Tages beim Mechaniker zugebracht, der den Hinterreifen am Wohnmobil wechseln und einen neuen Reservereifen anbringen musste. Jetzt saß ich am Tisch und verzehrte mein Abendessen, Spaghetti mit zerlassener Butter und geriebenem Käse. Ich hatte nicht einkaufen können, also war das alles, was das Haus zu bieten hatte, und es war hervorragend.

Als ich gegessen hatte, rief ich bei Leila an.

»Harry hat mir gesagt, dass Mehdi zwei Geschwister hat«, sagte ich. »Könnte es nicht sein, dass die etwas darüber wissen, wo er sich aufhält?«

»Mostafa und Fatima?« Sie klang überrascht.

»Ja.«

»Das glaube ich nicht.«

»Vielleicht sollte ich versuchen, mit ihnen zu reden?«

Sie zögerte. »Das ist keine gute Idee«, sagte sie endlich. »Dann kriege ich Probleme mit Mohammed und Halima.«

»Warum?« Ich runzelte die Stirn. »Eigentlich müssen sie doch ein Interesse daran haben …«

»Wie ich dir gesagt habe, sie sind stolz darauf, dass Mehdi

sich Gottes Willen unterstellt hat. Und sie wollen nicht, dass ich mich einmische.«

»Soll das heißen, dass sie ihn unter Druck setzen?«

»Ja«, sie seufzte laut. »Vielleicht nicht direkt, aber es liegt in der Luft. Sie sind stolz«, wiederholte sie.

Stolz! Ich legte das Telefon weg und setzte Teewasser auf.

* * *

April, April, der macht, was er will. Im Wagen herrschte eine Bruthitze. Ich schnaufte, zog meinen Rollkragenpulli aus und kurbelte das Fenster runter.

Die Sackgasse war geprägt von älteren vernachlässigten Wohnhäusern und kleinen ausländischen Läden mit offenen Türen, vor denen sich in Kisten alle möglichen Waren stapelten. Ein Hund mit einem roten Halstuch lag in der Sonne vor einem Eingang und musterte die Vorüberkommenden. In einer Parterrewohnung saß eine Frau hinter dem offenen Fenster und las Zeitung.

Ich schaute auf die Uhr und fuhr langsam an der Moschee vorbei, die im Keller eines heruntergekommenen gelben Steinhauses untergebracht war. Es ging auf halb zwei zu, Zeit für das Freitagsgebet.

Ganz am Ende der Straße, eingeklemmt zwischen einem alten Lagerhaus und einem Abbruchhaus mit eingeschlagenen Fenstern und Graffiti, gab es eine kleine Grasfläche mit Schaukeln, Rutschbahn und Sandkasten. Dort tobten Kinder herum, junge Mütter verschiedener Nationalitäten saßen am Rand. Zwei Meter vom Spielplatz entfernt, hinter einem Container voller Holzstücke und altem Bauschutt, war eine Reihe von Autos abgestellt. Mit Mühe bugsierte ich Harrys nagelneuen Honda zwischen einen weißen Kastenwagen und einen Lada, den der Rost fast zerfressen hatte.

Ich ging den gegenüberliegenden Bürgersteig entlang und schaute zur Moschee hinüber, wo sich eine kleine Menschenmenge versammelt hatte, Männer, die hin und her liefen und »salām« sagten, und ins Gespräch vertiefte kleine Gruppen mit und ohne Bart. Die meisten waren jung, ich sah nur sehr wenige, die ich auf über fünfzig schätzte. Aber von Mehdi keine Spur.

Nach kurzem Zögern überquerte ich die Straße. Ein magerer, ein wenig ungepflegter Mann schielte zu mir herüber und murmelte eine unverständliche Bemerkung. Ich nickte freundlich und schlenderte weiter. Dann kam Bewegung in die Versammlung. Mehr und mehr Männer gingen die Treppe hinunter in die Moschee, aus der Stimmgewirr und der Geruch von Weihrauch strömten, sobald die Tür geöffnet wurde.

Ein junger Mann mit langem Kittel, Tuch um den Kopf, Weste und Sandalen blieb stehen und schaute mich aus tiefliegenden grauen Augen fragend an. Er hatte ein offenes Gesicht und wirkte freundlich. »Kann ich irgendwie behilflich sein?«, fragte er in lupenreinem Jütländisch und strich sich mit den Fingern durch den dünnen blonden Bart.

Ich überlegte rasch. Es war wohl unklug, nach Mehdi zu fragen, auch wenn es auf den ersten Blick naheliegend wirken mochte: Der junge Mann schien in Mehdis Alter zu sein und konnte ihn also durchaus kennen. Stattdessen lächelte ich ihn dankbar an. »Ich komme von der Lokalzeitung«, sagte ich und trat von einem Fuß auf den anderen, »und wollte eigentlich mit Omar bin Malik sprechen.« Ich blickte mich suchend um. »Ich habe gehört, dass er sich in Dänemark aufhält, aber …«

»Wenn Sie den Vortrag meinen, der ist erst am Montag. Jetzt ist hier das Freitagsgebet«, erklärte er und erwiderte mein Lächeln.

»Ach, dann hab ich das missverstanden.« Ich runzelte die Stirn. »Aber heißt das, dass Omar bin Malik heute gar nicht kommt?«

»Leider nicht. Er hält seinen Vortrag am Montag um vier, aber Sie sollten dann ein wenig früher hier sein.«

»Natürlich, klar.« Ich nickte und wollte noch etwas hinzufügen, als er mir mit bedauernder Geste den Rücken kehrte und die Treppe zur Moschee hinunterlief.

Nun war das Gelände menschenleer. Ich durchdachte die Lage. Es schien durchaus plausibel, dass Mehdi am Montag zusammen mit Omar bin Malik hier auftauchen würde. Aber ich hatte keine Chance, herauszufinden, ob er sich jetzt in der Moschee aufhielt. Ich blieb einen Moment unschlüssig stehen. Ich hatte keine Ahnung, wann das Freitagsgebet zu Ende war.

Schließlich steuerte ich ein kleines Café an, das zwischen einem Kiosk und einem Secondhandshop auf der anderen Straßenseite lag. Ich hatte Kaffeedurst, und dort konnte ich auch die Wartezeit verbringen, statt ziellos umherzuwandern.

Der Kellner, ein ziemlich kleiner Mann mit kräftigem Schnurrbart, nickte mir freundlich zu. Ich bat um einen Espresso, setzte mich an einen Tisch und schaute mich im Lokal um.

Das Café war klein, ein langer Schlauch mit Tischen und Bänken an der gefliesten Wand. Auf einer Erhöhung vor dem Fenster standen eine Sammlung Wasserpfeifen und eine Vase mit roten und gelben Plastikblumen. Hinter dem Tresen hing ein riesiges Foto der Al-Aqsa-Moschee und über der Tür ein kleineres Plakat mit einem grünen Kreis, auf dem zwei Schwerter sich unter einem flammendroten Buch kreuzten.

Zu meiner freudigen Überraschung standen Aschenbecher auf den Tischen. Ich wühlte in meiner Tasche und zog die Zigaretten hervor.

Der Kellner brachte meinen Kaffee und eine Untertasse mit Datteln. Er blieb stehen und schaute mich abwartend an, während er auf einem Zahnstocher herumkaute.

»Schmeckt, gut, sehr gut«, sagte er in gebrochenem Dänisch und schob mir auffordernd den Unterteller hin.

»Tausend Dank«, ich schob höflich eine Dattel in den Mund. Sie war süß und klebrig, ich spürte förmlich, wie sie auf meiner Zunge anschwoll. »Ja, sie schmecken gut«, sagte ich und trank rasch einen Schluck Kaffee.

Mit einem zufriedenen Lächeln kehrte er an den Tresen zurück.

Außer mir hielt sich im Café noch ein grauhaariger Mann mittleren Alters auf. Er saß an einem Fenstertisch, und irgendwie hatte ich das Gefühl, dass er mich beobachtete. Aber wenn ich ihn anschaute, blickte er weg. Er war sonnengebräunt, und sein distinguiertes Gesicht wirkte ein wenig abwesend. Einmal begegneten sich unsere Blicke, seine Augen waren tiefblau. Für eine kurze Sekunde schien er etwas sagen zu wollen, dann überlegte er es sich anders und wandte sich dem an der Wand befestigten Fernseher zu.

»Durst?« Der Kellner stellte ein Glas Wasser vor mich hin und zeigte auf die Datteln. »Sehr groß Durst.«

Ich lächelte und trank einen Schluck Wasser. Er schob mir abermals den Teller hin, aber ich schüttelte den Kopf und fischte eine Zigarette aus der Packung. »Aber danke.«

»Ach, Sie rauchen.« Er grinste breit.

Mit einem Hauch von schlechtem Gewissen zündete ich die Zigarette an, zog daran und sah dem Rauch hinterher. Was machte ich überhaupt hier? Ich war fremd in diesem Viertel, ich war misstrauisch und voller Vorbehalte, dennoch wurde mir überbordende Freundlichkeit entgegengebracht. Was hatte ich erwartet? Ich biss mir in die Lippe und schaute auf die Uhr.

Als ich noch einen Espresso getrunken, noch eine Zigarette geraucht und mich mit dem Kellner geeinigt hatte, dass es in Dänemark viel zu kalt sei, öffnete sich die Tür der Moschee, und der erste Mann kam zum Vorschein. Ich beugte mich ein wenig vor und schaute aufmerksam aus dem Fenster, während ich mein Portemonnaie öffnete. Der Grauhaarige mit dem sonnenbraunen Gesicht interessierte sich anscheinend ebenfalls dafür, was dort draußen vorging. Ob er auf jemanden wartete? Ich winkte dem Kellner, legte das Geld auf den Tisch und griff nach meiner Tasche.

»Schöne Tag noch«, sagte er.

»Gleichfalls«, sagte ich über meine Schulter und lief aus dem Café.

Ich war kaum zwei Meter weit gekommen, als hinter mir schnelle Schritte ertönten. Plötzlich fasste jemand nach meinem Arm. Ich fuhr herum und blickte in das lächelnde Gesicht des Kellners.

»Sie das hier vergessen«, sagte er und reichte mir mein Feuerzeug. »Sonst nicht können rauchen.«

Die Männer hatten sich wieder vor der Moschee versammelt, und ich meinte eine gereizte Stimmung zu spüren. Es wurde laut und mit großen Gesten diskutiert, aber als ich vorüberging, verstummten sie und schauten mir nach. Mir war bewusst, dass ich eine gewisse Aufmerksamkeit erweckte, das war nicht zu vermeiden, aber die Gespräche wurden rasch wieder aufgenommen, so interessant war ich also auch wieder nicht.

Ich stellte mich ein Stück von der Tür entfernt an die Ecke und beobachtete, wer die Moschee verließ. Schon nach zwei Minuten erkannte ich einen Mann, der die Treppe hochkam. Er trug ein weißes Hemd und einen grauen Anzug, und ich war zwar nicht ganz sicher, aber er hatte auffallende Ähnlichkeit mit Mehdis Vater Mohammed. Oder doch nicht? Ich sah ihn forschend an und wurde immer unsicherer. Einerseits war es ganz und gar nicht abwegig, dass Mohammed am Freitagsgebet teilnahm, andererseits kannte ich nur ein Foto von ihm. Gut jedenfalls, dass ich mich nicht nach Mehdi erkundigt hatte. Wenn wirklich sein Vater anwesend war, hätte mich das in Erklärungsdruck bringen können, auf den ich gern verzichtete.

Ich blieb stehen, bis nur noch zwei Männer übrig waren. Der eine wog seine Autoschlüssel in der Hand, machte eine Kopfbewegung und sagte etwas. Beide lachten, dann umarmten sie einander und trennten sich. Gleich darauf war alles still, und die Straße lag da wie ausgestorben.

Ich ging zurück zum Café, schlenderte dann langsam an den vielen kleinen Läden vorbei, blieb beim Gemüsehändler stehen, kaufte eine Tüte griechische Apfelsinen und trottete weiter zum Spielplatz. Die Sonne brannte über den Dächern, der Kontrast zur Kälte der vergangenen Tage war überwältigend. Ich ließ mich ins Auto fallen, kurbelte das Fenster runter und ließ den Motor an.

Omar bin Malik würde also am Montag in der Moschee einen Vortrag halten. Wenn ich richtig lag, würde Mehdi sich dazu einfinden. Und ich auch.

Als ich an diesem Abend am Herd stand, konnten meine Gedanken den Fall nicht loslassen. War ich hinters Licht geführt worden? Ich hielt mitten in einer Bewegung inne, blies mir eine Locke aus der Stirn und starrte nachdenklich vor mich hin. Vielleicht. Ich hatte schon die ganze Zeit das Gefühl, dass an der

Geschichte etwas nicht stimmte, und je länger ich darüber nachdachte, umso sicherer wurde ich. Am Ende interessierte mich mehr, was Leila nicht gesagt hatte, als was sie gesagt hatte.

Seufzend drehte ich das Hähnchen um, füllte es mit Petersilie und ließ es in der brodelnden Butter bräunen.

Naheliegend oder nicht: Ich hatte keinen der Männer vor der Moschee gefragt, ob sie Mehdi kannten oder wussten, wo er sich aufhielt. Und zwar aufgrund der Behauptung, dass das für Leila Probleme nach sich ziehen könnte. Das hatte ich sofort akzeptiert. Aber was steckte dahinter? Ich drehte die Flamme klein und legte den Deckel auf den Topf. Warum durften Halima und Mohammed nicht wissen, dass Leila sich an mich gewandt hatte? Ihre Erklärung, dass die beiden einer radikalen Szene angehörten und stolz auf Mehdi waren, kam mir auf einmal konstruiert vor. Sie wollten ihren Sohn doch sicher auch finden? Oder sollte nur Leila nicht wissen, wo er war? Weil die beiden fanden, dass sie einen schlechten Einfluss auf ihn hatte? Ich spülte unter dem Hahn eine Tasse aus, goss mir Kaffee ein und setzte mich an den Tisch.

Ich war fast sicher, dass Leila nicht mit offenen Karten spielte. Aber warum nicht? Worauf war sie aus? Sie hatte es bis zu einem gewissen Grad geschafft, mich zu überzeugen, dass sie sich Sorgen um Mehdi machte, aber war das wirklich der Punkt, um den es hier ging?

In meinem Nabel hauste ein Vogel. Er war grün und hatte rote Federn und einen gelben Schnabel. Er war auf eine ganz besondere Weise schön. Ich schlug die Augen auf. Dachte ein wenig darüber nach, dass so etwas möglich sein könnte. Wieso hatte ich das nicht schon früher entdeckt? Aber vielleicht hatte er ganz still gesessen, ohne sich zu bewegen? Wie seltsam. Ich lächelte gerührt. Und langsam wurde mir klar, dass es ein Traum war, der mich nicht loslassen wollte.

Ich gähnte. Es war Montag, es war kurz nach acht, und ein Vogel im Nabel war sicher besser als zehn auf dem Dach. Also stand ich auf und goss Wasser in die Kaffeemaschine.

Draußen war die Landschaft in einen Nebelschleier gehüllt.

Feuchtigkeit tropfte von den Zweigen der Bäume, in der Luft hing ein wunderbarer Duft nach Pilzen und Moos. Wir gingen am Mølleå entlang, Sofie rannte eifrig voraus und schnüffelte am Boden. Es war warm. Ich öffnete meinen Regenmantel und schaute aus zusammengekniffenen Augen zum Himmel hoch. Hinter dem Nebel ahnte ich den bleichen Lichtschein der Sonne, die auf ihren Durchbruch wartete.

Vier Stunden später, als ich in Harrys kleinem Honda nach Kopenhagen fuhr, war der Himmel klar und blau. Ich hatte Zeit genug, deshalb aß ich unterwegs ein Eis. Das hatte ich seit hundert Jahren nicht mehr getan.

Am Ziel angekommen, fuhr ich langsamer und schaute zur Moschee hinüber. Die Straße war noch weitgehend menschenleer. Gemächlich rollte ich weiter bis zum Spielplatz am Ende der Straße, hatte abermals Glück und fand eine enge Parklücke. Ich steckte mein Telefon in die Tasche und schloss das Auto ab.

In der Nachmittagssonne saßen zwei kleine Mädchen vor einem Hauseingang und spielten mit Stofftieren, ein Junge schlingerte stolz auf einem gelben Dreirad vorüber, und ein Stück weiter kam eine junge Mutter mit Baby auf dem Arm aus dem Gemüseladen. Ich zündete mir eine Zigarette an, blieb auf der anderen Straßenseite vor dem Secondhandshop stehen und lauschte den lauten Stimmen, die aus einem offenen Fenster im zweiten Stock drangen.

Zwei Minuten später tauchten vor der Moschee die ersten Besucher auf. Es waren überwiegend junge Männer, manche in knielangen Kitteln und mit langen Bärten, andere modern gekleidet.

Als ich die Zigarette gerade ausgedrückt hatte, hielt ein dunkelblauer Nissan am Straßenrand und vier Männer stiegen aus. Ich zuckte zusammen, als ich Mehdi erkannte. Es war kein Irrtum möglich. Leila hatte mich ermahnt, zu bedenken, dass er jetzt einen Bart haben musste, aber das war offenbar nicht mehr der Fall. Er sah aus wie auf dem Foto, glattrasiert, in Levi's und T-Shirt wie ein x-beliebiger junger Mann. Zwei der anderen trugen weiße Gewänder und Kopfbedeckungen, der vierte und älteste, ein recht korpulenter Mann von vielleicht sechzig, hatte eine zugeknöpfte braune Weste über seinem Kittel, eine braune Kappe und einen langen dunklen Bart. Ich nahm an, dass er Imam Omar bin Malik war. Etliche Männer drängten sich um ihn zusammen, und es war deutlich, dass er großen Respekt genoss. Der Stoff seiner braunen Weste spannte sich bedrohlich, wenn er mit offenen Armen und Wange an Wange einen der Umstehenden umarmte.

Auf einmal überstürzten sich die Ereignisse. Einer der Weißgekleideten zog ein klingelndes Mobiltelefon aus der Tasche, kehrte den anderen den Rücken zu und führte ein kurzes, leises Gespräch, wobei seine Augen unter der gerunzelten Stirn mich zufällig streiften. Er nickte und gab dem Ältesten ein Zeichen, worauf der sich mit Mehdi aus der Menschenmenge löste. Sie steckten vertraulich die Köpfe zusammen. Ich stand abwartend zwei Meter entfernt und überlegte, was ich zu Mehdi sagen sollte, als er plötzlich dicht an mir vorbeilief, gefolgt von den Weißgekleideten. Noch ehe ich begriff, was vor sich ging, waren sie in das Auto gesprungen, das im nächsten Augenblick anfuhr und eilig davondröhnte.

Verdammt. Was jetzt? Ich starrte ratlos hinter den Verschwundenen her. Selbst wenn es vielleicht nicht klug gewesen wäre, ärgerte ich mich gewaltig, dass ich nicht einfach die Hand ausgestreckt und Mehdi gepackt hatte. Er war so nah gewesen, und jetzt … oh Mist!

Omar bin Malik war mit seinem Gefolge verschwunden, und die Menge strömte zur Moschee, wo sich vor der Treppe eine Schlange bildete. Ich brütete vor mich hin und fuhr heftig zusammen, als ich entdeckte, wer in der Nähe stand und mich beobachtete: der grauhaarige Mann mit dem sonnenbraunen Gesicht und den tiefblauen Augen. Es war das zweite Mal, dass wir aufeinandertrafen. Unsere erste Begegnung hatte in dem Café stattgefunden, wo er saß und wartete, wie ich. War das Zufall, oder …?

Ein rasches Lächeln huschte über sein Gesicht. Er nickte mir zu.

Ich überquerte die Straße und näherte mich zögernd.

»Sind Sie Journalistin?«, fragte er.

Ich zögerte. »Warum wollen Sie das wissen?« Ich nahm an, dass er mein Gespräch mit dem jungen Konvertiten aus Jütland gehört hatte.

»Sie waren auch am Freitag hier, und als ich Sie heute wiedersah, dachte ich, Sie wollen den Imam Omar bin Malik sprechen.«

»Ach«, ich nickte unverbindlich. »Sind Sie vielleicht selbst Journalist?«

»Na ja, etwas in der Richtung«, sagte er vage. »Von welcher Zeitung kommen Sie denn?«

Das wurde zu kompliziert »Ich bin keine Journalistin«, sagte ich kurz.

»Aber warum sind Sie dann hier?«

»Wegen einer Mandantin.« Ich war irritiert, was ihn augenscheinlich aber nicht störte.

»Einer Mandantin?« Die blauen Augen musterten mich forschend.

Ich hielt seinem Blick stand. »Ich bin Privatdetektivin.«

Sein sonnenbraunes Gesicht legte sich in freundliche Falten, und seine Stimme enthielt keine Spur von Ironie, als er fragte, für wen ich arbeitete.

»Das kann ich Ihnen natürlich nicht sagen«, sagte ich, etwas milder gestimmt.

»Aber wen haben Sie denn hier gesucht?«

Ich überlegte kurz und entschied mich für die Wahrheit. »Ich wollte mit einem der jungen Männer im Gefolge von Omar bin Malik sprechen.«

»Mit welchem denn?«

Ich zögerte. Dann folgte ich meinem Gefühl. Vielleicht stieß ich so auf eine Spur. »Er heißt Mehdi.«

»Und warum wollen Sie mit ihm sprechen?«

Jetzt ging er zu weit. »Das geht Sie ja wohl nichts an«, sagte ich.

»Stimmt.« Seine Augen funkelten zustimmend, und er nickte. »Aber wenn Sie es irgendwann für nötig befinden sollten, können Sie mich gern anrufen.« Er zog eine Visitenkarte aus der Tasche und reichte sie mir. Eigil Larsen. Ein Name und eine Telefonnummer, das war alles.

»Sind Sie vom PET?«, fragte ich.

Er zuckte schweigend mit den Schultern und lächelte freundlich. Aber er sagte nicht nein, und ich hatte keine Zweifel.

Leila ging es ebenso. »Vielleicht ist das einer von denen, die bei Halima waren«, sagte sie, als ich am nächsten Tag in ihrer Wohnung saß und Tee trank. »Die haben zumindest behauptet, dass sie vom Polizeilichen Nachrichtendienst sind.«

»Haben sie Mehdi angetroffen?«

»Nein.«

»Was die wohl von ihm wollten …«

»Tja«, sie verschränkte die Arme und lächelte traurig. »Wenn ich Halima richtig verstanden habe, wollten sie nur mit ihm reden. Mehr nicht.«

Ich nahm einen Schluck Tee und nickte. Natürlich wollten sie mit ihm reden, aber das Interessante war, worüber.

»Wie ich schon sagte, gehört Mehdi zu einem Studienkreis, der den Koranunterricht von Abu Hakim besucht. Sie treffen sich jeden Mittwoch.«

»In der Moschee?«

»Nicht mehr. Ein paar Mitglieder der Gemeinde fanden Abu Hakim zu extrem, und obwohl die Meinungen geteilt waren, wurde beschlossen, ihm den Unterricht in ihren Räumlichkeiten zu untersagen. Jetzt treffen sie sich in seinem Haus im Hvidovre Strandvej.« Sie klang wütend.

»Ach?« Ich sah sie forschend an. Sie war überraschend gut informiert. Bisher hatte ich nicht den Eindruck gehabt, dass sie regelmäßig die Moschee aufsuchte, aber ich konnte mich natürlich irren. »Woher weißt du das alles?«

Sie fuhr sich mit den Fingern durch die Haare. »Einiges habe ich von Halima, das meiste aber von meiner Freundin Aicha. Sie hat einen Sohn, der zu diesem Studienkreis gegangen ist. Er hätte auch mit Mehdi und Abu Hakim nach Sarajewo fahren sollen, ist aber aus irgendeinem Grund ausgestiegen. Aicha war erleichtert …«

»Warum?«

»Sie ist nicht wie Halima.«

Ich runzelte die Stirn. Natürlich konnte man mit Fug und Recht anführen, dass ich ihre Kultur nicht kannte, dass ihr Familienkonzept womöglich ganz anders war als das hiesige. Leila war Mehdis Tante. Gut, vielleicht hatten sie eine enge Beziehung gehabt, aber ich hatte ganz deutlich den Eindruck, dass hier etwas nicht zusammenpasste. Ich konnte durchaus nachvollziehen, dass Leila sich von der radikalen Islamauffassung ihrer Schwester distanzierte, und vieles wies darauf hin, dass ihre Sorge um Mehdi berechtigt war, aber dennoch …

»Der Irakkrieg hat den Fundamentalisten Auftrieb gegeben.« Sie goss Tee nach. »Und die wissen genau, wie sie das ausnutzen können.«

Ich ging nicht darauf ein. Wenn unsere Zusammenarbeit weitergehen sollte, würde sie alle Karten auf den Tisch legen müssen. Ich hatte keine Lust, mich manipulieren zu lassen, und ich wollte ihre Beweggründe erfahren. »Du hast mir nicht alles gesagt, Leila«, sagte ich ruhig und stellte meine Tasse ab.

Sie erstarrte. Ein Schatten huschte über ihr Gesicht, und sie sah mich an. Dann sprang sie auf, öffnete die Balkontür und blieb dort stehen.

»Du musst mir die ganze Wahrheit sagen«, sagte ich zu ihrem Rücken.

Schließlich nickte sie, drehte sich um und begegnete meinem Blick.

»Mehdi ist mein Sohn«, sagte sie leise.

Wir erreichten den Mouassine-Brunnen und gingen weiter zur Wollfärbergasse. Die Hitze stand zwischen den hellroten Lehmwänden, Fliegen surrten um frische Eselshäufchen. Die werbenden Rufe von Saftverkäufern schallten durch die engen verwinkelten Gassen, und wir fuhren beide zusammen, als diese und alle anderen Geräusche vom Gebetsruf eines Muezzin übertönt wurden, der sich wohl auf einem in der Nähe gelegenen, aber nicht sichtbaren Minarett befand.

»Dieses ganze Gottesgefasel«, fauchte Harry erbost und wischte sich mit einem Taschentuch die Stirn. »Hirngespinste, das ist alles.«

»Also ich weiß nicht …«

»Was denn?«

»Meines Wissens hat gerade das Hirn immer Probleme mit Gott.«

»Und das soll ein Beweis sein?«

»Wofür?«

»Für Gott …?«

»Nein, gar nicht.«

»Was denn dann? Wenn es nicht das Hirn ist, woher kommt es dann?«

Ich runzelte die Stirn, stöhnte und zupfte an meiner Bluse, die der Schweiß an meinen Leib klebte. »Was kommt woher?«

»Dieses ganze Gottesgefasel.«

»Frag mich was Leichteres.«

Das Haus hatte eine blaue Metalltür mit einer Klingel. Sie lärmte schrill, dann öffnete sich die Tür einen Spaltbreit, und eine schwarz gekleidete ältere Frau starrte uns neugierig an.

Wir versuchten zu erklären, wer wir waren. Zuerst in gebrochenem Französisch, dann auf Englisch, aber wir hätten auch Chinesisch sprechen können, denn sie schüttelte nur den Kopf und verstand kein Wort.

Harry ging leicht in die Knie und beugte sich vor. »Youssef«, sagte er langsam und deutlich und schaute ihr in die Augen. »Youssef.«

Endlich. Ihr Gesicht leuchtete auf. »Youssef«, wiederholte sie laut und nickte. Und jetzt wurde die Metalltür sperrangelweit aufgerissen, sie trat einen Schritt zurück und winkte uns in einen kleinen, schattigen Hinterhof mit einem Urwald aus grünen Pflanzen. Ich fuhr mir mit den Fingern durch die Haare und holte tief Luft. Es war wunderbar kühl, in der Luft hing Jasminduft.

Die Frau drehte einen Fernseher leiser, der auf einem Hocker vor der Mauer stand. Dann zog sie zwei Plastikstühle von einem runden Tisch mit leuchtend bunten Keramikfliesen. Sie wischte die Stühle mit dem Schürzenzipfel ab und gab uns ein Zeichen, uns zu setzen. Doch, doch, kommt schon, kommt! Sie klopfte auf die Stühle, dass ihre Goldarmbänder nur so klirrten, und lächelte, wobei ihre Augen in einem Meer aus Runzeln ertranken. Sie erklärte irgendetwas und verschwand dann mit raschen Schritten im Haus. Ihre rosa Turnschuhe bildeten einen lustigen Kontrast zu dem vielen Schwarz. Bald darauf kam sie mit einer Kanne Minztee und zwei Gläsern zurück. Sie redete ununterbrochen, machte Zeichen und Gebärden, verstummte dann und schaute uns abwartend an.

Wir nickten und bedankten uns überschwänglich, aber sie war nicht zufrieden. Ungeduldig wiederholte sie immer wieder denselben Satz. Wieder und wieder. Wir starrten sie an, wir gaben uns alle Mühe, aber ohne Erfolg. Am Ende sagte Harry in bestem Dänisch, wir seien mit Youssef verabredet, er wollte in der Mittagspause kommen, sowie er die Apotheke verlassen könnte, es eile nicht, wir könnten gern warten. Ah, sie fuhr sich mit der Hand über den Mund, nickte heftig und verschwand wieder im Haus.

»Ich glaube, diesmal hat sie es verstanden«, sagte Harry, verstummte aber, als sie mit einer Schüssel voller Mandelplätzchen wieder auftauchte.

Ich unterdrückte ein Lächeln.

Harry zeigte auf sich selbst und nannte seinen Namen.

Die Frau legte den Kopf schräg und strich ihre Schürze glatt.

Dann zeigte Harry auf mich und sagte: »Kit.«

Ah! Sie lächelte. »Meriam«, rief sie und klopfte sich an die Brust. »Meriam.«

Wir wiederholten unsere Namen. Harry erzählte, dass wir aus Dänemark kämen, sie nickte und nickte und füllte unsere Gläser mit Tee.

Plötzlich zog sie ein Mobiltelefon aus der Schürzentasche. Sie hielt es mit ausgestrecktem Arm von sich und starrte es aus zusammengekniffenen Augen an, während sie eine Nummer eingab.

»Ich muss schon sagen« murmelte Harry und trank einen Schluck Tee, »der Fortschritt lässt sich nicht aufhalten.«

Als Meriam ihr Gespräch beendet hatte, griff sie zu einer Häkelarbeit und ließ sich bei der Tür auf einen Stuhl sinken. Sie beobachtete uns aus dem Augenwinkel und bedachte uns in regelmäßigen Abständen mit Lächeln und Nicken.

Ich fischte meine Zigaretten aus der Tasche, überlegte es mir dann aber anders.

Rufe und Lachen waren zu hören. Auf dem Dach des Nachbarhauses hängte eine Frau Wäsche auf, zwei kleine Jungen rannten johlend um ihre Beine. Der eine riss aus Versehen ein Laken von der Leine, und die Frau verpasste ihm eine schallende Ohrfeige. Er heulte auf, aber gleich darauf ging das Spiel weiter.

Es verstrich etwa eine halbe Stunde, dann erschien Yousself mit einem mageren jungen Mann, den er als Vetter Ben aus Essaouira vorstellte.

»Marhaba«, grüßte der Vetter und sah uns träge an.

Youssef ließ sich auf einen Stuhl sinken, streckte die Beine aus und rief Meriam etwas zu, woraufhin sie im Haus verschwand. Er feuchtete einen Finger an, wischte einen unsichtbaren Fleck von seinen glänzenden Lederschuhen, klopfte sich Staub von der hellen Leinenhose und erklärte, Ben spreche sehr wenig Französisch und gar kein Englisch. »Aber das ist kein Problem, ich kann übersetzen«, fügte Youssef hinzu.

Ben murmelte irgendetwas. Ich hörte den Namen Leila, und er sah misstrauisch drein. Youssef nickte, seufzte und fuhr sich mit den Fingern durch die Haare. Für einen Moment schwieg er, dann sah er mich mitfühlend an und schüttelte traurig den

Kopf. Die Explosion im Café habe mindestens fünf Menschenleben gefordert, erzählte er, unter anderem einen seiner Nachbarn, einen älteren Teppichhändler namens Said. Der sei in der Nachbarschaft ein bekannter und angesehener Mann gewesen, mit einer großen Familie, Söhne und Töchter und Enkelkinder, es sei eine unbeschreibliche Tragödie, für die Medina, ja für ganz Marrakesch, es sei ein entsetzliches Unheil. »Ihr hattet mehr Glück. Gott sei gedankt. Alhamdulillah.«

Etwa zwei Minuten redeten wir über das dramatische Ereignis des Vortags, dann senkte sich wieder Schweigen über uns. Die Stimmung war merklich angespannt. Irgendwie lag in der Luft, dass sie auf eine seltsame Weise abgeneigt waren, über Leila zu sprechen. Fast, als ob sie sich schämten oder für sie um Entschuldigung bitten müssten.

Gereizt verscheuchte ich Fliegen. Sie umschwirrten die Schüssel mit dem Mandelgebäck und waren überall. Gerade entschloss ich mich, nun endlich Klartext zu reden, da kam mir Harry zuvor.

Er stellte sein Glas ab. »Es ist jetzt über eine Woche her, dass du mit Leila gesprochen hast, und wir können sie nirgends erreichen.« Er sah Youssef direkt ins Gesicht. »Was ist hier los? Wenn ich dich richtig verstanden habe, hat sie ihr Hotel verlassen und wollte ihre Tante und deren Familie in Essaouira besuchen«, seine Stimme bebte. »Und nun behauptest du plötzlich, sie ist in Casablanca?«

Youssef machte eine resignierte Handbewegung. »Ich sage nur, was sie selbst gesagt hat. Aus irgendeinem Grund muss sie ihre Pläne geändert haben.« Er wandte sich Ben zu und übersetzte.

Der Vetter hörte zu, dann folgte ein längeres Gespräch zwischen den beiden. Ich lehnte mich auf meinem Stuhl zurück und musterte sie. Wie weit konnten wir uns eigentlich auf Youssef verlassen? Was wussten wir über ihn, außer dass er Leilas Vetter zweiten Grades war und der Erste, den sie in Marokko aufgesucht hatte? Er war ein schmächtiger Mann mit knabenhaft feinen Zügen in dem dunklen Gesicht, doch obwohl er in vieler Hinsicht wie ein Junge wirkte, schätzte ich ihn auf Mitte vierzig.

Nicht zuletzt, weil er Apotheker war. Vielleicht lag es an seiner Ausbildung, dass er in der Familie viel zu sagen hatte. Auch Leila hatte mit einem gewissen Respekt von ihm gesprochen.

Aber wie viel hatte sie ihm anvertraut? Er hatte gelinde gesagt überrascht und zunächst extrem skeptisch reagiert, als wir plötzlich auftauchten und uns als Leilas Freunde vorstellten. Doch das war natürlich verständlich, und seitdem war er freundlich und ungeheuer hilfsbereit gewesen. Leila hatte uns offenbar nicht erwähnt. Sie hatte dazu wohl auch keinen Grund gehabt. Sie war mit einem ganz bestimmten Ziel hergekommen und hatte keine Ahnung, dass wir ihr nachgereist waren.

»Also, das ist so«, Youssef sah erst Harry und dann mich an, seine Miene war ernst. »Ben sagt, Leila ist nach Casablanca gefahren, um sich mit ihrem Neffen Mehdi zu treffen, der in wenigen Wochen heiratet. Sie will offenbar bis nach der Hochzeit in Casablanca bleiben. Danach fährt sie wieder nach Essaouira und wohnt im Haus von Bens Mutter.«

Ich nickte nachdenklich. Das mit der Hochzeit hatten wir schon von Leila gehört, die es von Halima wusste. Youssef klang überzeugend. Ich wechselte einen Blick mit Harry. So ungefähr das Letzte, was wir von Leila gehört hatten, war, dass sie es nicht glaubte.

»Wann will sie denn wieder nach Hause kommen?«, fragte Harry argwöhnisch. »Nach Dänemark, meine ich.«

Youssef machte ein verständnisloses Gesicht und sagte etwas zu Ben, es folgte ein kurzes Gespräch, dann schüttelte er bedauernd den Kopf. »Davon hat sie nichts gesagt. Als sie in Marrakesch war, hatte ich den Eindruck, dass sie ...« Ben unterbrach ihn mit einer Bemerkung. »Ja«, Youssef nickte und sah uns abermals mit ernster Miene an. »Wie Ben sagt, es geht ihr nicht besonders gut. Sie ist unglücklich. Sie war so viele Jahre nicht mehr in ihrem eigenen Land, und jetzt hat sie ein schlechtes Gewissen wegen des Lebens, das sie fern vom Islam geführt hat.«

»Wem zum Teufel hat sie das denn gesagt?« Harry wurde unwillkürlich laut, und ich fiel ihm hastig ins Wort.

»Sie muss doch seit mindestens einer Woche in Casablanca sein«, ich fing Youssefs Blick ein. »Weiß irgendwer, wo sie wohnt?«

Er reichte die Frage an Ben weiter, doch der zuckte bloß ungeduldig mit den Schultern und ließ einen lebhaften Wortschwall folgen.

»Ja, ja«, Youssef wandte sich wieder an mich. »Sie wohnt bei einem Onkel des jungen Mädchens, das ihr Neffe heiraten wird. Sie heißt Rabia. Ich kenne die Familie, es sind gute Menschen.«

»Hast du ihre Adresse?«, fragte Harry sofort.

Youssef zögerte. »Ja, aber …« Er verstummte verlegen.

»Aber was?« Harrys Stimme klang schroff, er war kurz davor, die Geduld zu verlieren.

Youssef sagte etwas zu Ben, der grunzend die Hände hob.

»Hör mal, Youssef«, sagte Harry eindringlich. »Wir machen uns Sorgen um sie. Sie meldet sich nicht am Telefon, und wir können sie nicht erreichen. Wir haben Angst, ihr könnte etwas zugestoßen sein.«

Youssef sah ihn fragend an.

»Wir fahren nicht nach Hause, ohne mit ihr gesprochen zu haben«, erklärte Harry energisch. »Gibst du uns also die Adresse?«

Youssef nickte langsam. »Natürlich«, sagte er ruhig. Er verließ den Hof und verschwand im Haus. Es war einen Moment lang still, während wir einander ansahen. Ben steckte sich eine Zigarette an und schloss die Augen, als ob wir gar nicht anwesend wären.

»Das klingt doch einfach nicht überzeugend.« Harry dämpfte seine Stimme, klang aber wütend. »Kannst du mir erklären, warum Leila nicht versucht hat, uns zu erreichen? Ich meine, selbst wenn sie ihr Telefon verloren hat oder es gestohlen wurde, muss es doch …« Er verstummte, als Youssef mit Block und Kugelschreiber zurückkehrte, eine Adresse und eine Telefonnummer aufschrieb und Harry den Zettel reichte.

»Wenn ihr diese Nummer anruft –« Er brach ab und wandte sich mit einer kurzen Frage an Ben, der plötzlich laut lachte.

Youssef warf den Kopf in den Nacken und schnitt eine Grimasse. »Sie können weder Französisch noch Englisch.«

»Wer?«, fragte ich.

»Rabias Familie.« Er biss sich auf die Lippe und seufzte. Dann schaute er auf die Uhr, und seine Miene erhellte sich. »Aber ich kann sie jetzt anrufen und erklären, dass zwei Freunde von Leila aus Dänemark sie suchen und gern mit ihr reden würden«, sagte er eifrig und zückte sein Telefon.

Wir sahen ihn an, während wir warteten und dem monotonen Klingeln lauschten, das einfach kein Ende nahm. Meriam kam aus dem Haus und stellte eine neue Kanne Minztee auf den Tisch. Ihre Miene war düster, sie wich unseren Blicken aus.

»Da meldet sich niemand«, Youssef zuckte bedauernd die Achseln. »Ich kann es später noch mal versuchen, wenn ihr wollt?«

»Ja, tu das bitte.« Ich lächelte gezwungen.

»Das Ganze stinkt«, murmelte Harry und reichte mir den Zettel mit der Adresse. Ich steckte ihn in meine Handtasche, nickte zustimmend und merkte dann, dass Ben uns aufmerksam beobachtete.

Harry sah Youssef an. »Gibt es einen Zug nach Casablanca?«

»Aus Marrakesch?« Youssef sah plötzlich überlegen aus, fast arrogant. Vielleicht empfand er die Frage als Zeichen westlicher Überheblichkeit. »Da fahren jeden Tag etliche. Ich weiß nicht genau wann, aber sicher fährt heute Abend noch einer. Ich kann euch zum Bahnhof bringen, wenn ihr wollt«, bot er mit arabischer Höflichkeit an. »Kein Problem.«

»Danke, nein«, ich lächelte ihm dankbar zu. »Das schaffen wir schon. Und vor morgen Nachmittag fahren wir nicht los.« Fragend sah ich Harry an, der nickte.

»Morgen Nachmittag kann ich nicht«, sagte Youssef bedauernd. »Da muss ich im Laden sein.«

»Natürlich. Kein Problem, Youssef.«

Er lächelte verkniffen. »Wenn ihr bis zum Wochenende wartet, kann ich euch gern nach Casablanca fahren.«

Wir schwiegen ein paar Sekunden.

»Das ist nett von dir«, sagte Harry entschieden. »Aber wir fahren morgen Nachmittag.«

Eine Viertelstunde später brachen wir auf. Es war kurz nach drei. Meriam war im Haus verschwunden, ihre Häkelarbeit lag noch auf dem Stuhl.

»Danke für eure Hilfe.« Harry streckte die Hand aus.

»Wir danken dir sehr für alles, was du getan hast«, sagte ich überschwänglich und legte eine Hand auf mein Herz. »Ich hoffe, wir sehen uns, wenn wir mit Leila gesprochen haben und wieder herkommen.«

»Inschallah. So Gott will«, Youssef nickte.

»Na, mal sehen, was dabei rauskommt«, sagte ich skeptisch, als wir um die Ecke gebogen waren. Aus einem Haus mit geschlossenen Fensterblenden drang laute Musik. Arabischer Pop.

»Also, die Adresse wird ja wohl stimmen«, meinte Harry. »Warum sollte er uns eine falsche Adresse geben? Er hat ja sogar angeboten, uns hinzufahren, wenn wir bis zum Wochenende warten.«

»Schon möglich.« Wir sprangen zur Seite, als zwei junge Männer auf einem Moped vorüberjagten.

»Glaubst du das nicht?« Harry wurde lauter.

»Ben kam mir wenig vertrauenerweckend vor.«

»Das gilt ja wohl für beide. Aber einen Versuch ist es doch wert?«

»Natürlich. Uns bleibt sowieso nichts anderes übrig.«

Plötzlicher Kloakengestank wogte durch die Luft und verschwand wieder. Ich seufzte tief und blies mir die Haare aus der Stirn.

Die alten Häuser, die Wände aus in der Sonne getrocknetem Lehm, der Staub und die Fliegen überall …

Ich war müde. Ich klebte vor Schweiß. Ich sehnte mich nach meinem kühlen Hotelzimmer.

* * *

In der Medina wimmelte es von Menschen. Wir kämpften uns wacker durchs Gewühl, aber als wir zum dritten Mal am selben Café vorbeikamen, mussten wir uns eingestehen, dass wir uns verirrt hatten.

»Teufel auch!« Harry strich sich müde übers Gesicht und faltete den Stadtplan auseinander. Unter seinen Augen zeichneten sich dunkle Ringe ab. Es ging ihm schlecht, er machte sich schreckliche Sorgen.

Wir vertieften uns bei einem Espresso in den Stadtplan.

Ich weiß nicht, was es auslöste. Vielleicht ein Geräusch, vielleicht ein Geruch oder der Packesel, der gerade vorüberkam. Plötzlich war alles wieder da. Die verstümmelten Körper, die Toten, das Blut überall. Schweiß trat mir auf die Stirn, und meine Hand zitterte, als ich die Tasse abstellte. Mir war übel, ich wollte nicht mehr in diesem Café sein.

»Stimmt was nicht?«, fragte Harry.

»Die Hitze«, murmelte ich reserviert, fürchtete mich vor allem und jedem und war erleichtert, als wir weitergingen.

Nach einer weiteren Stunde des Umherirrens im Labyrinth aus Gassen und Durchgängen, in der wir eine Unmenge von hoffnungsvollen Verkäufern abgewiesen hatten, fanden wir endlich das Hotel wieder. Wir trennten uns vor dem Eingang. Harry wollte in einem kleinen Supermarkt in der Nähe einkaufen und sich danach eine Stunde aufs Ohr legen. Erschöpft, wie ich war, hätte ich am liebsten dasselbe getan, aber wenn ich jetzt schlief, würde ich die ganze Nacht so wach wie ein Seeadler sein.

Im Zimmer war aufgeräumt worden, das Bett war gemacht, alles wunderbar hergerichtet und in der Luft hing ein Duft nach Seife und frisch gewaschener Wäsche. Ein Duft der Fürsorge.

Ich streifte die Schuhe ab, wackelte mit den Zehen und seufzte. Obwohl wir schon drei Tage hier waren, hatte ich noch nicht auspacken können. Ich raffte mich auf, legte die Blusen in den Schrank, musterte kritisch meine zerknitterten Kleider und Röcke, breitete sie auf dem Bett aus und rief in der Rezeption an.

Hassan meldete sich, Besitzer des Hotels und ein hochsympathischer Mann um die fünfzig, der uns von Anfang an mit gutem Rat, Stadtplänen und Wegbeschreibungen behilflich gewesen war. Ein Bügeleisen? Kein Problem. Nach knapp zehn Minuten stand seine Tochter Touria mit Bügeleisen, Bügelbrett und Minztee vor meiner Tür. Als sie die Sachen auf meinem Bett sah, bot sie sofort an, das Bügeln zu übernehmen, aber ich lehnte dankend ab.

Beim Bügeln dachte ich an Leila. Ich teilte Harrys Besorgnis. Selbst wenn ihr Handy verloren oder gestohlen war, ergab das noch keine befriedigende Erklärung dafür, dass sie sich gar nicht bei uns meldete. Schon ihr letzter Anruf bei Harry in Dänemark hatte zutiefst beunruhigend geklungen. Sie hatte unzusammenhängende Erklärungen gestammelt, zudem war die Verbindung schlecht, und sie wurden unterbrochen, ehe er in Erfahrung bringen konnte, was überhaupt vorgefallen war. Es hatte irgendwas damit zu tun, dass sie mit Youssef gesprochen hatte und mit Leuten in Kontakt war, die wussten, wo Mehdi sich aufhielt. Soweit Harry das verstand, ging es wohl um ein Testament. Sie klang aufgeregt und ängstlich, was ihm besonders Sorgen machte. Seither hatten wir nichts mehr von ihr gehört.

Ich hatte vergeblich versucht, ihn zu beruhigen. Bestimmt hatte er sie falsch verstanden. Ein Testament, das ergab doch keinen Sinn. Es sei denn, sie wäre bei ihrer Rückkehr nach so vielen Jahren überraschend in irgendeinen Familienstreit über alte Erbangelegenheiten hineingezogen worden, aber in meinen Ohren hörte das sich ziemlich weit hergeholt an.

Ich schaltete das Bügeleisen aus und hängte meine Kleider in den Schrank. Dann setzte ich mich mit dem Laptop auf den Balkon, steckte mir eine Zigarette an und schaute nachdenklich vor mich hin, während sich das Geräusch der Mopeds mit dem Trommelwirbel in der Ferne mischte.

Ich checkte meine Mails. Es gab einen Gruß von Grethe, die meinen Dackel Sofie und Leilas Papagei hütete. Alles lief gut, aber seit unserer Abreise goss es in Strömen. »Ich hoffe, dass ihr Sonne und Wärme genießt«, schrieb sie. Wir hatten ihr gesagt, wir müssten dringend dem dänischen Aprilwetter entfliehen.

»Wir wissen, dass Leila sich im Hotel Safir einquartiert und danach ihre Familie aufgesucht hat.« Harry stellte die Schüssel mit dem Hähnchen in Zitrone ab. »Also Youssef. Aber gibt es noch andere?«

»Familienmitglieder? Keine Ahnung. Aber sie hat auch weder Ben noch seine Mutter in Essaouira jemals erwähnt.« Ich runzelte die Stirn. »Oder hattest du schon mal von denen gehört?«

»Kein Sterbenswörtchen. Und ich weiß auch nicht recht, was wir von Youssef halten sollen.«

»Geht mir auch so.«

»Aber warum sollte er uns anlügen?«

Darauf hatte ich keine Antwort. »Es gibt noch eine andere Möglichkeit, Harry«, sagte ich langsam. »Vielleicht hat Leila Youssef nicht erzählt, warum sie wirklich zurückgekommen ist. Es kann durchaus sein, dass er uns nur sagt, was er weiß, und tatsächlich genauso verwirrt ist wie wir.«

»Warum sollte sie Youssef belügen?«

Ich zögerte. »Weil das, wo sie hineingeraten ist, gefährlich ist?« Ich sah ihn an. »Wenn sie Kontakt zu Leuten hat, die wissen, wo Mehdi steckt, will sie da womöglich niemanden mit reinziehen. Und falls diese Leute bereit sind, eine Begegnung an irgendeinem geheimen Ort zu ermöglichen, muss sie vielleicht für eine gewisse Zeit untertauchen.«

Er nickte nachdenklich, aber skeptisch.

»Das könnte immerhin erklären, warum wir sie die ganze Zeit nicht erreichen«, setzte ich nach. »Vermutlich haben sie ihr das Telefon weggenommen. Telefongespräche lassen sich zurückverfolgen.«

Wir saßen auf der Terrasse eines Restaurants mit Aussicht über den Djemaa el Fna. Zahllose bunte Lämpchen schimmerten durch den Qualm der vielen Imbissbuden, und die Kellner bewegten sich in der Dunkelheit wie Schatten von Tisch zu Tisch. Der Mond war aufgegangen, und im Hintergrund zeichnete sich das Atlasgebirge gegen den Nachthimmel ab.

»Ich finde trotzdem, dass wir morgen nach Casablanca fahren sollten.« Harry befeuchtete sich die Lippen.

»Natürlich«, ich lächelte kurz. »Ich habe nur eine vage Überlegung angestellt.«

»Wir dürften zumindest rauskriegen, ob an dieser Hochzeitsgeschichte auch nur ein Körnchen Wahrheit ist«, sagte er verächtlich. »Leila hat nicht eine Sekunde daran geglaubt, aber sie mag sich geirrt haben.«

»Also taucht jetzt plötzlich eine Braut auf …«

»Und Youssef behauptet nicht nur, ihre Familie zu kennen, er hat sogar die Adresse.«

»Ja, klingt schräg.« Ich lehnte mich zurück und presste die

Fingerspitzen aneinander. Bei unserem letzten Gespräch schien Leila noch keine Ahnung von Rabia zu haben, sonst hätte sie sie bestimmt erwähnt. Unsere Blicke trafen sich in bedrücktem Schweigen. Ich wusste, dass wir dasselbe dachten: Wenn Youssef gelogen hatte, war die Chance, dass wir Leila morgen finden würden, verschwindend gering.

Nach dem Essen wanderten wir durch ein Gewimmel aus Tänzern, Wahrsagerinnen, Schlangenbeschwörern und Feuerschluckern über den Platz. Harry steckte sich einen Zigarillo an und sah mich an. »Möchtest du noch etwas? Einen Kaffee oder …?«

Ich schüttelte den Kopf, ich war müde und wollte zurück ins Hotel.

Ein Verkäufer zog an meinem Ärmel, vielleicht war es auch ein Straßenkind oder der Mann ohne Beine. Verwirrt schaute ich um mich, während ein Inferno aus Geräuschen und Gerüchen über mich hereinbrach. Was tat ich eigentlich hier? Ich rang nach Luft, und mir war schwindlig.

»Kit? Ist dir schlecht?«

»Ich bin nur so verdammt müde.«

* * *

»Drum höher und höher und höher, wir steigen trotz Hass und Hohn.«

Ich schlug die Augen auf, starrte in die Dunkelheit und lauschte der Sängerin.

»Ein jeder Propeller singt surrend das Lied: Wir schützen die Sowjetunion.«

Mit einer Grimasse wickelte ich mich aus dem Laken und holte tief Luft. Es war meine Stimme. Ich sang. Ich war zwanzig Jahre alt und zur ›Schulung‹ in der DDR. Ich gehörte der dänischen KP an.

Langsam wurde ich wach, suchte nach dem Schalter und machte Licht. Einen Moment lang blieb ich mitten im Zimmer stehen, dann öffnete ich die Balkontür und fröstelte, als eine kühle Brise meine Haut traf.

Wasser plätscherte im Springbrunnen, das tiefrote Glas der

Lampen warf einen rosa Schimmer über die Gartenmauer. Ich gähnte, zündete mir eine Zigarette an und ließ meine Gedanken zurücktreiben zur Parteischule in der Leningrader Straße in Lütten Klein, wo ich einen Kurs in politischer Ökonomie besuchte. Es war der letzte Abend gewesen. Wir feierten, wir lachten und fühlten uns ungeheuer tollkühn, wir gingen aufs Ganze und jubelten: »Wir schützen die Sowjetunion!«

Ich seufzte müde. Mit der Zeit hatte ich eingesehen, dass die gute Absicht nicht alles rechtfertigte. Ich dachte an Mehdi. Vielleicht hatte ich doch eine Ahnung, was in ihm vorging. Ich lächelte in die Dunkelheit. Na klar, auch ihm hatte sich ›die Wahrheit‹ offenbart. Aber letztlich ging es bei so etwas zu oft um Manipulation. Um Verführung und Gehirnwäsche. Es gab charismatische Führer, politische oder religiöse, die bewusst zum Hass aufstachelten. Ich zog noch einmal an der Zigarette und drückte sie dann im Aschenbecher aus. Würde Leila ihn zur Vernunft bringen können? Ich wusste es nicht. Vielleicht fiel es ihm ja wie Schuppen von den Augen, wenn er mehr über seine Kindheit erfuhr. Man durfte doch hoffen …

Ich ließ die Balkontür offen stehen, legte mich aufs Bett und lauschte den murmelnden Stimmen im Nebenzimmer. Nach und nach versank ich in einem tiefen, traumlosen Schlaf.

* * *

In der sengenden Sonne saß vor dem Bahnhof eine alte Frau mit einem kleinen Jungen auf dem Schoß und bettelte. »Dirham? Dirham?« Der Junge lag ganz still da, mit schlaffen Armen, den Kopf ein wenig in den Nacken gekippt, und ich überlegte, ob sie ihm Schlaftabletten gegeben haben konnte.

Harry und ich standen ein Stück von ihr entfernt unter dem großen Gewölbe der Bahnhofshalle und betrachteten das Gewühl. Alle bewegten sich träge, die Hitze ließ den Asphalt flimmern. Wir hatten uns längst Fahrkarten gekauft, und noch immer blieb über eine halbe Stunde bis zur Abfahrt.

»Ich glaube, ich besorg uns noch was zu trinken.« Harry stöhnte und wischt sich die Stirn. »Es kann ganz schön heiß werden.«

»Geniale Idee.« Ich zupfte an meiner Bluse.

Er schob sich zielstrebig in Richtung einer kleinen Bude mit Postkarten, Sonnenbrillen, Zigaretten und einem großen Kühltresen mit Erfrischungsgetränken. Ich zog das Nikotinkaugummi aus meiner Tasche und machte mich gerade daran, eins auszupacken, als mein Telefon klingelte. Zum dritten Mal innerhalb einer Stunde.

»Ja, hier ist Kit!«

Wie bei den beiden vorigen Malen hörte ich lautes Rauschen, das eine ferne, völlig unverständliche Stimme überlagerte, wie ein Lokalsender, den man nicht richtig reinkriegt.

»Hello, it's Kit – hello?«

Keine Antwort, nur das Rauschen lärmte vor sich hin. Dann wurde die Verbindung unterbrochen, und es piepte in der Leitung.

Ich versuchte noch einmal, Youssef anzurufen, aber er meldete sich wieder nicht. Ich wusste auch nicht, ob er es überhaupt gewesen war. Das Display zeigte keine Nummer, und vielleicht war es das Wahrscheinlichste, dass der Anruf aus Dänemark kam. Ich steckte das Telefon zurück in die Tasche und hielt Ausschau nach Harry, der in der Kühltruhe wühlte und sich per Zeichensprache lebhaft mit dem unrasierten, zahnlosen Verkäufer unterhielt, der in seiner Djellaba auf einem Klappstuhl saß.

Dann streifte mein Blick wieder die alte Frau mit dem Kind, und beim Anblick des dunklen, tief gefurchten Gesichts mit den leeren braunen Augen überfiel mich auf einmal eine Flut hilfloser Ohnmachtsgefühle. Welches bittere Schicksal mochte sie hinter sich haben? Und was für ein menschenunwürdiges Dasein erwartete die kleine apathische Puppe, die sie da mit sich herumschleppte? Unwillkürlich fischte ich in meiner Tasche nach dem Portemonnaie, ging zögernd auf die Frau zu und legte ihr ein paar Münzen in die ausgestreckte Hand.

Sie nickte, sah mich mit düsterem Blick an und wischte sich den Schweiß von der Stirn. Der Junge lag noch immer bewegungslos auf ihrem Schoß. Fliegen umschwärmten ihn, ein kleiner Speichelfaden zog sich über seine Wange.

»Il fait trop chaud«, ich zeigte zur Sonne hoch und dann auf den Jungen. »It's too hot.«

Sie schüttelte den Kopf und schien mich nicht zu verstehen.

Unsicher wartete ich, machte noch einen Versuch, aber sie ignorierte mich. Und mit dem unangenehmen Gefühl, ihre Grenzen verletzt zu haben, befreite ich mich aus der klammen Umarmung des Mitleids.

»Verdammt, Kit, du kannst nicht die ganze Welt retten.« Harry brachte eine Plastiktüte voller Flaschen und sah mich an.

»Aber der Kleine … es ist viel zu heiß. Der wird doch in der Sonne regelrecht gekocht.«

»Das erlebt er bestimmt jeden Tag.«

Ich machte eine resignierte Handbewegung und nickte. Was hatte ich mir denn eingebildet?

Die quäkenden Lautsprecherdurchsagen wurden von dem Zug übertönt, der dröhnend am Bahnsteig einfuhr, wo es von Menschen nur so wimmelte. Teeverkäufer, schwarz gekleidete Gestalten, Männer in Djellaba, junge Leute mit Rucksack, nach Parfüm duftende Frauen in hochhackigen Schuhen, Kinder und alte Leute.

Wir kämpften uns am Zug entlang zu den Wagen der ersten Klasse durch. Ein Träger eilte mit zwei großen Koffern an uns vorbei und schnitt uns plötzlich den Weg ab, so dass wir jäh anhalten mussten. Harry zeigte unsere Fahrkarten einem uniformierten Kontrolleur, der sie lange und sorgfältig studierte, ehe er auf einen Wagen weiter vorn zeigte und einen Wortschwall über uns auskippte. Wir dankten und gingen weiter. »No problem«, sagte er, als sei das die Antwort auf alles.

Schweigend gingen wir nebeneinander her. Unsere Stimmung war bedrückt. Wir hatten beide das unbehagliche Gefühl, dass dieses ganze Unternehmen in eine Sackgasse führte. Andererseits mussten wir den eingeschlagenen Weg bis zu Ende gehen, denn was sollten wir sonst tun?

Wir stiegen ein und fanden unser Abteil. Es gab sechs Plätze, aber bisher saß da nur ein schlafender älterer Mann mit langem Bart. Harry seufzte tief auf und ließ sich auf seinen Platz sinken.

Er zerrte ein Taschentuch aus der Hose und wischte sich den Schweiß von der Stirn. Es war erstickend heiß im Abteil.

Ich öffnete das Fenster und schaute hinaus auf den Bahnsteig, wo der Kontrolleur mit lauter Stimme die letzten Fahrgäste ausschimpfte und an ihre Plätze dirigierte und kommandierte. No problem mich doch sonst wo.

»Meine Fresse, kommt der sich wichtig vor!« Harry schnaubte spöttisch.

Dann ertönte ein schriller Pfiff, die Türen wurden zugeknallt, und der Zug setzte sich langsam in Bewegung. Der Bärtige wachte auf, schob seine Brille hoch und setzte sich gerade. Er grüßte kurz, wühlte in seiner Tasche und nahm ein Brot heraus.

Ich erstarrte, als ich am Ende des Bahnsteigs eine Frau auftauchen sah. Laut rufend und mit wilden Gesten drängte sie sich durch die Menschenmenge und versuchte dem Zug hinterherzulaufen.

Harry sprang auf. »Was zum …«

»Leila!« Ich lehnte mich aus dem Fenster, so weit es ging. »Leila …«

Sie rief uns irgendetwas zu, das im Lärm des abfahrenden Zuges ertrank. Er glitt aus dem Bahnhof und nahm Fahrt auf.

Leila wurde kleiner und kleiner und war bald nur noch ein winziger Punkt.

»Was zum Teufel ist hier eigentlich los?« Harry starrte mich wütend an.

»Kann ich dich um eine Zigarette anhauen?«

»Natürlich.« Ich schaute Leila überrascht an, ließ das Nikotinkaugummi in meine Tasche zurückgleiten und zog die Zigaretten hervor.

Ihre letzten Worte hingen noch immer in der Luft. Mehdi ist mein Sohn.

Sie zog ausgiebig an der Zigarette, stieß eine Rauchwolke aus und wippte mit dem Fuß. »Das erstaunt dich?«

»Ja, schon. Aber dann auch wieder nicht …«

Sie stützte das Kinn in die Hand und starrte ins Leere.

Es war Frühling. Die Mandelblüten hatten sich geöffnet, die Ziegen tranken Wasser von den Blättern der Arganbäume, und sie war verliebt. Er hieß Salih, er war zwei Jahre älter als sie. Er war hübsch, so war er ihr in Erinnerung. Wenn er sie ansah, wurde sie froh und hätte lachen mögen. Bis zu dem Tag, an dem ihr Vater sagte, er habe einen Mann für sie gefunden, nämlich ihren Vetter Isam. Es war der Tag vor ihrem siebzehnten Geburtstag, und sie lachte nicht mehr. Ihre Mutter erklärte, sie habe Glück, Isam sei ein guter Mann, das müsse sie würdigen. Zu Hause bestimmte die Mutter, sie hatte beide Töchter streng erzogen, denn die Familienehre hing von ihnen ab, und Leila wusste, dass der Wille der Eltern alles entschied. Vaters Wort war Gesetz, niemand wagte ihm zu widersprechen.

Bis zu dem Abend, an dem Leila mit beiden Händen die Tischkante packte und fast in Ohnmacht fiel beim Gedanken an Isam, der zwanzig Jahre älter und fett und abstoßend war. Nein! Sie wollte nichts von ihm wissen, und jetzt knallte sie ihrem Vater die Wahrheit ins Gesicht und schrie, lieber würde sie sterben, als mit Isam verheiratet zu werden, der sie immer anglotzte und aus dem Mund nach Kacke stank. Der Vater wurde bleich vor Wut. Er schleppte sie in den Schuppen, verprügelte sie und sperrte sie dort ein. Die Mutter stand draußen, rang die Hände und jammerte. Wieso wollte Leila denn Isam nicht heiraten, sie sei eine undankbare Göre, rief die Mutter, wiederholte es tagaus, tagein. Der Mann sei das Haupt der Frau, die Kinder sollten ihren Eltern gehorchen, das sei Allahs Wille. Die Worte drangen in Leila ein, bis sie sich die Ohren zuhielt und mit dem Kopf gegen die Wand schlug, immer wieder, bis es blutete und die Mutter endlich schwieg.

Sie durfte das Haus nicht mehr verlassen. Leila aß tagelang nichts, bis sie so schwach war, dass sie sich kaum noch auf den Beinen halten konnte, und endlich gaben sie auf. Aber sie behielten sie immer im Blick, nur nicht an dem Tag, an dem Isam zu Besuch kam. An diesem Tag war sie ganz allein, und als er ging, lief das Blut an ihren Beinen hinab, und sie erbrach sich und versuchte sich reinzuwaschen, aber das ging nicht, der Geruch haftete an ihrer Haut und unter ihren Nägeln. Sie sagte kein Wort über das, was alle wussten, und Salih sah sie nicht mehr an, es war vorüber. Zwei Monate später lief sie davon, packte ihre Tasche und ging nach Agadir, wo ein Ehepaar unverheirateten Frauen half und nun auch ihr.

Leila fand alles nur noch unerträglich, bis sie ihr Kind spürte und begriff, dass sie nicht mehr allein war. Sie sprachen miteinander, wenn sie in der Dunkelheit dalag und keinen Schlaf finden konnte. Es war ein Junge, und sie nannte ihn Mehdi. Alles war gut, denn er gehörte zu ihr und hatte nichts mit den anderen zu tun, schon gar nicht mit Isam. Sie war zufrieden und manchmal sogar froh, und das lag an dem Jungen. Wenn sie mit ihm auf dem Arm tanzte und wenn sie ihn lachen sah, war sie glücklich.

So ging es bis zu dem Tag, an dem plötzlich ihr Vater und Isam vor ihr standen und Mehdi aus ihren Armen rissen und sie zwangen, ins Auto zu steigen. Dort saß die Mutter und rief, Leila sei eine Hure, die die Familie entehrt habe. Sie wurde eingeschlossen und weinte Tag und Nacht und rief nach Mehdi, aber das könne sie vergessen, er gehöre ihr nicht, sagte die Mutter. Denn sie sei nichts. Sie sei wie ein gebrauchter Gegenstand, den außer Isam niemand haben wollte, und sie solle sich glücklich schätzen, weil er so geduldig war. Sie sei nur ein Feld, und die Ernte gehöre Isam, deshalb müsse sie ihn heiraten, wenn sie Mehdi wiedersehen wolle. So sei Allahs Wille.

Leila wusste nicht, wo Mehdi war oder wie viel Zeit vergangen war, als die Mutter vergaß, die Tür abzuschließen, nachdem sie ihr das Essen gebracht hatte. In jener Nacht floh sie zurück zu den guten Leuten in Agadir, die sie noch einmal aufnahmen und ihr kurz darauf halfen, das Land zu verlassen. Denn in dem Haus mit den blauen Fensterblenden konnte sie nicht mehr bleiben, es war zu gefährlich, sagten sie. Also nahm sie von allem Abschied und verließ Marokko.

Ich musterte sie schweigend.

Für eine Weile saß sie in Gedanken versunken da. Dann setzte sie sich aufrecht und fuhr sich mit den Fingern durch die Haare. »Kurz nachdem ich weggegangen war, starb meine Mutter. Deshalb ist Mehdi bei Halima und Mohammed aufgewachsen.«

»Und dann kamen sie nach Dänemark ...«

»Mohammed wollte nicht Bauer werden wie sein Vater, sie hatten anfangs einen kleinen Laden in Oumesnat, aber nachdem der Pleite machte, ging er zuerst nach Deutschland und kam dann nach Dänemark, wo er als Tellerwäscher in einem Restaurant anfing. Halima und die Kinder kamen ein paar Jahre später nach.«

»Warum hast du mir das alles nicht längst erzählt?«

Sie spielte an ihrem Armband herum und lächelte müde. »Das hätte ich vielleicht tun sollen, aber es war ...« Sie verstummte.

Ich sah sie abwartend an.

»Ich weiß nicht«, sagte sie leise. »Es war so lange ein Geheimnis, dass ...« Sie machte eine vage Handbewegung und sah mich an.

Ich nickte. »Aber was ist mit Mehdi? Hast du nie überlegt, ihn zurückzufordern?«

Sie streckte die Hand nach den Zigaretten aus und sah mich fragend an. Ich schüttelte eine aus der Packung und gab ihr Feuer. Sie blies den Rauch aus und schüttelte den Kopf. »Das hätten sie nie zugelassen. Ich wollte keinen Kampf führen, bei dem ich schon wusste, dass ich ihn verlieren würde. Und überhaupt ...« Sie holte tief Luft. »Als Halima nach Dänemark kam, war Mehdi schon seit sechs Jahren bei ihnen. Er hielt sie für seine Eltern.«

»Weiß er denn von gar nichts? Auch heute nicht?«

»Nein.«

»Das muss schwer gewesen sein.«

»Das war die Bedingung, wenn ich ihn sehen wollte.« Ich spürte ihren Zorn.

»Aber jetzt willst du es ihm doch bestimmt sagen.« Wie würde Mehdi wohl reagieren, wenn er die Wahrheit erfuhr? »Glaubst du, das wird etwas ändern?«

»Das hoffe ich, aber ich weiß es nicht.« Sie zuckte mit den Schultern, seufzte. »Vielleicht überdenkt er dann seine Haltung. Mohammed hat immer viel von den Kindern verlangt, vor allem von Mehdi.« Sie verstummte. »Hast du Kinder?«, fragte sie plötzlich. Ich erstarrte.

»Ich habe zwei Enkel«, sagte ich abweisend.

Sie blickte mich verständnislos an, fragte aber nicht weiter.

Ehe ich ging, bat ich um Abu Hakims Adresse. »Möglicherweise besteht die Chance, dass Mehdi bei ihm ist.«

»In Hvidovre?« Sie sah mich skeptisch an. »Meinst du, er wohnt dort?«

»Wer weiß?« Ich zuckte die Achseln. »Jedenfalls treffen sie sich ja regelmäßig zu diesem Studienkreis.«

»Das stimmt natürlich«, sie nickte. »Aber dann muss ich telefonieren, wartest du noch einen Moment?« Nach einem kurzen Gespräch kam sie mit einem Zettel in der Hand zurück. »Ich hoffe, du hast recht.«

Ich warf einen Blick auf die Adresse. »Ich melde mich sofort bei dir, wenn ich etwas weiß.«

Nachdenklich nahm ich meine Tasche und ging auf die Treppe zu, blieb aber mit der Hand auf dem Geländer stehen. »Mein Sohn ist tot«, sagte ich kurz. »Er hatte vor zwei Jahren einen Motorradunfall.«

»Das tut mir leid«, sagte sie leise.

Ich nickte noch einmal, drehte ihr den Rücken zu und ging die Treppe hinunter.

Als ich beim Campingplatz ankam, war meine Stimmung auf dem Nullpunkt. Leilas Geschichte hatte mich tief beeindruckt, aber auch unsicher gemacht. In erster Linie, weil ich fürchtete, dass sie ihr Geld aus dem Fenster warf, dass ihre Eröffnung Mehdi vollkommen kalt lassen würde. Es war äußerst zweifelhaft, ob mein Einsatz irgendetwas ändern konnte. Dabei hätte sie wirklich Besseres verdient.

Als ich aus dem Auto stieg, kam Harry schon mit Sofie an der Leine auf mich zu.

»Danke fürs Leihen«, ich gab ihm die Wagenschlüssel und hockte mich vor Sofie, die schwanzwedelnd um mich herumtanzte.

»Ich habe einen Topf Gulasch auf dem Herd.« Harry wippte auf den Fußsohlen. »Wäre das vielleicht etwas?«

Ich schaute zu ihm hoch. »Klingt wunderbar«, ich lächelte müde.

Er hatte saubergemacht und seinen Wohnwagen bis in die letzte Ecke aufgeräumt, und auf der Anrichte stand eine Obstschlüssel.

»Was ist denn hier passiert?«

»Wie meinst du das?«

»Du hast dich ja schwer ins Zeug gelegt.«

»Na ja.« Harry stellte den Kochtopf auf den Tisch. »Ich hab auch schon Angst vor der eigenen Courage gekriegt. Aber hier musste einfach mal ausgemistet werden.«

»So schlimm war es nun auch wieder nicht«, wandte ich ein und musterte ihn nachdenklich. Er trug schwarze Jeans und ein weißes T-Shirt, und plötzlich fiel mir auf, dass er ungewöhnlich braun war. »Sag mal, warst du im Solarium?«

»Was?«

»Du bist so braun, warst du im Solarium?«

»Nein, zum Teufel, das würde mir im Traum nicht einfallen.« Er bohrte eine Schöpfkelle in das Gulasch und wich meinem Blick aus.

Ich runzelte die Stirn. »So viel Sonne hatten wir doch gar nicht«, sagte ich misstrauisch.

»Greif jetzt zu«, er grinste und schob mir den Kochtopf hin.

Beim Essen berichtete ich von meinem Besuch bei Leila. Harry hörte zu, ohne mich zu unterbrechen. Normalerweise erzählte ich nicht so viel über meine Fälle, aber hier war er persönlich so weit involviert, dass ich alle Diskretion beiseiteschob. Aber seine Reaktion, als ich erzählte, dass Mehdi Leilas Sohn war, verwunderte mich. Genauer gesagt, sein Mangel an Reaktion.

»Du wirkst ja überhaupt nicht überrascht?«

Er leckte sich Kartoffelpüree von den Fingern und räusperte sich. »Ich wusste es doch schon ...«

»Was sagst du da?« Ich starrte ihn an.

»Ich weiß, dass Mehdi ihr Sohn ist.«

»Und warum hast du mir nichts davon gesagt?«

»Immer mit der Ruhe«, er hob die Hand. »Ich weiß es doch auch erst seit gestern.«

»Seit gestern?«

»Ja.«

»Von wem?«

»Von Leila.«

»Wie denn das? Hat sie angerufen, oder ...«

»Wir sind uns in einem Café begegnet. Rein zufällig«, fügte er schnell hinzu, und ich wusste, dass er log.

»Bei einem Latte? Das kannst du deiner Großmutter erzählen, Harry.«

»Glaub, was du willst. Jedenfalls habe ich es erst gestern erfahren.«

Ich dachte einen Augenblick darüber nach und nickte. »Na schön, und was hast du mir sonst noch alles nicht erzählt? Wie oft habt ihr euch getroffen?«

»Wir haben zweimal telefoniert, das ist alles. Und eben das Treffen gestern Abend ...«, antwortete er ausweichend.

»Aha«, ich nickte wieder und dachte mir meinen Teil. »Dein Kartoffelpüree ist köstlich«, bemerkte ich dann und griff nach der Schüssel.

Ein Ausdruck der Erleichterung huschte über sein Gesicht. »Ich hab ein wenig Sahne reingerührt.«

»Would you know my name, if I saw you in heaven?«

Ich saß am Fenster, hörte Musik und starrte in die Nacht hinaus. Der Mond war aufgegangen. Sofie lag schnarchend unter dem Tisch. Schließlich leerte ich mein Glas, kletterte unsicher die Hühnerleiter hoch und fiel ins Bett.

Immer dasselbe. Dieselben Bilder, dieselbe eifrige Jungenstimme. Derselbe Schmerz und dieselben Gedanken. Er war vier Jahre alt, als ich ihm ein grünes Dreirad schenkte. Und er befestigte ein Stück Pappe am Vorderrad, damit es knatterte, wenn er fuhr. »Das hört sich an wie ein Motorrad«, rief er glücklich.

* * *

Es war elf Uhr vormittags, und ein übler Kopfschmerz bahnte sich an. Ich saß seit einer geschlagenen Stunde im Auto und schaute auf eine Straße, die von Vorortlangeweile erzählte. Eine unschöne Mischung aus öffentlichem Wohnungsbau, heruntergekommenen Einfamilienhäusern und einem billigen Supermarkt.

Abu Hakim wohnte in einem Haus aus den sechziger Jahren mit niedriger bepflanzter Steinmauer und Rasenrechteck. Ich hatte schräg gegenüber geparkt und freien Blick, aber das einzige Lebenszeichen bisher war ein erkälteter Postbote. Er putzte sich endlos lange die Nase, und ich dachte unwillkürlich, dass die Bewohner neben Briefen und Werbung nun auch zwei Krankheitstage geliefert bekamen.

Mit einem Schluck lauwarmer Cola schluckte ich zwei Panodil und steckte mir eine Zigarette an. Nach zehn Minuten ließ der Druck im Schädel nach und ich konnte einigermaßen klar denken. Und die Fragen standen Schlange. Was trieb Abu Hakim nun eigentlich? Was hatte Mehdi damit zu tun? Was hatten sie in Sarajewo unternommen? Leilas Freundin Aicha hatte einen Sohn, der sich ebenfalls an Abu Hakims Studienkreis beteiligt hatte. Vielleicht war es einen Versuch wert, mit ihm zu sprechen …

Ich gähnte, drückte die Zigarette aus und sah auf einmal eine Gestalt, die auf mein Auto zukam. Ein Mann mit langem Gewand, Kopfbedeckung, Weste und Sandalen. Kein Zweifel, das war der Mann, der mir vor der Moschee begegnet war. Der junge Jüte. Aber was machte er hier? Besuchte auch er Abu Hakims Studienkreis? Ich kurbelte das Fenster nach unten.

Er bückte sich und erwiderte mein Lächeln.

»Hallo, können Sie mir sagen, ob …« Ich brach ab, als meine Worte von einem metallischen Kreischen übertönt wurden. Erschrocken starrte ich in seine tiefliegenden grauen Augen und entdeckte, dass sie trotz des Lächelns absolut nicht freundlich waren. »Was soll das denn?«, rief ich entgeistert und wollte die Tür öffnen.

Er spuckte mir ins Gesicht, wirbelte herum und lief mit langen Schritten zu einem Weg, der ein Stück weiter vorn zwischen den Zäunen entlangführte.

Ich sprang aus dem Wagen und fluchte. Der Mistkerl hatte einen langen Kratzer in den Lack von Harrys nagelneuem Honda gezogen. Fuck, fuck, fuck! Ich versetzte einem Stein einen Tritt, dann schaute ich mich um und rannte zu dem Weg. Aber der Mann war wie vom Erdboden verschluckt.

Was jetzt?

Für einen Moment blieb ich mitten auf der Straße stehen. Dann ging ich zurück zum Auto, starrte den Kratzer an und versuchte, ihn mit Spucke zu entfernen, aber das war natürlich hoffnungslos.

Ernüchtert setzte ich mich wieder hinters Lenkrad und knallte die Tür zu. Oh verdammt! Ich holte tief Luft und schloss die Augen. Was sollte ich Harry sagen?

Ich fuhr zusammen, als gegen die Scheibe geklopft wurde.

»Das war wohl ein kleiner Gruß, wie ich es sehe. Oder vielleicht sollten Sie es eher als Warnung betrachten.«

Ich runzelte die Stirn, starrte verwirrt in das markante Gesicht. Träumte ich, oder gab sich alle Welt ausgerechnet in Hvidovre ein Stelldichein? Es war Eigil Larsen, mein Kumpel vom PET.

»Was machen Sie denn hier?«

»Das könnte ich Sie auch fragen«, antwortete er. »Haben Sie vielleicht den jungen Mann ausfindig gemacht, den Sie gesucht haben?« Seine blauen Augen funkelten.

»Kann schon sein.«

»Hm.« Er verstummte kurz, während eine ältere Frau mit einem Hund an der Leine vorüberradelte. »Ich könnte mir vorstellen, mal mit Ihnen zu reden«, sagte er dann. »Was halten Sie davon?«

Ich hob die Augenbrauen. »Tun wir das denn nicht gerade? Reden?«

Er lächelte. »Ich brauche eine Tasse Kaffee, und ich weiß hier in der Nähe ein Lokal.«

Ich schaute auf die Uhr. Es war fast zwölf. Wenn Mehdi wirklich bei Abu Hakim wohnte, konnte er an jedem Tag und zu jedem Zeitpunkt auftauchen. Folglich entging mir nicht unbedingt etwas, wenn ich die Überwachung am nächsten Tag wieder aufnahm. Außerdem war ich neugierig. Worüber wollte Eigil Larsen wohl mit mir reden?

Das Lokal entpuppte sich als Kaffeestube, wo es frisch belegte Brote und ein Tagesgericht gab, Fleischklößchen in Currysoße. Ich schaute mich um. An mehreren Tischen saßen Männer in Arbeitskleidung und lasen Zeitung, und in einer Ecke hinten im Lokal führten zwei junge Mädchen ein leises Gespräch und verschickten dabei eifrig SMS. Wir holten uns Kaffee und setzten uns an einen freien Tisch in der Nähe der Tür.

Eigil Larsen zog sein Telefon aus der Tasche und legte es vor sich hin. »Das war mein Ernst«, sagte er. »Sie sollten vorsichtig sein. Die haben Sie offenbar bemerkt.«

»Die?«

»Sie wissen sehr gut, wen ich meine.«

»Abu Hakim? Oder der Jungspund im Kittel?«

»Die auch.« Er nahm einen Schluck Kaffee.

»Sagen Sie mal, überwachen Sie Abu Hakim?«

Er gab keine Antwort.

»Na los!« Ich sah ihn ungeduldig an. »Haben Sie nicht gesagt, Sie wollten mit mir reden?«

»Wenn ich jetzt zugebe, dass wir Abu Hakim überwachen, sagen Sie mir dann, warum Sie Mehdi El Bakkali suchen?«

»Meine Mandantin möchte mit ihm reden.«

»Warum?«

»Das ist vertraulich.«

»Wer ist Ihre Mandantin?«

»Das ist ebenfalls vertraulich.«

Er nickte langsam. »Was wissen Sie überhaupt über Mehdi?«

»Er hat bei Abu Hakim Koranunterricht genommen und betrachtet ihn als Autorität«, sagte ich und fügte nach kurzem Zögern hinzu: »Und ich weiß auch, dass sie vor etwas über einem halben Jahr zusammen in Sarajewo waren.«

»Haben Sie eine Ahnung, was sie dort wollten?«

»Nein, aber es war ja wohl kaum eine Urlaubsreise.«

Er lachte.

»Was gibt es denn überhaupt in Sarajewo, was …«

»Es gibt vor allem Waffen und Sprengstoff, die bei Kriegsende übrig geblieben sind«, fiel er mir ins Wort. »Und dann die Ausbildungslager.«

»Ausbildungslager?«

Er nickte. »Die Islamisten dort haben in den Bergen Ausbildungslager. Es gibt Hinweise darauf, dass Bosnien das nächste Zentrum für Terrorplanung in Europa wird. Das meinen jedenfalls die Terrorexperten. Deshalb arbeiten wir eng mit den bosnischen Behörden zusammen.«

Er wusste also, wovon er sprach. Im Gegensatz zu mir. »Wissen Sie denn etwas über Mehdi, oder stochern Sie nur herum?«

Die blauen Augen wichen meinem Blick aus.

»Sie suchen ihn ja offensichtlich«, ich lächelte ironisch. »Ihr Auftauchen war ein Schock für Mehdis Eltern.«

Wortlos erwiderte er mein Lächeln.

»Wissen Sie etwas über ihn, oder …?«

»Hören Sie, Kit Sorel, ich finde, jetzt sind Sie an der Reihe, für einen Moment Ihre Diskretion zu vergessen. Wer ist Ihre Mandantin? Und was für ein Interesse hat sie an Mehdi El Bakkali?«

Ich überlegte zwei Sekunden. Also schön, von mir aus. Alles in allem war er auch erstaunlich offen zu mir gewesen.

Er trank seinen Kaffee und hörte aufmerksam zu, während ich von Harry und meiner ersten Begegnung mit Leila berichtete.

Von ihrer Sorge um Mehdi und seinem Dschihad-Gerede. »Sie hat Angst, dass er in irgendetwas Übles hineingerät.«

Er runzelte die Stirn. »Eins verstehe ich nicht so ganz. Was hat Tante Leila mit der ganzen Sache zu tun?«

Ich zögerte. »Ich kann mich darauf verlassen, dass unser Gespräch unter uns bleibt?«

Auch er zögerte. »So weit wie möglich, ja.«

Schweigen.

Der Mann am Nachbartisch faltete seine Zeitung zusammen und erhob sich.

Egil Larsen betrachtete mich abwartend.

»Mehdi ist ihr Sohn«, sagte ich.

»Ihr Sohn?«

»Ja.«

»Leilas Sohn?«

Ich nickte.

Er starrte mich an. »Mohammed und Halima sind als seine Eltern registriert.« Er klang misstrauisch. »Meines Wissens ist er auch bei ihnen aufgewachsen.«

»Das ist eine lange Geschichte.«

»Ich habe Zeit genug.«

»Ich auch«, ich griff nach meiner Tasche, »aber erst muss ich eine rauchen.«

»Dann hole ich noch mehr Kaffee, und Sie gehen rauchen, okay?«

Es war windig. Ich lehnte mich an die Mauer, schützte die Zigarette mit der Hand und versuchte mir Feuer zu gehen.

»Lassen Sie mich mal.« Ein Mann mittleren Alters im Blaumann hielt mir sein brennendes Zippo hin.

»Danke.« Ich nahm einen langen Zug, lächelte ihn an und suchte in meiner Tasche nach meinem Telefon.

»Verdammte Sauerei, dass wir hier draußen in der Kälte stehen müssen. Da kann man sich ja eine Lungenentzündung holen.« Er hustete hohl. »Und wenn man an all das Geld denkt, dass sie an uns Rauchern verdienen. Darauf wollen sie dann auch wieder nicht verzichten!«

Ich nickte zerstreut und gab Leilas Nummer ein. Gleich darauf hatte ich ihre Stimme im Ohr. Ich erklärte, wer Eigil Larsen war, fasste kurz mein Gespräch mit ihm zusammen und machte kein Hehl daraus, dass ich es wichtig fand, die Karten auf den Tisch zu legen. Ob sie etwas dagegen hatte?

Sie überlegte. »Aber Mohammed und Halima dürfen unter gar keinen Umständen davon erfahren.«

»Natürlich nicht.«

Eigil Larsen saß an unserem Tisch und blätterte in einem Notizbuch, als ich hereinkam. Außer Kaffee hatte er auch zwei Zimtschnecken bestellt.

Er sah mich an und lächelte freundlich. »Na, was hat sie gesagt?«

Ich holte tief Luft. Mein Kaffee wurde kalt, während ich erzählte, was ich über Leila und Mehdi wusste. Schließlich verstummte ich.

Er rührte sich nicht. Ich zerbröselte ein Stück Zimtschnecke zwischen meinen Fingern, wartete.

Endlich hob er den Kopf und sah mich an. »Was will Ihre Mandantin also erreichen?«

»Sie will, dass Mehdi die Wahrheit erfährt. Und dann hofft sie wohl, dass er …« Ich seufzte und machte eine resignierte Handbewegung.

»Eine Kehrtwendung macht und einsieht, dass er im Irrtum war?«

»So ungefähr«, ich lächelte traurig.

»Das ist ja wohl ziemlich fraglich.«

»Das fürchte ich auch.«

»Aber man weiß natürlich nie.«

»Nein.«

Er schaute auf die Uhr.

»Was macht einen jungen Mann zum Terroristen?«, fragte ich.

»Ich könnte hundert Gründe nennen.«

»Einer reicht schon.«

Er dachte eine Weile nach. »Ein verzweifeltes Bedürfnis nach Bestätigung«, sagte er dann. »Nach Anerkennung und Bestätigung. Und man kann schließlich davon ausgehen, dass ein Terrorist zu irgendeinem Zeitpunkt tatsächlich im Mittelpunkt des allgemeinen Interesses steht«, fügte er mit einem vagen Lächeln hinzu.

Daran mochte etwas Wahres sein. »Ein zu großes Ego also?«

»Oder das Gegenteil.«

»Die kleine Erbse, die zum Ballon werden will.« Ich überlegte. »Einerseits war Mehdi wohl recht beliebt und hatte viele dänische Freunde«, murmelte ich. »Andererseits meint Leila, dass Mohammed immer zu viel von ihm verlangt hat.«

»Ich kenne ihn ja nicht«, Eigil Larsen zuckte mit den Schultern. »Es sieht jedenfalls so aus, als habe er eine Gemeinschaft und eine Sache gefunden, die größer ist als er selbst. Das gibt wohl eine gewisse Geborgenheit ...« Er verstummte und schaute auf.

»Möchten Sie noch etwas Heißes nachgeschenkt haben?« Die Kellnerin, eine freundliche Frau mit dunklen hochgesteckten Haaren, blickte uns fragend an.

»Tausend Dank.« Ich lächelte und hielt ihr meine Tasse hin.

»Ich muss sowieso neuen kochen.« Sie schnalzte mit der Zunge und kehrte zum Tresen zurück.

Ich sah Eigil Larsen an. »Sie wollten gerade etwas sagen.«

»Ja«, er nickte. »Unserer Erfahrung nach ist der durchschnittliche Terrorist eher privilegiert.« Er blies in seinen Kaffee und trank einen Schluck. »Zugleich hat er – das gilt natürlich auch für die durchschnittliche Terroristin – eine ausgeprägte Neigung, sich stellvertretend für andere beleidigt zu fühlen.« Er lachte trocken auf. »Aber das ist ja im Grunde kein neues Phänomen.«

»Was meinen Sie jetzt?«

»Die extreme Linke betrachtet doch seit Jahren die armen Länder der Dritten Welt als Opfer des westlichen Imperialismus, oder? Obwohl sie dauernd Marx und Lenin zitieren und rufen, Religion sei Opium für das Volk, kritisieren sie nie den muslimischen Fundamentalismus. Man hat schließlich einen gemeinsamen Feind.«

»Ich dachte, unser Problem ist eher der wachsende Rechtsextremismus«, sagte ich kurz.

»Das schon«, er lächelte. »Aber im Grunde besteht da kaum ein Unterschied.«

»Meinen Sie nicht, dass Terrorgruppen mit religiösem Fundament gefährlicher sind als rein politischer Terror?«

»Nein, wieso?«

»Weil sie für eine höhere Wahrheit kämpfen. Für Gott.«

»Viele politische Bewegungen haben religiöse Züge.« Er lehnte sich zurück und sah mich an. »Sie haben doch Theologie studiert, oder?«

»Tja«, sagte ich überrascht. »Aber ich bin beileibe keine Fundamentalistin.«

»Das hätte ich Ihnen auch nie unterstellt«, wieder lachte er. Versöhnlich diesmal. Als wüsste er, dass er zu weit gegangen war. »Wie gesagt, ich finde, Sie sollten sich ein wenig in Acht nehmen. Das ist nur ein guter Rat«, sagte er und steckte das Notizbuch in seine Aktentasche. »Besonders nach allem, was Sie durchgemacht haben, seit Ihr Sohn …«

Ich sah ihn scharf an, er fing meinen Blick auf und verstummte. Offenbar hatte er seine Hausaufgaben gründlich gemacht. Gab es irgendetwas, das er nicht wusste? »Denken Sie an die Klapse?«, fragte ich kalt. »Das ist über ein Jahr her.«

Er tappte prompt in die Falle. »Das habe ich jetzt gar nicht gemeint«, sagte er. »Ich dachte nur ganz allgemein.«

Vor Skodsborg hielt ich an, kurbelte die Fenster runter und schaute hinaus auf den Sund. Mir fiel ein, dass ich früher ein Partisanenhalstuch und handgestrickte Socken aus Afghanistan getragen hatte. Ich tanzte mit Benjamin auf dem Arm und sang: »O, liloliola, wir sind füreinander da, denn wir sind Sozialisten, ja, wir sind Sozialisten …«

Ich interessierte mich brennend für fremde Kulturen, las Margaret Mead und spielte mit dem Gedanken, mich für Völkerkunde zu bewerben. Und ich reiste so gern. Fühlte mich überall zu Hause, nur nicht in Dänemark. Lebte intensiv und atmete freier unter fernen Himmeln, hatte breite Hüften und die Füße fest auf dem Boden. Benjamin war mein getreuer kleiner Reisekamerad. Ich machte hier und dort und überall Bilder von ihm.

Wir fuhren den Nil hoch. Wir sahen große Schwärme von Reihern, die aufflogen, und Stiere, die von kleinen Jungen in den Strom getrieben wurden. Wir wanderten durch den Basar von Luxor, bewunderten Teppiche und Schmuck aus Gold und Silber. Ich kaufte für Benjamin einen Fez, er lachte und strampelte mit den Beinen. Vor einem Café saß ein Mann und sah uns zu. Ich lächelte fröhlich und nickte. Als der Speichelklumpen mich traf, sah ich, dass die Augen des Mannes kein bisschen freundlich waren.

»Warum spuckt der Mann dich an?«, fragte Benjamin verdutzt.

Falls Harry traurig war, ließ er sich nichts anmerken. »Er fährt ja trotzdem noch«, brummte er und strich mit der Hand über den Kratzer. »Und ich bin versichert ...«

»Aber ich fürchte, die Versicherung wird nicht blechen«, widersprach ist. »Deshalb möchte ich die Reparatur bezahlen ...«

»Das findet sich schon. Setz dich erst mal und trink ein Bier.«

Ich ließ mich auf den Stuhl vor seinem Wohnwagen sinken und musterte ihn verstohlen. Harry hatte sich die Haare schneiden lassen. Harry hatte sich eine neue Lederjacke zugelegt. Harry war überhaupt ganz anders als sonst.

Harry war verliebt. Ich hatte es schon geahnt. Jetzt wartete ich nur noch darauf, dass er es zugab. Aber das tat er nicht, dieser Widerling.

»Very nice.« Ich betrachtete ihn über den Rand meiner Sonnenbrille hinweg. »Du siehst aus wie ein Filmstar.«

»Ein Filmstar?«

»Ja, ja.« Ich nickte wissend. »Marlon Brando im *Paten.*«

Er zog den Daumen aus dem Flaschenhals. »Hö, hö. Sehr komisch.«

Ich lachte, sah ihn weiter an, sagte aber nichts mehr. Glotzte nur. Durchbohrte ihn mit meinem Blick, bis er sich wand wie ein Wurm am Haken.

»Was ist denn los?«

»Ist irgendwas los?« Ich lächelte unschuldig und trank einen Schluck Bier.

Er konzentrierte sich darauf, seinen Zigarillo anzustecken, und gab keine Antwort.

»Ich warte …« Ich gähnte und streckte die Beine aus.

»Worauf denn?«

»Darauf, dass du es mir erzählst.«

»Keine Ahnung, wovon du redest.«

»Echt nicht?«

»Nö …«

»Ich meine Leila.«

»Was ist mit Leila?«

»Du bist verliebt.«

»Du spinnst«, sagte er, konnte aber ein Grinsen nicht unterdrücken

»Na los«, ich stieß ihn wieder an.

»Okay«, er erwiderte meinen Blick. »Von mir aus.«

»Von dir aus?«

Er verbarg sein Gesicht hinter einer Rauchwolke.

»Von dir aus? Von dir aus? Von dir aus?«

»Ich bin in sie verliebt«, murmelte er widerstrebend.

Na also. Ich wurde ernst.

»Findest du mich lächerlich? Ein altes Schwein?«

Ich legte ihm die Hand auf den Arm. »Jetzt bist du es aber, der spinnt.«

»Verdammt, Kit, ich bin achtundsechzig.«

»Ja und? Du hast doch wohl noch Gefühle? Oder was?«

»Offenbar ja«, er grinste wieder. »Aber …« Er verstummte.

»Ja?«

»Ich hab die ganze Zeit Schiss, die Leute könnten mich für ihren Vater halten.«

»Nie im Leben!«, sagte ich verärgert. »Die halten dich höchstens für stinkreich und glauben, sie nimmt dich nur wegen des Geldes.«

»Du machst dich doch lustig über mich!«

Ich lachte. »Hast du es ihr gesagt?«

»Wir reden ja wohl genug miteinander«, fauchte er.

»Und was sagt sie also?«

Er zwinkerte und schmunzelte zufrieden. Ich konnte sehen, dass er glücklich war. »Jetzt bist du wohl eifersüchtig?« Seine Augen funkelten munter.

»Wie meinst du das?«

»Du sagst doch selbst, dass ich Ähnlichkeit mit Marlon Brando habe.« Er lachte brüllend.

»Auf jeden Fall. Vor allem, wenn du redest.«

Leila wurde zu einem fernen Punkt und verschwand endgültig. Der Zug schaukelte und schlingerte weiter in Richtung Casablanca.

»Was zum Teufel läuft hier eigentlich?« Harry starrte mich aufgebracht an. Dann lachte er kurz auf, irgendwie erleichtert und zugleich verwirrt, machte eine vage Handbewegung und schüttelte den Kopf.

»Gute Frage.« Ich ließ mich auf den Sitz sinken und zückte mein Telefon. Gab zum vierten Mal an diesem Nachmittag Youssefs Nummer ein und wartete. Wieder ging niemand ran. Ich biss mir auf die Lippen. Was jetzt?

»Das ist doch der reine Irrsinn«, murmelte Harry. »Aber wenigstens wissen wir jetzt, wo sie ist.«

Nachdem ich noch ein weiteres Mal versucht hatte, Youssef anzurufen, mit demselben Resultat, steckte ich das Telefon genervt wieder ein, und Harry und ich starrten uns an.

Das Ganze war so schnell passiert, dass uns erst jetzt die ganze Absurdität dieser Episode aufging. Was hatte Leila auf dem Bahnsteig gewollt? Woher hatte sie wissen können, dass wir dort sein würden? Das konnte kein Zufall sein, sie musste mit Youssef gesprochen haben. Vielleicht hatte er vorhin doch versucht, mich anzurufen?

»Wenn sie bei Youssef war, hat Meriam ihr vielleicht gesteckt, dass wir nach Casablanca wollen.«

»Hm«, er runzelte die Stirn und überlegte. »Probier doch noch mal anzurufen, ja?«

Ich nickte, obwohl seit dem letzten Versuch erst ein paar Minuten vergangen waren. Natürlich meldete sich auch jetzt niemand.

»Warum geht der Kerl nicht ran?«, rief Harry erbost.

Wir stiegen in Benguerir aus und eilten mit Zug und Taxi zurück nach Marrakesch. Wir hatten beschlossen, zuallererst Youssef aufzusuchen, da es doch wahrscheinlich schien, dass Leila dort war. Wenn nicht, wollten wir ins Hotel fahren, in der Hoffnung, dass Leila in Erfahrung gebracht hatte, wo wir logierten, und möglicherweise eine Nachricht auf uns wartete.

Harry hüllte sich in Schweigen.

Der Fahrer schaltete das Autoradio ein, und das lachte und lärmte, während er uns über seine Schulter hinweg etwas erklärte, was wir nicht verstanden. Dann hupte er, trat das Gaspedal durch und überholte einen Lkw-Konvoi. Rote Staubwolken wirbelten hoch und legten sich auf die Windschutzscheibe.

Ich ließ mich zurücksinken, versuchte mich zu entspannen und betrachtete die trockene, steinige Landschaft, die in einem Wirrwarr aus Ocker und Gelb vorüberflimmerte. Irgendwer hatte eine halb leere Colaflasche vergessen, die auf dem Autoboden herumkullerte. Ich hatte Durst und fluchte, weil wir unsere Getränke im Zug gelassen hatten.

»Nun ist es noch unbegreiflicher, dass sie uns nicht angerufen hat.« Harry war in Gedanken versunken gewesen, jetzt schaute er mit düsterer Miene auf.

Ich nickte und wich seinem Blick aus. Er hatte recht, es war seltsam. Ich schob mir ein Nikotinkaugummi in den Mund. Wer war Leila eigentlich? Was ging hier wirklich vor? War die Geschichte von Mehdi und Agadir ein reines Hirngespinst? Waren Harry und ich hinters Licht geführt worden? Entsetzliche Vorstellung. Aber wozu hätte das gut sein sollen? Es ergab doch rein gar keinen Sinn.

Als wir am späten Abend endlich vor Youssefs Haus standen und vergeblich an die blaue Metalltür klopften, hatten wir nichts als unsere Zweifel. Harrys Blick flackerte, als er ein letztes Mal mit der Faust so hart dagegenhämmerte, dass es hallte. Dann trat Stille ein.

Wir lauschten.

Abgesehen von einigen Hühnern, die irgendwo in der Nähe gackerten, war nicht ein Laut zu hören. Trotzdem hatte ich das unangenehme Gefühl, dass jemand im Haus war. Ich fühlte mich beobachtet. Belauert.

Mit angehaltenem Atem ließ ich meinen Blick an den Galerien entlangwandern und weiter über das flache Dach des Nachbarhauses, wo noch immer Wäsche an der Leine wehte. Sonst rührte sich nichts. Die Fensterblenden waren vorgeschlagen, das Haus wies uns ab.

»Das ist doch unbegreiflich«, knurrte Harry zum zehnten Mal.

»Wenn morgen die Apotheke aufmacht, müssen wir versuchen, ihn dort zu erwischen …«

»Falls er da ist.«

Ich gab keine Antwort. Ein abgemagertes, grau getigertes Kätzchen strich mir um die Beine. Ich wühlte in meiner Tasche und fand einen Keks, den ich zerbröselte. Hungrig machte die Katze sich über die Krümel her.

»Komm«, Harry packte meinen Arm. »Vielleicht hat sie im Hotel eine Nachricht hinterlassen.«

Wir hörten Stimmgewirr aus dunklen Gassen. Es war spät, die Lampen brannten. Unsere Stimmung war auf den Nullpunkt gesunken, wir hatten beide keine Lust auf Marrakesh by night. Immer wieder riefen wir Youssef an, aber der meldete sich einfach nicht. Was trieb er denn bloß? Es gab auch keinen Anrufbeantworter. Nur die lärmende Stille.

Wir blieben vor einer der vielen Buden stehen, die Schisch Kebab, gebratenes Gemüse und Couscous verkauften, um etwas ins Hotel mitzunehmen. Die Luft war kühl, ich fröstelte in meinem Rollkragenpullover, der gar nicht gut roch. Er war wohl noch nicht ganz trocken gewesen, als ich ihn in den Koffer gepackt hatte.

Plötzlich tauchte aus der Dunkelheit vor uns ein krummbeiniger kleiner Mann auf und versuchte uns in seinen Laden zu locken. »A gift for you, for free. Just visit my shop, you not have to buy anything …«

Wir lehnten dankend ab, worauf er sofort anbot, uns zu einem Restaurant zu führen. Dem besten in der Stadt, wie er behauptete. Ich schüttelte müde den Kopf, aber er ließ nicht von uns ab. Schließlich ließen wir ihn stehen und gingen weiter. Er trottete eifrig hinter uns her und bot uns alles Mögliche an.

Als wir vor der Hoteltür stehen blieben, sah ich ihn bedauernd an. »Sorry, but …«

Er zuckte die Achseln, machte kehrt und verschwand zwischen den Schatten in der finsteren Gasse.

Im Hotel wartete keine Nachricht auf uns. Hassan bedauerte und wirkte fast persönlich berührt, aber nein, keine Nachricht, niemand hatte nach uns gefragt.

»Leg dir die um die Beine«, ich reichte Harry die Decke. Der Nachthimmel war schön und sternklar, und obwohl es kalt war, deckte ich auf dem Balkon.

Er grunzte abweisend, aber ich ließ mich nicht beirren.

Harry sah die Flasche an und schenkte Wein ein. »Der ist aus dem Supermarkt, ich weiß also nicht, ob er was taugt.«

Ich trank einen Schluck, nickte. »Der ist prima.«

»Zu süß«, sagte er, und ich widersprach ihm nicht.

Dann schwiegen wir lange, während wir aßen. Ich fragte mich, ob Leila uns zu erreichen versucht hatte, ohne dass wir es merkten. Aber dann hätte sie doch Harrys Nummer gewählt ... So oder so war es verrückt, dass sie keinen weiteren Kontaktversuch unternommen hatte. Wo konnte sie jetzt sein? Und Youssef? Ich traute ihm nicht mehr über den Weg.

Ich biss das letzte Stück Fleisch vom Spieß, leckte mir die Finger ab und schob den Teller zur Seite. »Stört es dich, wenn ich schon rauche?«

»Gar nicht, aber du hast ja fast nichts gegessen. Nimm noch Gemüse.«

»Ich bin pappsatt.«

»Sicher?«

»Ja, ja«, ich nickte. »Greif du nur zu.«

Wieder senkte sich die Stille über uns. Ich gab mir Feuer, stieß Rauch aus und lauschte auf das Wasser, das im Springbrunnen plätscherte. Harry räusperte sich einmal und schenkte Wein nach.

Nachdenklich stützte ich das Kinn in die Hand und sah ihn an. Große Gesten und intime Geständnisse hatte es zwischen uns nie gegeben. Das war nicht nötig. Wir wussten, was wir übereinander wissen mussten. Er war ein guter Freund. Vielleicht der beste, den ich je hatte.

Als er mit Essen fertig war, zog er seine Zigarillos hervor.

»Woran denkst du?«, fragte ich schließlich und reichte ihm das Feuerzeug.

Er antwortete nicht gleich.

Vom Hinterhof her waren Stühlescharren und leise Stimmen zu hören.

»Ich weiß einfach nicht, was ich sagen soll, Kit.« Er schnitt eine Grimasse und zog an seinem Zigarillo.

Ich blickte ihn abwartend an.

Er ließ sich Zeit. Schließlich rief er mit heiserer Stimme: »Ich komme mir vor wie ein Vollidiot! Oder wie …« Er verstummte. »Oder wie ein alter Narr«, fügte er dann hinzu.

»Was meinst du damit?«

»Verdammt«, er fuhr sich über die Augen. »Ich habe seit Tagen nichts von ihr gehört.«

»Dafür muss es irgendeine Erklärung geben.«

»Glaubst du?« Er stieß ein kurzes, ironisches Lachen aus. »Oder sie hat mich einfach bloß verarscht.«

»Bestimmt nicht«, sagte ich und versuchte überzeugend zu klingen. Ich hätte gern meine Hand auf seine gelegt, tat es aber nicht.

»Hör auf, du hast doch auch schon Zweifel.«

Ich erwiderte seinen Blick, nickte langsam. »Ja, mir kommt das auch seltsam vor«, gab ich zu. »Trotzdem …« Ich überlegte eine Weile. »Leila hintergeht uns nicht«, sagte ich dann entschieden und stellte zu meiner Überraschung fest, dass ich das wirklich glaubte.

»Bist du dir da sicher?«

»Kannst du mir sagen, was ihr das bringen sollte? Du hast ihr doch kein Geld gegeben oder so …«

Er starrte den Tisch an. »Nein, das klingt plausibel«, murmelte er widerwillig. »Jedenfalls hoffe ich, dass du recht hast.«

»Sonst wäre sie doch auch nicht am Bahnhof aufgetaucht.« Aber was wussten wir schon?

Als Harry in sein Zimmer ging, zog ich mir die Spange aus den Haaren und versuchte, nicht zu denken. An gar nichts. Nicht an Harry. Nicht an Leila. Nicht an Sigge und Ursula. Oder an Benjamin. Ich war müde und wollte mich nur ins Bett legen und ohne Probleme einschlafen dürfen.

In diesem Moment krampfte mein Magen sich zusammen, und Schweiß trat mir auf die Stirn. Ich sprang auf, es eilte.

Den Großteil der Nacht verbrachte ich auf der Toilette. Ich verfluchte Schisch Kebab, gebratenes Gemüse und Couscous und spülte mit einem Liter Cola zwei Imodium und eine Artibax C runter. Trotz der Übelkeit gelang es mir irgendwann, eine halbe Banane und einen Apfel zu verzehren, und als die Dämmerung aufzog, ließ ich mich erschöpft und schweißnass aufs Bett fallen und versank in tiefen, traumlosen Schlaf.

Drei Stunden später weckte mich Harry. Er war fit wie ein Fischadler und hatte nicht den Hauch eines Problems gehabt. »Du siehst aus wie von einer Katze ausgekotzt.«

»Zu gütig«, murmelte ich. Kehrte ihm den Rücken zu und taumelte unter die Dusche, wo ich mich im Duft der hoteleigenen Lavendelseife ertränkte.

* * *

Der Geruch von Jod und Zimt schlug uns entgegen, als wir zwei Stunden später die Apotheke betraten.

Ich erstarrte. Nicht wegen des Geruchs, sondern wegen Youssef. Weil er da war und weil ich etwas anderes befürchtet hatte. Aber er stand hinterm Tresen und telefonierte, dabei machte er sich Notizen auf einem Block. Als er uns entdeckte, winkte er uns lächelnd zu und nickte eifrig.

Gleich darauf beendete er das Gespräch und kam auf uns zugelaufen. Er fasste unsere Hände. »Seid ihr wieder da? Habt ihr mit Leila gesprochen? Hat sie euch noch erreicht?«

Ich schüttelte den Kopf und seufzte.

Er sah uns verständnislos an.

»Wir haben sie gesehen, konnten aber nicht mit ihr sprechen«, sagte Harry kurz. Ich konnte hören, dass er kurz vor der Explosion stand. »Wo ist sie jetzt? Bei dir zu Hause?«

Youssefs Blick flackerte, seine Miene wirkte unsicher. »Ich dachte, sie sei mit euch zusammen«, sagte er verwirrt. »Wir haben einige Stunden auf sie gewartet, aber als sie nicht zurückkam, sind wir davon ausgegangen, dass sie … dass ihr euch …« Er verstummte.

»Was ist passiert?«, fragte ich ruhig. »Wann ist sie gekommen?«

Er fing an zu erzählen, sprach immer schneller. Sein Bericht klang halbwegs plausibel. Leila war nachmittags nach Marrakesch gekommen, und zwar zusammen mit Rabias Onkel Karim, der Imam war und sich mit Youssef treffen und über die letzten Vorbereitungen für die Hochzeit von Mehdi und Rabia sprechen wollte. Sie waren direkt zu Youssef nach Hause gegangen, aber er war ja noch in der Apotheke. Also sprachen sie mit Meriam, und die sagte Leila, dass ihre Freunde aus Dänemark in Marokko waren und nach ihr suchten. Leila war anscheinend völlig überrascht, und als Meriam ihr erzählte, dass wir gerade mit dem Zug nach Casablanca wollten, um sie zu suchen, stürzte sie zur Tür hinaus.

»Meriam hat sofort hier in der Apotheke angerufen.« Youssef sah uns unglücklich an. »Und ich habe versucht, euch anzurufen. Ganz oft, aber du hast dich nicht gemeldet.«

Ich nickte. Tatsächlich wirkte er überzeugend, ja sogar sympathisch. Was mich allerdings verwirrte. Denn es passte überhaupt nicht zu meinem Argwohn. Steckte ich doch voller Vorurteile? Litt ich an galoppierender Paranoia? Hm. Ich betrachtete seinen gepflegten Bart, begegnete seinem Blick. Seine Augen leuchteten warm, sein Lächeln war freundlich. Zu freundlich?

Harry schaltete sich ein. »Ja, aber wo steckt sie jetzt?«, fragte er verbissen. »Das ist alles, was mich interessiert!«

Youssef machte eine resignierte Handbewegung. »Ich nehme an, dass sie mit Karim zusammen ist …« Er verstummte, als sich die Tür öffnete und eine ältere, schwarz gekleidete Frau mit einem Einkaufsnetz die Apotheke betrat. Youssef begrüßte die Kundin höflich, senkte die Stimme und sprach in vertraulichem Tonfall weiter. »Karim kommt heute Abend zum Essen zu mir«, sagte er eilig. »Ich würde mich sehr freuen, wenn ihr mir und meinem Haus die Ehre erweist, mit uns zu speisen.«

Wir dankten ihm, natürlich wollten wir das, die Ehre sei ganz auf unserer Seite.

»Aber wie ist es möglich, dass Leila ...«, begann Harry erneut.

Youssef hob hastig die Hände. »Alhamdulillah, please«, er nickte in Richtung der Frau, die am Tresen wartete. Dann trat er noch einen Schritt näher und sagte leise, Karim sei ein kluger Mann, der lange mit Leila gesprochen habe. Es gebe etwas, das wir wissen müssten, aber es sei das Beste, wenn Karim es uns erklärte.

Er entfernte sich, legte sein Gesicht in würdevolle professionelle Falten und richtete seine servile Aufmerksamkeit auf die Frau. Hinter uns ging abermals die Tür auf, ein weiterer Kunde betrat den Laden.

»Warum zum Teufel kann er uns nicht einfach sagen, was Sache ist?«, fauchte Harry gereizt.

Ich hakte ihn unter und zog ihn nach draußen auf den Platz, wo die Sonne die weißen Fliesen blendend leuchten ließ und eine Taubenschar um das Minarett flatterte.

Der restliche Tag verging vor allem mit Warten. Im Hotel war wieder keine Nachricht hinterlegt worden, und wir hörten auch sonst nichts von Leila, aber damit hatte ich im Grunde auch nicht gerechnet. Nach meinen nächtlichen Ausschweifungen fühlte ich mich wie ein ausgewrungener Wischlappen, und kurz nach dem Mittagessen gab ich mich geschlagen.

Ich konnte zwei Stunden schlafen und wurde vom Klang eines Kinderliedes geweckt, das durch die offene Balkontür hereinschallte.

»Row, row, row your boat, gently down the stream, merrily merrily merrily merrily, life is but a dream.«

Ich blinzelte eine Weile, ehe ich mich seufzend aus dem Laken wickelte. Ich gähnte, Schweiß trat mir auf die Stirn. Hatte ich Fieber? Ich nahm nochmals zwei Imodium und ein Artibax C. Und sicherheitshalber auch noch zwei Panodil.

Die Fliesen im Hinterhof waren feucht. Meriam oder jemand anderes hatten sie wohl kürzlich erst abgespritzt. Youssef wartete schon auf uns. Er zog noch ein letztes Mal an seiner Zigarette und schnippte sie in hohem Bogen weg, so dass sie im Beet unter dem Jasmin landete. Dann führte er uns durch einen Gang mit abgenutztem rotem Limoleumboden und weiß gekalkten Wänden und erzählte, Rabias Onkel, der Imam Karim aus Casablanca, und Ben, der Vetter aus Essaouria, den wir ja schon kannten, seien bereits eingetroffen.

»Ben?« Harry stutzte. »Was will der denn hier? Mir war nicht klar, dass das eine Massenveranstaltung werden soll.«

Aus einer angelehnten Tür am Ende des Ganges strömte würziger, köstlicher Essensgeruch, und wir hörten das Klappern von Töpfen und Pfannen. Ich hatte bisher keinen Appetit gehabt und tagsüber nur einen Apfel und zwei Kekse verzehrt, aber jetzt meldete sich Hunger, und die Aussicht auf eine Mahlzeit war aufmunternd.

Youssef zog sich die Schuhe aus und stellte sie auf einen Teppich unter einem kleinen Fenster. Harry und ich wechselten einen unsicheren Blick, dann folgten wir seinem Beispiel. Auf dem Weg zu einer Steintreppe, die in den ersten Stock hinaufführte, kamen wir an einem offenen Schrank vorbei, und ich fuhr zusammen, als ich einen uralten Mann entdeckte, der darin lag und schlief. Er schnarchte laut. Ich blieb stehen und glotzte, aber Youssef ging ungerührt weiter die Treppe hoch.

Das Wohnzimmer war verhältnismäßig groß und beleuchtet von vier Glühbirnen, die direkt an einem riesigen Mahagoni-Ventilator angebracht waren. Auf dem Teppich waren an den Wänden bunte Kissen arrangiert. Ben und ein Mann, den ich auf Ende dreißig oder Anfang vierzig schätzte – Brille mit Goldrand, nach hinten gekämmte dunkle Haare und gepflegter Vollbart – saßen auf Hockern in der Ecke und tranken Tee. Als wir hereinkamen, erhoben sie sich und grüßten.

Youssef stellte Karim vor, der im Gegensatz zu Ben hervorragend Englisch sprach, dann bat er uns, auf den Hockern Platz zu nehmen, und goss Tee ein. Ich musterte Karim verstohlen, und plötzlich kam er mir vage bekannt vor.

Wir tauschten Höflichkeitsfloskeln aus, unterhielten uns ein wenig angespannt über Wind und Wetter, bis uns allen nichts mehr einfiel und das Gespräch versandete.

Harry, bisher in Gedanken versunken, war plötzlich wieder

da. »Ihr wolltet uns etwas erzählen?«, fragte er direkt und sah Youssef an.

»Oh yes!« Youssef presste die Fingerspitzen aneinander und nickte. »Das stimmt. Aber … Würdest du vielleicht?« Er warf Karim einen fragenden Blick zu, und der stellte sein Teeglas ab.

Ben sagte etwas, schnalzte mit der Zunge und schüttelte den Kopf. Es folgte ein kurzer Austausch mit ernster Miene zwischen ihm und Youssef. Dann rückte Karim seine Brille gerade, und die beiden anderen verstummten, als er sich leise räusperte und uns freundlich ansah.

Vor drei Tagen habe er mit Mehdis Eltern telefoniert, Halima und Mohammed, seinen guten Freunden in Dänemark, sagte er. Eigentlich hätten Mohammed und Halima erst nächste Woche nach Marokko reisen wollen, um bei Mehdis Hochzeit mit Karims Nichte Rabia anwesend zu sein. Aber während des Gesprächs habe Halima sich auf Karims Bitte hin bereit erklärt, ihre Abreise vorzuziehen und so rasch wie möglich zu kommen. Denn es habe sich ein Problem ergeben, bei dessen Lösung Halima hoffentlich behilflich sein könne.

Er schwieg für einen Moment. Ich hatte keine Ahnung, worauf er hinauswollte, und wir sahen ihn abwartend an.

»Es geht um Leila«, sagte er zögernd und fuhr sich mit den Fingern durch den Bart. »Youssef sagt, Sie sind eng mit ihr befreundet?«

Harry nickte.

»Das Ganze ist ein wenig … äh … wie sagt man … Also im Moment ist ihre Lage kompliziert. Wir sprechen hier über sehr private Probleme.«

Ich hob die Augenbrauen. »Inwiefern privat?«

»Jetzt kommen sie garantiert wieder mit ihrem religiösen Schnickschnack«, murmelte Harry spöttisch.

»Es war ein aufwühlendes Erlebnis für sie, nach Marokko zurückzukommen.« Karim spitzte die Lippen und seufzte. »Ich habe viel mit ihr gesprochen und weiß, dass sie auf ihre Reaktion gar nicht vorbereitet war, ja, dass die ihr fast Angst gemacht hat. Aber Allahs Wege sind unergründlich.«

Ich beugte mich vor und lauschte aufmerksam auf seine langsame, fast psalmodierende Ausführung. Seine Stimme war Honig für die Ohren, tief und samtweich, und ich glaubte ihm kein einziges Wort.

»Leila macht eine ernsthafte persönliche Krise durch«, sagte er düster.

»Wieso denn Krise?«, fragte ich skeptisch.

Karim trank einen Schluck Tee und wartete einen Moment. Dann erwiderte er meinen Blick und sah mich aus seinen milden Augen an. »Auf jedes Gebet, das ausgelassen wird, folgt eine Strafe«, sagte er leise. »Youssef sagt, dass sie schon am zweiten Tag nach ihrer Ankunft traurig und nachdenklich wirkte«, fügte er hinzu.

Youssef nickte. »Sie hat geweint und wollte mit niemandem sprechen …«

»Sie hat mir anvertraut, dass sie versuchte zu beten.« Karim setzte mit leisem Klirren sein Teeglas ab. »Aber die Gebete kamen nicht zu ihr. Als sie in Casablanca eintraf, war sie zutiefst unglücklich. Sie wollte nun ein Kopftuch tragen und sie hat zu meiner Schwester gesagt, sie werde von Schuldgefühlen gequält, da sie ihren Glauben vernachlässigt hat.«

Ein Moment drückender Stille folgte.

»Sie verbrachte den ganzen Tag in ihrem Zimmer, und am Ende ließ meine Schwester mich kommen.« Wieder sah Karim mich an. »Ich habe mit Leila gesprochen, und wir haben zusammen gebetet. ›Ich leide so sehr, aber niemand versteht mich‹, sagte sie mir.«

»Ich hab's doch gewusst!« Harry lachte zynisch auf. »Was für ein Scheiß!«

Karim wandte sich ihm zu. »Ich habe ihr geraten, in der Einsamkeit ihres Zimmers ihre Seele zu erforschen«, sagte er gelassen. »Ich habe sie besucht, und jeden Tag ging es ihr etwas besser. Als wir gestern hier in Marrakesch angekommen sind, hatte ich den Eindruck, dass sie ein wenig Frieden mit sich selbst gefunden hatte, aber dann hat Meriam erzählt …« Er verstummte, alle drei sahen uns an, und die Stille wurde so dick, man hätte sie mit einem Messer schneiden können. »Ich fürchte, Ihr Kommen hat es ihr nicht leichter gemacht.« Karim lächelte traurig.

Ein angespannter Moment verstrich, in dem niemand etwas sagte.

»Das ergibt doch überhaupt keinen Sinn«, murmelte ich und sah Harry an, dessen Gesicht vollkommen erstarrt war.

»Wo ist sie jetzt?«, fragte er heiser.

»Bis einem meiner Freunde.«

»Wo?«, wiederholte Harry verbissen. »Hier in Marrakesch?«

Karim seufzte lautlos. Dann fuhr er sich durch den Bart. »Ich halte es für das Beste, wenn wir Leila selbst entscheiden lassen, ob sie Sie treffen will oder ob sie einen Strich unter ihre Vergangenheit ziehen möchte.« Er hielt Youssef sein Teeglas hin, und der schenkte ihm ein. Dann murmelte Ben etwas, und Karim nickte. »Sie weiß, in welchem Hotel Sie wohnen «, sagte er dann kurz. »Heute Nachmittag habe ich ihr angeboten, Sie hier zu treffen, aber das wollte sie nicht.«

»Sie ist doch zum Bahnhof gekommen«, wandte ich ein.

Er zuckte die Achseln.

Ich musterte ihn scharf, während Harry stumm und verbissen blieb. »Können wir sie nicht anrufen?«, fragte ich.

Karim überlegte. »Ich weiß nicht, ob Sie Halima kennen«, sagte er zögernd. »Wir könnten ihr vielleicht Ihre Telefonnummer geben und sie bitten, Sie anzurufen, wenn sie mit ihrer Schwester gesprochen hat. Ich weiß ja nicht, wie lange Sie in Marokko bleiben wollen?«

Harry zuckte mit den Schultern. »Forget it«, fauchte er.

»Wir selbst bleiben bis morgen Abend in Marrakesch.« Karim reckte sich und stand auf, offenbar war das Gespräch fast zu Ende. »Dann fahren wir nach Casablanca zurück. Wenn Leila sich bis dahin nicht bei Ihnen gemeldet hat, müssen wir ihre Entscheidung wohl akzeptieren.«

Wir gaben keine Antwort.

»Es tut mir leid.« Youssef erhob sich mit zutiefst bedauernder Miene. »Aber leider können wir nicht mehr tun.« Er ging auf die Tür zu, blieb aber stehen, als Ben plötzlich eine Frage stellte und uns ansah. »Ben fragt, wie gut ihr Mehdi und seine Eltern überhaupt kennt. Sie haben euch nie erwähnt. Aber vielleicht ist es nur Leila, die …«

»Ich war Mehdis Lehrer in der Schule«, begann Harry irritiert, verstummte aber, als ich ihm einen warnenden Blick zuwarf. Wenn Leila ihnen nichts über uns erzählt hatte, bestand absolut kein Grund, warum wir es tun sollten. Ich glaubte kein Wort von Karims Geschichte, aber im Moment war ich unsicher, wie unser nächster Schachzug aussehen sollte.

Trotz der kulinarischen Üppigkeit wurde das Essen die Hölle. Wir machten gute Miene zum bösen Spiel, aber Harry blieb wortkarg und mürrisch. Ich kannte ihn gut genug, um zu wissen, dass er lieber ohne falsche Höflichkeit sofort gegangen wäre, als das Gespräch ein Ende nahm. Aber noch ehe wir uns absprechen konnten, stand Youssef wieder in der Tür, klatschte in die Hände und rief etwas. Im nächsten Augenblick erschien Meriam. Unter dem Arm trug sie ein zusammengeklapptes Holzgestell und auf dem Kopf eine große runde, mit Gravuren geschmückte Messingplatte. Sie klappte das Gestell auseinander, legte die Platte darauf und verschwand, um gleich darauf mit einem riesigen Tontopf mit kegelförmigem Deckel zurückzukehren. Zwei junge Mädchen folgten ihr auf dem Fuße und halfen beim Aufdecken. Sie stellten Schüsseln mit Couscous, Datteln, Oliven, Bohnen und Okra auf den Messingtisch. Ab und zu schauten sie uns verstohlen an und lächelten verlegen. Als sie fertig waren, gab Youssef uns ein Zeichen, uns zu setzen, nickte zufrieden und ließ sich im Schneidersitz vor dem Tisch nieder. Wir folgten seinem Beispiel, und Meriam und die jungen Mädchen zogen sich zurück.

»Moroccan Tajine.« Youssef nahm den Deckel vom Tontopf. Und während er die schön verzierten blauen Schalen füllte, erklärte er, das Gericht sei nach einem alten Familienrezept aus Kamelfleisch zubereitet. »Besser gibt es das nirgendwo«, sagte er stolz und verteilte Brot.

Ich schaute diskret zu Harry hinüber. Er hatte sich in kompaktem Schweigen verschanzt und starrte die Tischplatte an. Er dachte bestimmt nur an Leila. Ich wusste, dass er Für und Wider abwog und einfach nicht wusste, was er glauben sollte, was ich nur allzu gut verstand. Mir ging es genauso.

Es gab kein Besteck, wir aßen mit den Fingern und nahmen das Brot zu Hilfe. Das Gericht war mit Koriander und Spitzkümmel gewürzt, das zarte Fleisch erinnerte an Kalb und schmeckte phantastisch. Ich war jedoch vorsichtig und aß nur wenig.

Ben machte eine Bemerkung, die Youssef zum Lachen brachte. »Mein Vetter fragt, ob ihr verheiratet seid?«, sagte er und ließ seinen Blick von mir zu Harry wandern.

»Wir sind befreundet.« Ich fischte mit dem Brot Couscous aus der Schüssel.

»Wie ist denn Ihr Eindruck von Marrakesch?«, fragte Karim interessiert.

Meine Hand, die Brot und Couscous hielt, blieb in der Luft hängen. »Es ist faszinierend«, sagte ich, »und ziemlich … ähm … fremdartig.«

Er nickte. »Sie können mir glauben, in den vergangenen zehn Jahren hat sich so viel verändert. Unser Land ist sehr viel westlicher geworden, modern, wenn man so will. Heute kann man sogar Hand in Hand mit seiner Liebsten über die Straße gehen und sie küssen …«

»Auf die Wange«, stellte Youssef klar. »Nur auf die Wange«, und sie lachten.

»Sie wissen vielleicht, dass Marrakesch eine Bürgermeisterin hat, Fatima Zahra.« Youssef füllte mein Glas mit Wasser. »Und wir haben auch Predigerinnen. Sie unterrichten an Schulen und Moscheen …«

»Das Freitagsgebet ist Männern vorbehalten«, warf Karim ein.

»Yes, yes«, Youssef griff nach der Okraschüssel. »Aber die größte Veränderung ist sicher die Moudawa.«

»Die Moudawa?« Ich sah ihn fragend an.

»Ja, die Familiengesetzgebung, die König Mohammed vor sechs Jahren reformiert hat. Manche sprechen auch vom Frauengesetz.«

»Ach«, ich nickte. »Jetzt weiß ich Bescheid.«

»Heute ist der Mann nicht mehr das Familienoberhaupt, und viele meinen …« Ben fiel ihm ins Wort, und Youssef lachte laut.

»Ben sagt, es ist schlimmer als Zahnschmerzen. Es ist viel zu fucking schwer, sich mehr als eine Frau zu nehmen, denn jetzt muss man die, die man hat, um Erlaubnis bitten, obwohl im Koran steht, dass man das darf.«

»Fucking«, Ben blinzelte. »Fucking.« Dann beugte er sich zu Youssef vor und sagte etwas, was brüllendes Gelächter auslöste.

Ich starrte Ben an und merkte, wie mir die Galle hochkam. Seine Bemerkung über die Zahnschmerzen verriet, dass er durchaus Englisch verstand und sehr wohl verfolgt hatte, worum das Gespräch sich drehte.

Youssef bemerkte meinen Blick. Er verstummte, und mir wurde klar, dass er meine Gedanken erraten hatte. Dann wandte er sich rasch ab und lachte wieder. Laut, geradezu demonstrativ. »Sorry«, er hielt sich die Hand vor den Mund und hüstelte, »sorry, mein Vetter hat nur einen Witz gemacht ...« Er versetzte Ben einen Rippenstoß und kicherte.

Ich lächelte höflich, versuchte mir nichts anmerken zu lassen und das Gespräch in Gang zu halten. »Aber ... ich bilde mir ein, irgendwo gelesen zu haben, das Gesetz sei so vage formuliert, dass es in der Praxis dann vom einzelnen Richter abhängt?«

»Yes, yes.« Youssef wurde ernst und runzelte die Stirn. »Kleine Schritte, kleine Schritte. Aber es ist trotzdem ein Fortschritt.«

»Und es ist wichtig, denn es zeichnet ein anderes Bild des Islam«, bemerkte Karim.

»Es hat doch sicher Proteste gegeben?« Ich trank einen Schluck Wasser, fragte mich gleich darauf, ob es aus dem Wasserhahn kam, und stellte mein Glas weg.

»Protest?«

»Gegen das Gesetz.«

»Yes, of course, es gibt immer ...« Youssef suchte nach Worten. »You know«, er zuckte mit den Schultern.

»Fundamentalisten?«

Karim nahm die Brille ab und fuhr sich über die Augen. »Ich würde sie eher tief religiös nennen«, sagte er. »Außerdem hat es nur anfangs Demonstrationen gegeben. König Mohammed hat das Gesetz im Rahmen des Islam reformiert, und als die

Menschen das begriffen, wurde nicht mehr protestiert. Aber natürlich, König Mohammed ist ganz anders als sein Vater, es kann schwerfallen, sich an die vielen Neuerungen zu gewöhnen. Vor allem alten Leuten.«

»Ach so, ja, das ist klar.« Ich nickte, zerbröselte ein Stück Brot und dachte an die beiden alten Männer mit den Wasserpfeifen, die vor der Explosion im Café gesessen hatten. »Weiß man übrigens inzwischen, wer hinter dem Attentat auf das Café steckt?«

Der Themenwechsel überraschte sie. Sie tauschten Blicke und schwiegen für zwei Sekunden.

»Soviel ich weiß, hat die GIMC die Verantwortung übernommen.« Karim rückte seine Brille zurecht und sah mich forschend an.

»Und das ist?«

»Eine Bewegung, die vermutlich mit gleichgesinnten Gruppen von heiligen Kriegern in aller Welt zusammenarbeitet. Unter anderem mit Al-Qaida.«

Ich zog die Jacke fester um mich. Die Luft war kühl, und der Mond leuchtete bleich hinter einem Nebelschleier.

»Wir fahren morgen nach Hause«, erklärte Harry düster, sobald wir um die Ecke gebogen waren und durch die enge Gasse gingen.

»Was?«

»Wir fahren nach Hause, so schnell es geht.«

»Das ist nicht dein Ernst.«

»Doch, verdammt!«

Ich blieb stehen und fasste seinen Arm. »Du willst doch nicht behaupten, dass du denen diese Geschichte abkaufst?«, fragte ich eindringlich. »Das war doch ein Haufen Lügen. In Honig gewälzt. Hast du das nicht gemerkt?«

Wir überquerten die Djemaa el Fna, kamen an den Imbissbuden vorbei und drängten uns durch ein Gewimmel aus Künstlern, Wahrsagerinnen und Bauernfängern.

»Es gibt etwas, das du nicht weißt …«, murmelte Harry.

»Nein, jetzt überreagierst du aber.« Ich öffnete die Glastür, und wir betraten das Hotelfoyer. »Glaubst du im Ernst, sie hat dich bloß um zwanzig blöde Tausender erleichtern wollen?« Ich schüttelte den Kopf. »Harry, wach mal auf!«

Er gab keine Antwort.

Hassan stand hinter dem Tresen und redete mit seiner Tochter Touria. Er begrüßte uns lächelnd und reichte uns unsere Zimmerschlüssel.

»Ich komme mir vor wie ein Volltrottel«, murmelte Harry. Seine Stimme klang belegt, es hatte ihn viel gekostet, mir die Geschichte einzugestehen. »Aber ich hab es ihr aufgedrängt. Ich ging doch davon aus … Erst wollte sie absolut nichts davon hören, aber dann haben wir uns darauf geeinigt, dass sie es in monatlichen Raten zurückzahlen kann.« Er verstummte für einen Moment und seufzte. »Scheiß auf das Geld, darum geht es gar nicht.«

Ich war total gerührt. Hätte ihn gern umarmt. »Ganz ruhig, sie betrügt dich nicht«, sagte ich sanft und ging die Treppe hoch.

»Das weiß ich.«

»Woher denn?«

»Ich weiß es eben.«

»Aber wenn sie sich jetzt mit Mehdi und seinen schwachsinnigen Freunden getroffen hat und sie sie überzeugt haben, dass sie im Recht sind?«

»Hör doch auf, du Idiot!«

»Und was, wenn sie gar nicht nach Dänemark zurück will!«

»Das will sie.«

»Du glaubst also, dass die uns Lügen aufgetischt haben?«

Ich erwiderte seinen Blick. »Das glaube ich, und ob.« Wir blieben vor seiner Zimmertür stehen. »Hier läuft irgendein Spiel, das wir nicht durchschauen.«

Er wippte auf den Fußsohlen und nickte nachdenklich. »Ich geb einen Whisky aus«, sagte er und ich bemerkte einen widerwilligen Hauch von Erleichterung in seiner Stimme.

»Sag mal, was wissen wir eigentlich über Youssef? Was hat Leila dir erzählt?«, fragte ich, als wir in Harrys Zimmer saßen.

»Nur dass er ihr Vetter ist und sie sich an ihn wenden wollte.« Harry reichte mir das Glas.

»Sonst nichts?«

Er überlegte, schüttelte den Kopf.

»Hm. Aber auch wenn sie sich also an ihn gewandt hat, ist doch klar, dass sie ihm absolut nicht über den Weg traut.«

»Sie hat ihm zumindest nichts von sich erzählt.« Harry fischte die Zigarillos hervor und suchte nach seinem Feuerzeug.

»Genau. Und findest du das nicht gelinde gesagt seltsam, vor allem, wenn wir ihre überraschende religiöse Erweckung bedenken?« Ich lachte auf. »Sie hat ihm nicht gesagt, warum sie plötzlich in Marokko aufgetaucht ist. Sie hat nicht erwähnt, dass sie einen Freund hat, und sie hat ihm nicht gesagt, weshalb sie sich Sorgen um ihren Sohn macht. Das ergibt doch alles keinen Sinn.«

»Vielleicht wissen sie gar nicht, dass Mehdi ihr Sohn ist?«

»Blödsinn. Das ist doch ihre Familie. Aber sie wissen nicht, dass wir es wissen.« Ich nahm mit einem Schluck Whisky zwei Imodium und ein Artibax C, musste husten und wischte mir mit dem Handrücken über die Augen. »Und dann ist da noch etwas.« Schnaufend zog ich meine Zigaretten hervor. »Ich glaube keine Sekunde an Leilas religiöse Skrupel.«

Er grinste zaghaft, die Vorstellung kam wohl auch ihm absurd vor.

»Also müssen wir annehmen, dass diese schwachsinnige Hochzeitsgeschichte stimmt, sofern sie nicht doch aus religiösen Gründen hergekommen ist. Aber warum legt sie nicht einfach die Karten auf den Tisch? Uns gegenüber, meine ich. Warum ruft sie nicht an und sagt, dass alles in schönster Ordnung ist, dass sie Mehdi und sich selbst gefunden hat und wir beruhigt nach Hause fahren sollen?«

Harry gab keine Antwort.

Ich wühlte in meiner Tasche, zog das Foto von Mehdi heraus und betrachtete es nachdenklich. Das sensible Gesicht, die dunklen, sprechenden Augen …

Wir schwiegen lange. Dann leerte Harry sein Glas, griff nach der Flasche und schenkte wieder ein. Uns beiden.

Etwas später gähnte ich und sah auf die Uhr. Ich musste machen, dass ich ins Bett kam. Ich hörte, wie Harry die Toilette abzog, dann ging die Tür auf, und er schaute heraus. »Wenn du recht hast, warum ist sie dann überhaupt zu ihm gegangen?«, fragte er und hängte das Handtuch auf.

»Zu Youssef?«

»Ja.«

Für zwei Sekunden schien die Welt stillzustehen. Ich starrte ihn sprachlos an. »Meine Fresse!«, sagte ich langsam. »Da sagst du was …«

»Öh … ich komme nicht ganz mit.« Er runzelte verwirrt die Stirn.

»Es kann nur daran liegen, dass er es weiß.«

»Was weiß?«

»Wo Mehdi ist.« Ich sprang auf, lief zum Fenster und wieder zurück. »Ja! Ja, so muss es sein! Leila muss klar gewesen sein, dass Youssef weiß, wo Mehdi sich aufhält. Wahrscheinlich haben die Pläne mit ihm. Und die Hochzeitsgeschichte ist purer Unsinn.« Eigil Larsen hatte unter anderem behauptet, Terroristen bezeichneten geplante Terroraktionen als Hochzeit, und Mehdi war in einem Ausbildungslager in Sarajewo gewesen. Aber Leila würde niemals zulassen, dass ihr Sohn benutzt wurde.

Harry schloss die Tür hinter sich. »Aber wenn das stimmt, dann ist er doch …«

Ich nickte. »Dann steckt Youssef tief mit in dieser ganzen Schweinerei. Das gilt für sie alle.«

Wieder senkte sich Schweigen über uns. Der Straßenlärm drang durchs Fenster, eine Autohupe war zu hören. Trotz der späten Stunde bot ein Verkäufer in der Nähe seine Waren feil.

»Warum zum Teufel hören wir dann nichts von ihr?«, fragte Harry endlich.

»Sie hat bestimmt versprochen, sich mit niemandem in Verbindung zu setzen, wenn sie im Gegenzug Mehdi treffen darf.«

»Aber was wollte sie dann am Bahnhof?« Er drehte den Verschluss von der Flasche. »Ich meine, wenn sie versprochen hat, mit niemandem zu reden? Da stimmt noch immer nicht alles.«

Er schenkte sich Whisky ein, ich legte abwehrend die Hand über mein Glas.

»Who knows.« Ich zog ein letztes Mal an meiner Zigarette und drückte sie im Aschbecher aus. Ein Gewimmel von Gedanken schwirrte wie Fliegen durch meinen Kopf. Ich war müde.

»Es muss sie natürlich total überrascht haben, dass wir nach Marrakesch gekommen sind.«

»Und Youssef erst!«

Ich putzte mir gerade die Zähne und war noch immer nicht ins Bett gegangen, als er an meine Zimmertür klopfte. Er war auf Socken, das Hemd hing ihm über die Hose. »Vielleicht war es ja so geplant«, sagte er erregt.

»Was?« Ich stellte die Zahnbürste ins Glas.

»Dass sie im Bahnhof aufgetaucht ist, als der Zug gerade losfuhr, so dass wir nicht mit ihr reden konnten.«

»Aber warum ...«, setzte ich an, unterbrach mich dann aber. »Natürlich.«

Er nickte. »Wir sollten beruhigt werden.«

»Und ruhiggestellt.« Zwei Sekunden lang standen wir da und starrten einander an. Ich fröstelte in meinem Morgenrock, aber ein Stück nach dem anderen fügte sich zusammen und ergab ein Muster. Plausibel? Vielleicht.

»Glaubst du, sie hat Ärger?«

Ich blies mir die Haare aus der Stirn und schüttelte den Kopf. »Ich weiß es nicht, Harry. Ich weiß es wirklich nicht.«

Seine Augen waren dunkel vor Sorge. »Was machen wir jetzt?«

»Versuchen, sie zu finden ...« begann ich, verstummte aber, als mein Telefon klingelte. Was? Es war fast eins!

Youssef. Der Klang seiner Stimme und eine Mischung aus Wut und Unruhe verursachten mir einen leichten Magenkrampf. Er bat wegen der späten Stunde um Entschuldigung, hoffte, mich nicht geweckt zu haben, und berichtete dann, Karim habe soeben mit Halima gesprochen. »Wir haben ihr eure Nummer gegeben, das ist doch in Ordnung? Und sie hat versprochen anzurufen, sobald sie mehr weiß.«

»Ach, wie schön«, sagte ich aufgesetzt freundlich und schnitt für Harry eine Grimasse. »Klar! Sag lieben Gruß und vielen Dank.«

»Das werde ich. Äh … Moment«, im Hintergrund waren murmelnde Stimmen zu hören. »Ben bietet an, euch zum Flughafen zu fahren.«

»Da ist nett von ihm, aber das schaffen wir allein.«

»Na gut«, es rauschte in der Leitung, und er schwieg einen Augenblick. »Also, es tut mir leid, das sagen zu müssen, und wir tun natürlich alles, um euch zu helfen, aber ich fürchte, ihr müsst euch damit abfinden, dass Leila euch nicht treffen will. Leider.«

»Vielleicht hast du recht, aber das wollen wir noch abwarten«, erwiderte ich, dankte für alles, sagte Nettigkeiten über das Essen – und begriff zu spät, dass ich einen Fehler begangen hatte.

»Fuck!« Ich schleuderte das Telefon weg.

»Was ist los?«

»Es ist ganz deutlich, dass sie uns aus dem Land schaffen wollen.« Ich sah Harry an. »Und ich doofe Nuss hätte sie natürlich in dem Glauben lassen sollen, dass wir nach Hause fahren.«

»Sie hätten die Wahrheit ja doch herausgefunden. Aber eins weiß ich jetzt jedenfalls sicher.«

»Und zwar?«

»Wir bleiben.«

»Natürlich tun wir das«, sagte ich leise.

* * *

Ich wälzte mich im Bett hin und her, trat die Decke weg und starrte eine Weile in die Dunkelheit. Fühlte mich elend. Mein Magen gab Ruhe, aber … hatte ich Fieber? Der Schweiß klebte mir die Haare an die Wange.

Mühsam taumelte ich ins Badezimmer und spritzte mir kaltes Wasser ins Gesicht. Schloss die Augen, holte tief Luft und massierte mir die Schläfen. Plötzlich hatte ich Heimweh. Nach Sofie und meiner bescheidenen Wohnstatt auf Nærum Camping.

Ich hatte eben das Licht wieder gelöscht, als ich vom Balkon her ein Geräusch hörte. Erschrocken blieb ich stehen und horchte, aber jetzt war alles still. Ich gähnte und ging aufs Bett zu, da entdeckte ich ihn. Einen riesigen Schatten hinter dem Vorhang der offenen Balkontür.

Mit angehaltenem Atem wich ich ins Badezimmer zurück.

Der Vorhang wurde beiseitegezogen, und ich sah ihn als schwarze Silhouette vor dem schwachen Lichtschein der Gartenlampen. Lautlos trat er ins Zimmer. Und blieb jäh stehen. Er hatte gemerkt, dass das Bett leer war.

Ich starrte in die Dunkelheit, ertastete die Türklinke. Das hörte er und fuhr herum. Für den Bruchteil einer Sekunde erstarrten wir beide.

Ich konnte gerade noch die Tür abschließen, dann warf er sich mit dem Körper dagegen.

Wir standen dicht an dicht, getrennt nur durch wenige Millimeter Furnierholz.

Ich horchte und wartete, aber die Zeit dehnte sich, und ich hörte nichts als mein eigenes Atmen. Auf einmal wurde die Klinke heruntergedrückt, und die Tür ächzte, als er sich mit seinem ganzen Gewicht dagegenstemmte.

Fuck! Ich wusste, dass mir nur Sekunden blieben, ehe es ihm gelang, die Tür zu öffnen.

Unsicher tastete ich im Dunkeln herum. Hielt beim Toilettenschrank inne, ließ die Hand suchend über die Borde gleiten und fand die Schere. Konnte ich die benutzen? Oder die Nagelfeile? Verdammt, wo hatte ich die hingelegt?

Mein Herz hämmerte. Ich stieß gegen die Haarbürste, und die traf meine Parfümflasche, die klirrend auf den Fliesen zerschellte. Ich erstarrte und lauschte.

Die Tür gab nach, und ich wurde von Panik überrollt. Wild hämmerte ich mit den Fäusten gegen die Wand zu Harrys Zimmer. Hämmerte und hämmerte und schrie so laut, dass mein Hals wehtat und es im Badezimmer widerhallte.

Harry!

Harry!

Harry!

Ich weiß nicht, wie lange. Irgendwie schien der Klang meiner Stimme meine Wut zu wecken. Ich wurde tollkühn. Brutal. Sollte dieses Schwein doch kommen. Mein Körper machte sich bereit, ich hob die Schere und war so weit. Wollte sie ihm ins Auge stoßen, wie auch immer, sprang vorwärts. Riss die Tür auf.

Da war niemand.

Das Zimmer war leer. Er war verschwunden.

Aber war er das wirklich?

Die kühle Nachtluft strömte durch die Balkontür, die jetzt weit offen stand. Ich ließ die Hand über die Wand gleiten, fand den Lichtschalter.

Ich fuhr zusammen, als von außen gegen die Tür gehämmert wurde. »Kit, was zum Teufel ist los?«

»Is everything okay?« Ein großer rothaariger Mann, der mit seiner Frau und seinen beiden Töchtern im Hotel wohnte, tauchte hinter Harry auf.

Ich nickte müde und brachte es nicht über mich, die Lage zu erklären.

Der Mann blieb auf dem Gang stehen und starrte uns skeptisch an, als Harry mein Zimmer betrat.

»Also, was ist los?« Harry musterte mich forschend.

Ich ließ mich aufs Bett fallen, schüttelte eine Zigarette aus der Packung und gab mir Feuer. Meine Hände zitterten.

»Du rauchst zu viel«, sagte Harry.

Als ob das ein Problem wäre, das die Erwähnung lohnte. Ich musste lachen, hysterisch. Dann verstummte ich und füllte meine Lunge mit Rauch. Jetzt zitterten nicht nur meine Hände. Das Zittern hatte meinen ganzen Körper erfasst. Ich fror auf einmal, zog die Bettdecke um mich zusammen und erzählte, was geschehen war.

»Er muss vom Balkon unter deinem hochgeklettert sein.« Harry stand in der Türöffnung und schaute hinaus. »Aber wie ist er in den Hinterhof gelangt?«

Ich trank einen Schluck Whisky, Harrys Allheilmittel. »Durchs Hotelfoyer.«

»Aber nach Mitternacht schließen die doch ab.«

»Er kann ja früher gekommen sein.«

»Oder im Hotel wohnen.«

»Kaum.«

»Wieso nicht?«

»Das war kein Zufall.«

»Meinst du …«

»Ja, allerdings.«

»Ich wüsste nicht, wozu das gut sein sollte.«

»Die wollen uns loswerden. Und ein Überfall oder eine kleine schnelle Vergewaltigung würde uns garantiert verscheuchen.«

Harry ließ sich in den Sessel fallen und wir schwiegen eine Weile.

»Was ist nur mit Leila passiert?«

Ich gab keine Antwort. Ich dachte daran, was sie erzählt hatte. Über die guten Leute in Agadir und das Haus mit den blauen Fensterblenden. Das Haus, in dem Mehdi geboren worden war.

Vielleicht war das eine Möglichkeit? Womöglich unsere einzige?

Wenn man Leila näher kennenlernte – oder genauer gesagt, wenn sie jemanden näher kennenlernte –, war sie eine Frau, die unverblümt aussprach, was ihr gerade einfiel. Wenn ihr etwas Angst machte, konnte sie grauenhafte Dinge sagen wie: »Ich spucke ihn an und steche ihm die Augen mit einer Gabel aus!« Oder es kamen verblüffende Äußerungen wie: »Moment, ich muss nur schnell furzen gehen.«

Sie war nicht mehr Muslimin, als die meisten Dänen Christen sind. Sie ging in die Moschee, aber nicht oft. Und sie hatte ganz klare Ansichten.

Wir saßen in Harrys Wohnwagen, der Tisch war mit Kerzen und Blumen gedeckt, und Harry servierte Hering, geräucherten Aal mit Rührei und Frikadellen mit weichen Zwiebeln. Die Sonne strahlte von einem hohen blauen Himmel, die Tür stand offen, es war jetzt wirklich Frühling. Draußen lag Sofie im Gras, tankte Sonne und bewachte die Puppe Gurli.

»Die muslimische Theologie müsste sich von Gewalt distanzieren, aber das tut sie nicht«, sagte Leila. »Das ist das Problem!«

»Und das sagst du!«, warf ich ein. »Einfach so Leuten die Augen ausstechen!«

Sie lachte. Dann wurde sie ernst. »Wer den Schuh trägt, weiß, wo er drückt.«

Jetzt musste ich lachen. »So heißt das aber nicht ...«

Sie schnitt eine Grimasse und versetzte mir einen Rippenstoß. »Aber ganz ehrlich, Kit, es gibt sehr viele Muslime, die meinen, wir dürften den Islam nicht kritisieren, aber das müssen wir, verdammt noch mal, egal, was sie sagen.«

Ich unterdrückte ein Lächeln. Es klang witzig, wenn sie fluchte.

»Ach, die sind einfach so ... so ...« Sie seufzte resigniert und schüttelte den Kopf

»Verstockt? Konservativ?«, schlug Harry vor.

»Ja, konservativ. Aber wir müssen anders denken, und alles muss erlaubt sein. Das ist mein Ernst. Alles. Nur keine Gewalt.«

Sie wickelte sich eine Haarsträhne um den Zeigefinger und schaute nachdenklich vor sich hin. »Im Moment gibt es zu viel Hass und Aberglauben.« Ein Schatten huschte über ihr Gesicht. »Ihr haltet das vielleicht für übertrieben, aber ich weiß, dass viele allen Ernstes davon überzeugt sind, dass die gesamte westliche Welt von Satan und seinen Dämonen gelenkt wird. Doch, doch, das stimmt wirklich …«

»Von mir aus.« Harry zuckte die Achseln. »Meine Ex hat auf Horoskope vertraut, und es ist noch nicht so lange her, dass wir an Trolle geglaubt und Hexen verbrannt haben.«

»Aber das macht ihr doch nicht mehr?« Sie sah ihn an. »Und das ist eben der Unterschied. Auch der Islam braucht eine Aufklärung.« Sie stellte das Glas weg und überlegte. »Als ich klein war, war ich wild und sehr neugierig und stellte viele Fragen, bis meine Mutter wütend wurde und mir eine scheuerte. Und ihre Antwort war immer dieselbe: Weil Allah der Erhabene das gesagt hat. Aber ich machte, was ich wollte, und fragte immer weiter. So war Halima nie. Sie hatte Angst und tat, was ihr gesagt wurde. Und obwohl ich Prügel bekam, glaube ich, dass sie ab und zu ein bisschen neidisch war …« Plötzlich verstummte sie, schloss die Augen und schüttelte sich.

Harry legte seine Hand auf ihre. »Woran denkst du?«

»An Mehdi«, sagte sie leise.

»Leila«, begann ich, verstummte aber. Was sollte ich auch sagen?

Harry füllte die Schnapsgläser, und ich sah ihn an. Er trug ein blaues Hemd und eine schneeweiße Hose, und seine Augen waren froh. Seine Stimme hatte einen anderen Klang, munter und warm, und er war immer aufmerksam. Wer hätte das noch vor zwei Monaten geglaubt? Tja. Ich lächelte. So war das Leben eben. Immer änderte sich alles, und ich dachte, man muss geschmeidig sein, um mitzukommen. Und nicht zu sehr behindert.

»Nimm doch noch«, Harry reichte mir die Schüssel. »Du isst ja fast nichts.«

»Und ich war sicher, dass ich Aal nicht leiden könnte«, sagte Leila. »Der sieht immer so eklig aus, aber er schmeckt gut.«

Harry blinzelte. Ich schaute weg. Wenn sie glaubten, dass ich es nicht sah, berührten sich ihre Hände, und ab und zu tauschten sie kleine rasche Liebkosungen.

Später am Nachmittag war ich müde und mein Kopf schwer von Bier und Schnaps, und ich schaute verstohlen auf die Uhr. Wir hatten gegessen und saßen beim Kaffee und dem von Leila gebackenen Kuchen. Einem wahren Paradieskuchen.

»Ach, übrigens«, Harry sprang auf und griff nach einem Zettel, der auf der Anrichte lang. »Ich habe Mettes Adresse besorgt.«

»Das ist gut.« Ich faltete den Zettel zusammen und steckte ihn in mein Portemonnaie. In den vergangenen zwei Wochen hatte ich die Wohnung in der Nordweststadt beobachtet, wo Imam Omar bin Malik wohnte, wenn er in Dänemark war, und die Villa in Hvidovre, wo Mehdi an Abu Hakims Studienkreis teilgenommen hatte, aber beides vergebens. Mehdi war wie vom Erdboden verschluckt. Ich wusste nicht recht, was ich noch tun konnte, aber als letzte Möglichkeit wollte ich seine alten Freunde aufsuchen, um festzustellen, ob die vielleicht etwas wussten. Und was lag da näher, als mit seiner Verflossenen anzufangen, Mette. Es war jedenfalls den Versuch wert, wenn ich auch nicht sonderlich optimistisch war.

»Aber das ist ja schon eine ganze Weile her«, sagte sie überrascht.

»Ich weiß, aber vielleicht hast du ja etwas gehört …«

»Sag mal, woher hast du meinen Namen und meine Adresse?«, unterbrach sie mich und musterte mich misstrauisch.

Mette Danielsen wohnte in einer Anderthalbzimmerwohnung in Amager, nicht weit von der Universität, wo sie Film- und Medienwissenschaften studierte. Sie war mittelgroß und trug ihre kräftigen braunen Haare im Nacken zu einem Zopf geflochten. Die ersten beiden Attribute, die mir bei ihrem Anblick einfielen, waren ›gesund‹ und ›unkompliziert‹. Sie sah aus wie eine junge Frau, die Sport trieb und Äpfel aß, und die Wohnung hatten ihr vermutlich ihre Eltern gekauft.

Sowie sie Harrys Namen hörte, strahlte ihr Gesicht auf, und als ich den Grund meines Besuchs erklärt hatte, bat sie mich herein und entschuldigte sich für die Unordnung, es war eine hektische Woche gewesen und sie war gerade erst mit einer Hausarbeit fertig.

»Jedenfalls ist Mehdi ein verdammt toller Typ.« Sie goss Saft in ihr Glas und sah mich fragend an.

»Danke, nein«, ich schüttelte den Kopf. »Wie lange wart ihr denn zusammen?«

»Etwas mehr als zwei Jahre.«

»Und was passierte dann?«

»Who knows.« Sie zuckte die Achseln. »Er hat einfach plötzlich Schluss gemacht. Er hat mir wahnsinnig gefehlt, das war fast das Schlimmste.« Sie runzelte die Stirn und saugte an ihrer Unterlippe. »Aber wenn ich ehrlich sein soll, kam es nicht ganz aus heiterem Himmel ...« Für ein Weilchen konzentrierte sie sich darauf, Wachs vom Tisch zu kratzen.

Ich sah sie abwartend an.

Sie hob den Kopf und blies sich die Haare aus der Stirn. »Anfangs war es einfach unglaublich gut, aber im letzten halben Jahr hat er sich dann verändert. Ich weiß nicht genau, was los war.«

»Wie hat er sich denn verändert?«

»Also«, sie seufzte. »Er hat mich einfach mehr und mehr abgewiesen, wollte kaum noch mit mir zusammen sein. Du weißt schon ...«

Unsere Blicke trafen sich.

Sie schnaubte. »Er behauptete, keine Lust auf Sex zu haben.«

»Das hat dich verletzt?«

»Ja, verdammt. Ich dachte schon, dass mit mir was nicht stimmte. Mit meinem Körper und so ... Auch weil er mich immer mehr kritisiert hat«, sie räusperte sich. »Manchmal wirkte er fast boshaft, als ob er mich verletzen wollte, wenn du verstehst.«

»War das, nachdem er angefangen hat, zum Koranunterricht zu gehen?«

»Das weiß ich wirklich nicht.« Sie trank einen Schluck Saft. »Aber kann sein. Das würde immerhin einiges erklären, oder?«

»Vermutlich«, ich nickte.

»Fuck him!«

»Aber du hast doch gesagt, dass er ein toller Typ war.«

»Na und?« Sie sprang auf und lief ans Fenster. »Davon hab ich nun auch nichts, oder?«

Ein bedrücktes Schweigen senkte sich über uns.

Dann wirbelte sie herum und sah mich unsicher und ein wenig unglücklich an. »Dickes Make-up und volle Kanne drauflos war noch nie mein Ding. Ich bin eher zurückhaltend«, erklärte sie. »Es hat ewig gedauert, bis ich mich wieder halbwegs normal gefühlt habe. Ich hatte doch rein gar nichts kapiert.«

»Und du hast ihn nie gefragt?«

»Doch, natürlich, aber davon bin ich auch nicht viel klüger geworden.« Sie setzte sich wieder, schlug die Beine übereinander und faltete die Hände um ihre Knie. »Wenn jemand etwas über Mehdi weiß, dann ist das wohl Alexander«, sagte sie bemüht gelassen. Erwachsen und ausgeglichen. »Ich finde jedenfalls, du solltest mal versuchen, mit ihm zu reden.«

»Du hast also nichts mehr von Mehdi gehört, seit ihr …«

»Zu meinem Geburtstag, und das ist inzwischen viele Monate her, hat er mir über Facebook einen Gruß geschickt, das ist alles.«

»Er war auf Facebook?«, fragte ich überrascht.

»Das ist er immer noch, soviel ich weiß.«

Auf dem Rückweg fuhr ich am Bahnhofsgrill vorbei und kaufte ein halbes Hähnchen mit Pommes und Mayonnaise. Sowie ich gegessen hatte, machte ich mit Sofie einen langen Spaziergang. Sie fiepte, zerrte an der Leine und schaute sehnsüchtig zwei kleinen Jungs nach, die vor einem Wohnwagen Fußball spielten. Und natürlich musste ich an Sigge und Ursula denken.

Als wir nach Hause kamen, rief ich bei Joan an, aber sie ging nicht ran. Seufzend legte ich das Telefon weg, gab Sofie einen Hundekeks und setzte Teewasser auf.

Ich gönnte mir eine Zigarette und schaute aus dem Fenster. War es meine Schuld? Hatte ich sie verletzt? Vielleicht, aber doch nicht mit Absicht. Wirklich nicht. Verdammt! Ich zog an der Zigarette und durchdachte zum Gott weiß wievielten Mal die Lage.

Es war ein knappes Jahr nach Benjamins Tod gewesen. Ich

kam vom Zahnarzt und war auf dem Weg nach Hause, als ich im Gewimmel auf dem Kultorv zufällig auf Joan stieß. Sie war nicht allein. Neben ihr ging ein großer blonder Mann und hatte ihr den Arm um die Schulter gelegt. Natürlich war ich überrascht. Mehr als überrascht. Dennoch wahrte ich einigermaßen die Fassung. Wir grüßten einander, wechselten ein paar Bemerkungen, dann ging jede in ihre Richtung weiter. Es war für keine von uns leicht, ich konnte ganz deutlich sehen, dass auch ihr die Situation sehr unbehaglich war.

An dem Abend umkreiste ich das Telefon wie die Katze den heißen Brei. Hoffte ich, dass sie anrufen würde? Das tat ich wohl. Aber nichts passierte. Und als ich zwei Stunden gewartet hatte und sicher war, dass Sigge und Ursula im Bett waren, rief ich an. Es tat so verflucht weh, und ich hatte das Bedürfnis, mit ihr darüber zu reden. Ich ging doch davon aus, dass es ihr ähnlich ging.

Das war offenbar nicht der Fall, oder zumindest ließ sie es mich nicht merken. Sie klang, als käme ihr mein Anruf gar nicht gelegen. Es war vielleicht ungerecht, aber diesen Eindruck hatte ich nun mal. Ich war unglücklich und verwirrt und fühlte mich extrem unsicher. Wusste nicht, was ich tun sollte, und redete dummes Zeug. Hätte ich doch bloß die Klappe gehalten. Aber auf irgendeine Weise brachte ich heraus, dass sie vielleicht vorsichtig damit sein sollte, so schnell einen neuen Mann ins Leben der Kinder zu bringen. Und sie verstand das falsch, das musste sie wohl, oder? Daraufhin unterstellte sie mir Motive, die ich einwandfrei nicht hatte. Sie wollte meine Erklärung nicht hören und glaubte, was sie glauben wollte. Und das Schlimmste war, dass sie mir danach jeglichen Kontakt zu Sigge und Ursula untersagte.

Dann, genau ein Jahr nach Benjamins Tod, brach ich zusammen. Harry brachte mich in die Klinik. Ich weinte wie besessen und konnte nicht aufhören. Es wurde ganz schlimm, als ich auch noch anfing, immer wieder mit dem Kopf auf die Tischplatte zu schlagen. Der arme Mann wusste nicht, was er tun sollte, rief dann aber endlich einen Arzt an. Und es war auch ganz gut, wegzukommen, an einen Ort, wo mir in ruhiger Umgebung regelmäßig Essen serviert wurde und Gemälde an den Wänden hingen.

Sicher, ich hatte mit dem Psychologen viele tiefe und erkenntnisreiche Gespräche über Verlust und Trauer. Aber ich wusste, dass mein Aufenthalt in der Klapse ein abgeschlossenes Kapitel war, als er eines Tages sagte, es sei ›nie zu spät für eine schöne Kindheit‹. Kindheit! Du kannst mich mal, dachte ich und packte den Koffer. Danach suchte ich Zuflucht im Wein. Ich konnte durchaus regelrecht heiter sein, wenn ich in meinem Rotweinnebel dasaß und an ein Leben dachte, das glücklich hätte sein können.

Ich schaltete den Computer ein und starrte lange den Bildschirm an, ohne etwas zu sehen. Es fiel mir schwer, mich von meinem Gegrübel zu lösen. Immer wieder dieselben alten Gedanken, Fragen und Selbstvorwürfe wirbelten mir hartnäckig durch den Kopf. Schließlich riss ich mich mit großer Mühe zusammen und loggte mich bei Facebook ein.

Mehdis Profil, dem übrigens das Foto fehlte, war nicht privat. Ich konnte alles sehen, aber viel war das nicht. Er hatte sich schon lange nicht mehr eingeloggt und war offenbar nie sonderlich aktiv gewesen. Seine letzte Statusmeldung war etwas über zehn Monate alt. Die Chronik zeigte in erster Linie, mit wem er online neu befreundet war. Seltsamerweise waren alle seine Freunde Dänen – bis auf einen. Diese Ausnahme war Abu Hakim. Ich suchte sein Profil, aber das war gesperrt. Dann ging ich Mehdis andere Freunde einen nach dem andern durch. Es waren insgesamt vierundfünfzig, einer war Alexander Vohn. Der war etwas mitteilsamer und schrieb regelmäßig Statusmeldungen. »Freu mich auf Vega«, lautete die letzte, sie war nur zwei Tage alt.

Ich sah mir Alexanders Foto an, ein Porträt. Braune Locken, eine etwas große Nase und freundliche graue Augen. Einige Sekunden lang starrte ich ihn an und klickte mich dann zu Mehdi zurück. Sah mir an, was er kommentiert hatte, aber das gab nichts Interessantes her, es waren vor allem Glückwünsche. Er war nur in einer Gruppe Mitglied. Sie nannte sich »Lärnt verdampt nochma schreiben, ehe ihr eine Grubbe aufmacht« und war mir nun wirklich keine Hilfe.

Ich nippte an meinem heißen Tee, ließ abermals meinen Blick auf Alexanders Profilbild ruhen und beschloss, ihn gleich am nächsten Tag aufzusuchen. Seine Adresse stand unter »Info«, eine Telefonnummer hatte er nicht angegeben. Er studierte offenbar im dritten Semester Medizin, und ich dachte mir, am ehesten könnte ich ihn wohl spätnachmittags zu Hause antreffen.

Dann suchte ich mir im Schrank eine Packung Kekse, nahm einen und kaute darauf herum, während ich das Foto von Mehdi betrachtete, das Leila mir gegeben hatte. Ich ließ meine Phantasie spielen, stellte mir vor, dass er ein ungeheuer charmanter Junge war. Jedenfalls war er schön. Sensibel? Sanft und verständnisvoll? Hart und brutal? Vielleicht eine Mischung. Ich wusste es nicht. Ich jagte den Schatten eines Menschen, den ich nur einmal flüchtig gesehen hatte, der mir aber nie begegnet war. »Fuck him«, hatte Mette gesagt, und doch war ganz deutlich, wie schwer es ihr fiel, ihn zu vergessen. Ich hatte sogar den Eindruck, dass sie immer noch hoffte, er könnte eines Tages zu ihr zurückkehren.

Ich schnappte mir noch einen Keks und versank in Spekulationen. Warum hatte er sie verlassen? Für Mette war die Trennung sehr plötzlich gekommen. Wirklich? Er hatte ja kein sexuelles Interesse mehr an ihr gezeigt. Hatte er sie über bekommen oder war der Grund, dass sie Dänin war? Christin? Vielleicht war das mit seiner Erweckung unvereinbar? Aber, Himmel, das war sie schließlich von Anfang an gewesen, und wenn sie einander wirklich geliebt hatten, warum dann auf einmal diese Kehrtwende?

Mir fiel ein, dass seine Familie ihn vielleicht unter Druck gesetzt hatte, das war durchaus nicht unvorstellbar. Leila und Harry hatten erzählt, dass Mohammed gerade mit Mehdi immer sehr streng gewesen war. Ich konnte mir lebhaft vorstellen, wie er und vermutlich auch Halima bei der Aussicht auf eine dänische Schwiegertochter reagiert hätten. Hatte Mehdi ihnen überhaupt von der Beziehung erzählt? Oder hatten sie das selbst entdeckt? Und war es zu einer Auseinandersetzung gekommen?

Ich massierte mir die Schläfen und gähnte. Dann goss ich den Stolz des Hauses, eine weiße Orchidee, steckte mir eine Zigarette an und beschloss, dass es für heute die letzte sein sollte.

* * *

Es regnete nicht mehr, die Wolken waren weggeweht und die Sonne schien, als ich in Harrys Honda vor der gelben Patriziervilla in Valby hielt. Der Kratzer im Lack war noch da, und ich bekam ein schlechtes Gewissen, wenn mein Blick darauf fiel. Aber der gute Harry wollte über die Sache kein Wort mehr verlieren.

Ich steckte die Autoschlüssel ein, ging in den Garten und dann weiter über den Plattenweg, während ich mich neugierig umschaute. Irgendwo im Haus wurde Klavier gespielt, die Klänge einer Chopin-Etüde strömten durch ein offenes Fenster nach draußen.

Was? Ich stand vor der Tür und staunte. Ich hatte Alexanders Adresse in mein Notizbuch geschrieben, und da es sich um ein Villenviertel handelte, war ich davon ausgegangen, dass er zur Untermiete wohnte. Oder bei seinen Eltern. Aber jetzt sah ich, dass neben der Klingel nur sein Name stand. Ein Medizinstudent?

Als ich den Finger auf den Klingelknopf setzte, verstummte die Musik, und es war ganz still. Dennoch musste ich eine gefühlte Ewigkeit warten, ehe die Tür geöffnet wurde und ich Alexander gegenüberstand. Er war barfuß und trug einen weißen Kittel und eine weiße Leinenhose. Es überraschte mich, dass er eine Brille aufhatte, auf seinem Bild bei Facebook war das nicht der Fall gewesen.

Die freundlichen grauen Augen sahen mich forschend und leicht verwundert an, während ich meinen Spruch aufsagte.

»Leider«, sagte er, als ich verstummte, »fürchte ich, dass ich dir nicht helfen kann.« Seine Stimme war angenehm, aber auch ein wenig abweisend. »Weiß denn wirklich niemand, wo er sich aufhält?«

Ich schüttelte den Kopf. »Deshalb dachte ich, du hättest vielleicht eine Ahnung …«

»Keine Spur«, sagte er knapp, doch dann zögerte er. Eine rotweiß gestreifte Katze tauchte in der Türöffnung auf. Sie strich um Alexanders Beine, lief die Steintreppe hinunter und verschwand im Garten.

Für einen Moment sahen wir ihr hinterher.

»Okay«, er trat einen Schritt zurück. »Wir können ja kurz reden. Aber wenn ich ehrlich bin, glaube ich nicht, dass dir das weiterhilft.«

»Man kann nie wissen.« Ich trat mir die Füße an der Türmatte ab. »Ist das deine Katze?«

Er nickte zerstreut und führte mich durch den Flur in ein helles, geschmackvoll eingerichtetes Wohnzimmer mit grünen Wänden. »Ich habe gerade Tee gekocht«, sagte er über seine Schulter. »Trinkst du eine Tasse mit?«

»Ja, danke, das klingt wunderbar«, antwortete ich überrascht und ließ meinen Blick umherwandern. »Sag mal, wohnst du hier allein, oder …«

»Ja.«

Ich musterte ihn verstohlen. »Ich dachte bloß, vielleicht haben deine Eltern …«

»Mein Vater ist seit fünf Jahren tot, und Ella lebt auf Mallorca.«

»Ach so.«

Wir plauderten ein wenig. Nach und nach taute Alexander auf, erzählte von seinem Studium und seinen Zukunftsplänen. Irgendwann würde er gern für Ärzte ohne Grenzen arbeiten, sagte er. »Aber die stellen sehr hohe Anforderungen. Und man braucht mindestens zwei Jahre Berufserfahrung, das dauert also noch.«

Ich sah ihn an und fand plötzlich, dass er einsam wirkte. »Die Zeit vergeht schnell«, sagte ich.

»Findest du?«

»Je älter man wird, umso schneller vergeht sie.«

Er schüttelte den Kopf.

Ich beugte mich vor und streckte die Hand nach der Tasse aus. »Wie lange kennst du Mehdi eigentlich schon?«

»Seit der zweiten Klasse, als wir hergezogen sind.« Er stand auf, öffnete einen Schrank und nahm eine Packung Zigaretten heraus.

»Wenn ich Harry richtig verstanden habe, befürchtest du, er könnte in irgendwas hineingeraten sein«, ich blies auf den Tee. »Warum glaubst du das?«

Mit unergründlicher Miene schüttelte er eine Zigarette aus der Packung und gab sich Feuer. Er antwortete nicht.

»Er hat sich sehr verändert, habe ich gehört?«

»Ohne Frage.« Er schnitt eine Grimasse.

Ich wühlte in meiner Handtasche nach meinen Zigaretten.

»Ach, Verzeihung«, er richtete sich auf. »Ich dachte nicht, dass du rauchst«, fügte er hinzu und hielt mir die Packung hin.

Ich hob abwehrend die Hand. »Danke, ich rauche mit Menthol.«

Seine Augen leuchteten belustigt auf. »Als ich jung war, hab ich das auch getan«, sagte er grinsend und gab mir Feuer.

»Danke.« Ich blies den Rauch aus und erwiderte sein Lächeln. »Wann hast du Mehdi zuletzt gesehen?«

Sein Blick wich aus. »Das weiß ich nicht mehr so genau.«

»Ist es einen Monat her? Oder vielleicht ein Jahr?«

»Ja. So ungefähr.«

Ich hob die Augenbrauen. »Und das bedeutet?«

Er schwieg eine Weile. »Kommst du von seinen Eltern?«, fragte er dann, und ich sah deutlich, dass er auf der Hut war.

»Ich darf den Namen meiner Mandantin nicht verraten, aber es hat nichts mit seinen Eltern zu tun.« Wie konnte ich ihn aus der Reserve locken? Nach kurzem Zögern berichtete ich ihm von dem ultrakonservativen Abu Hakim, mit dem Mehdi vor weniger als einem halben Jahr in Sarajewo gewesen war. »Die lokalen Islamisten haben in den Bergen Ausbildungslager«, erklärte ich, »und offenbar wird Bosnien zum Zentrum für die Terrorplanung in Europa.« Dann erzählte ich von Omar bin Malik aus London, der eng mit Ahmed Selek befreundet war. »Ich weiß nicht, ob du das noch weißt, aber Ahmed Selek wird in Verbindung mit dem Terrorangriff auf die israelische Botschaft in Oslo gesucht. Und das sind die Menschen, mit denen Mehdi sich jetzt umgibt.« Unsicher verstummte ich. Wusste nicht weiter und fragte mich, ob ich schon zu viel gesagt hatte, fand aber, ich musste es drauf ankommen lassen.

Alexander schwieg sehr lange und starrte seine Handflächen an. »Oh verflucht«, sagte er endlich, aber es klang kein bisschen überrascht. Dann stand er auf und öffnete die Terrassentür. Die rote Katze schlüpfte herein und sprang mit Besitzermiene in einen Rokokosessel mit gestreiftem Samtpolster, der zwischen dem Fenster und einer kleinen Kommode in der Ecke stand. Alexander blieb in der Türöffnung stehen und schaute hinaus in den Garten. Schließlich drehte er sich um und sah mich an. »Was ist mit den anderen?«

»Den anderen?«

»Ja, seinen Eltern. Wissen die auch nicht, wo er ist?«

»Anscheinend nicht.«

»Der Vater ist ein blöder Arsch.«

»Kennst du ihn?«

»Ja, danke.«

Ich wartete ein wenig. »Was hat Mehdi über ihn gesagt? So ganz allgemein?«

»Er wollte lieber gar nicht darüber reden, aber es machte ihm natürlich zu schaffen. Klar doch. Vor allem, als wir noch kleiner waren.« Er ließ sich wieder in den Sessel sinken, nahm die Brille ab und fuhr sich mit der Hand über die Augen. »Was hat der Trottel bloß angestellt«, murmelte er heiser.

»Ich weiß es nicht. Aber bist du sicher, dass er dir gegenüber nie etwas Genaueres erwähnt hat?«

»Ganz sicher.«

»Wie lange wart ihr befreundet? Also in den späteren Jahren?«

Er sagte nichts, sah mich nur an.

Die Katze reckte sich und sprang auf die Fensterbank.

Alexander fuhr sich mit den Fingern durch die Haare und beugte sich ein wenig vor. »Ich liebe ihn«, sagte er leise.

Es wurde still.

Ich runzelte die Stirn. »Ich verstehe nicht …?«

»Ist das nicht sehr einfach?« Er verschränkte die Arme.

»Vielleicht, aber du musst es trotzdem erklären.« Ich zog ein letztes Mal an der Zigarette, bekam Rauch in die Augen und drückte sie im Aschbecher aus.

»Wir hatten eine Beziehung, Mensch.«

Ich nickte langsam. »Ah so. Und wie lange?«

»Wie lange?« Er holte tief Luft. »Für mich war es sehr lange. Mehrere Jahre.«

»Und für Mehdi?«

»Vielleicht ein halbes Jahr, nehme ich an. Wir waren etwas mehr als sieben Monate ein Paar, und dann … dann haben wir beschlossen, Schluss zu machen.«

»Was war passiert?«

Er schüttelte unmerklich den Kopf.

Ich wartete.

»Es ging einfach nicht mehr«, sagte er mit traurigem Lächeln. Er sah mich mit gequälter Miene an. »Es ging den Bach runter. Mehdi wurde immer unglücklicher, je länger wir zusammen waren. Er versuchte das zu verbergen, aber ich konnte nicht übersehen, wie hart es für ihn war. Verflucht …« Er machte eine resignierte Handbewegung, schloss die Augen und schüttelte wieder den Kopf. »Im Grunde glaubte der Mann doch, dass wir eine furchtbare Sünde begingen. Es war einfach unerträglich, das mit ansehen zu müssen. Er quälte sich so sehr und glaubte, wir würden bestraft werden und was weiß ich …« Er verstummte.

Etwas an ihm rührte mich zutiefst. Ich streckte die Hand nach der Teekanne aus und schenkte uns beiden nach.

»Am Ende war er einfach fertig«, sagte er mit brüchiger Stimme.

»Hast du deshalb Schluss gemacht?«

»Ja«, er ließ sich zurücksinken und starrte zur Decke hoch. »Ja, verflucht.«

Lange Zeit herrschte Stille. Ich trank einen Schluck Tee und ließ meinen Blick zum Fenster hinauswandern. Die Sonne hing tief über den Gartenbäumen, und der Himmel war jetzt orangerot.

»Und dann ging er in die Moschee«, sagte ich leise und stellte die Tasse ab.

»So war es wohl.« Er nahm sich eine Zigarette und sah mich an. »Er darf nie erfahren, dass ich das erzählt habe.«

Ausgesprochen durcheinander setzte ich mich hinters Lenkrad und fuhr los.

Wie würde Leila reagieren? Ich biss mir nachdenklich auf die Lippe, und Alexanders Stimme hallte in meinen Gedanken nach.

»Ich liebe ihn.« Eine Welle von Mitleid durchspülte mich, und mit einem Hauch von Ironie dachte ich, dass mir zum erstem Mal seit langer Zeit ein anderer Mensch mehr leid tat als ich selbst. Meine Güte, das Leben war wirklich nichts für Zartbesaitete.

In dem Wissen, dass ich mich zu ungesund ernährte, hielt ich vor einem Supermarkt, kaufte Steaks, Baguettes, eine Flasche Rotwein und natürlich ökologische Cocktailwürstchen für Sofie. Alles für ein Gelage in meinem Wohnmobil.

Als ich die Autoschlüssel ablieferte, lud Harry zu Mockturtlesuppe ein. »Es gibt auch hartgekochte Eier«, lockte er.

»Das ist reizend von dir, aber ich bin zu müde«, sagte ich und griff nach meinen Einkaufstüten.

»Und wie war es sonst? Was Neues?«

»Na ja«, ich zögerte. »Eigentlich nicht.«

»Wie gefällt dir Alexander? Netter Junge, was?«

»Stimmt«, sagte ich und nickte. »Und wie.«

»Erzähl!« Sein Blick durchbohrte mich. »Du verheimlichst etwas, das merke ich.«

Ich schüttelte den Kopf und lachte. »Hast du heute schon mit Leila gesprochen?«

»Vor einer Stunde, warum?«

»Einfach so.« Ich öffnete die Tür und ging hinaus. »Ich rufe sie irgendwann heute Abend an.«

»Sie haben in ihrem Kindergarten Personalbesprechung.«

»Weiß du, wann sie nach Hause kommt?«

»Nicht genau, aber ich werde wohl so gegen halb elf bei ihr vorbeischauen.«

»Kannst du ihr dann sagen, dass ich morgen Nachmittag vorbeikomme?«

»Brauchst du den Wagen?«

»Ach wo, ich nehm den Bus.«

»Bist du sicher? Das dauert doch eine Ewigkeit.«

»So schlimm ist es auch wieder nicht.« Ich lächelte. »Und sonst kann ich ja auch mein Wohnmobil anwerfen.«

Während ich Knoblauchbutter anrührte, drehten meine Gedanken sich um Mehdi. Auch wenn sich vieles jetzt klarer zeigte, verstand ich ihn nicht. Allen Aussagen nach war er ein durchaus intelligenter junger Mann, also was fand er am Fundamentalismus so toll? Hatte er Angst, dass er für seine Sünden in der Hölle büßen musste? War das der wunde Punkt?

Seufzend schenkte ich mir ein Glas Wein ein und dachte, dass er immerhin in einer aufgeklärten Gesellschaft aufgewachsen war und eigentlich klüger sein müsste. Andererseits – wie alt war ich gewesen, als ich auf meine Art ›die Wahrheit erkannte‹? In Mehdis Alter. Vielleicht sogar ein wenig älter. Also müsste ich ihn doch verstehen und wissen, was los war.

Illusionen. Ich steckte mir eine Zigarette an. Minderwertigkeitsgefühle? Vielleicht. Jedenfalls Illusionen, und dann die Geborgenheit, die damit einhergeht, dass uns eine absolute Wahrheit angeboten wird und wir zu einer eingeschworenen Gemeinschaft gehören. Ich wusste noch genau, wie schwer es mir gefallen war, aus der Partei auszutreten. Wie Abschied von meiner Familie zu nehmen. Alle Freunde lösten sich in Luft auf. Und die Wahrheit auch. Ich war allein in der Kälte. Wieder allein.

Wieder? Ich zog an der Zigarette, schaute dem Rauch hinterher. Mein Leben hatte lange auf einer Lüge basiert. Auch das hatten Mehdi und ich gemeinsam. Trotzdem wäre es unwürdig, alles nur darauf zu schieben. So etwas mochte einiges erklären, aber es entließ niemanden aus der Verantwortung für das eigene Handeln.

Leila hatte mich für den folgenden Tag zum Essen eingeladen. Sie hatte eine Lammkeule im Ofen, und aus der Küche strömte ein wunderbarer Duft nach Knoblauch und Thymian. Wir saßen im Wohnzimmer und tranken einen Dry Martini, und ich erzählte von meinem Besuch bei Alexander. Erzählte ihr alles. Auch das mit seiner und Mehdis Beziehung.

Wortlos nahm sie mir die Zigarette aus der Hand. Zog daran, zog gleich noch einmal, dann stieß sie den Rauch aus und gab mir die Zigarette zurück. Sie schien etwas sagen zu wollen, schwieg dann aber. Schließlich stand sie auf, verließ das Zimmer und kam gleich darauf mit einem Stapel Fotos zurück, die sie vor mich hinlegte.

»Die sind aus Agadir.« Sie ließ sich auf die Knie nieder und beugte sich über den Couchtisch. »Ist er nicht hinreißend?«

»Doch.« Ich sah mir ein Bild nach dem anderen an. Sie stammten aus dem Haus mit den blauen Fensterblenden. Mehdi auf dem Wickeltisch. Mehdi in einer gelben Badewanne. Mehdi auf einer Decke, mit breitem Grinsen und Schokolade um den Mund.

»Da hat er zum ersten Mal Eis gegessen. Er war zehn Monate alt.« Sie kniff die Augen zusammen und räusperte sich. »Das war eine Woche, bevor ...« Sie sah das Bild lange an. Strich mit dem Zeigefinger darüber und schüttelte den Kopf.

Ich betrachtete sie von der Seite, meine Kehle war wie zugeschnürt.

Auf einem anderen Bild war eine Frau mit hochgesteckten dunklen Haaren und Brille zu sehen, sie stand mit Mehdi auf dem Arm vor einem Kinderwagen.

»Wer ist das?«, fragte ich.

»Das ist Malika.«

»Malika?«

»Ich habe bei ihr gewohnt. Ihr Mann, Driss El Mahmoud, ist Arzt, und sie verbrachten fast ihre ganze Zeit damit, jungen Frauen wie mir zu helfen. Sie waren unglaublich gut zu mir.«

»Hat du noch Kontakt zu ihnen?«

»Wir mailen uns.« Sie schob mir ein Foto hin und lächelte. »Sieh doch mal ...« Mehdi saß auf dem Schoß einer sehr jungen Leila und lachte. Sie waren in einem Garten, er trug einen weißen Sonnenhut und hatte einen Teddy im Arm.

»Er ist so niedlich.«

»Ja.« Sie schwieg eine Weile und starrte vor sich hin. »Sag mal, wie ist dieser Alexander denn eigentlich?«

Ich erwiderte ihren Blick. »Ich fand ihn sympathisch.«

»Sieht er gut aus?«

»Ja, irgendwie schon«, ich nickte. »Jedenfalls ist er hübsch.«

Auch sie nickte, dann schwiegen wir eine Weile.

»Darf ich?« Sie fischte eine Zigarette aus der Packung und gab sich Feuer. »Glaubst du, er liebt Mehdi?«

»Das war mein Eindruck.«

Sie blies Rauch aus, lächelte wehmütig und sah verträumt vor sich hin.

»Woran denkst du?«

»Im tiefsten Herzen hat Mehdi Ähnlichkeit mit mir«, sagte sie. »Ich wollte mich niemals anpassen. Sie konnten mich schlagen und einsperren und sagen, was sie wollten. Ich machte, was ich wollte. Und Mehdi tut das auch.«

Ich starrte sie wortlos an. Es gab nun wirklich jede Menge Anzeichen für das genaue Gegenteil, aber das mochte ich nicht aussprechen. Jetzt nicht.

»Also, wenn Halima und Mohammed davon wüssten …« Ihre Augen wurden schmal. »Sie würden sagen, dass er die Familie in Schande stürzt und sie entehrt. So was in der Art.«

»Das würde mich nicht wundern.«

»So sind sie. Aber ich bin sicher, es wird so einiges passieren, wenn ich erst mit ihm gesprochen habe.«

Ich zögerte, wog Für und Wider ab. Wollte sie nicht verletzen, aber dennoch. »Wir haben noch immer keine Ahnung, wo er steckt«, sagte ich vorsichtig.

»Das weiß ich doch, aber wir werden es herausfinden, Kit.« Sie fischte eine Olive aus dem Glas. »Das weiß ich genau«, sagte sie und steckte die Olive in den Mund. Und in ihren Augen gab es keinen Zweifel.

Beim Essen redete sie fast ununterbrochen. Und irgendwann sagte sie, sie würde Alexander gern kennenlernen.

Ich starrte sie schweigend an. Was redete sie da? Hatte sie den Verstand verloren? Ihre Wangen glühten. Ich sagte mir, sie war sicher nur angetrunken.

»Hältst du das für eine schlechte Idee?«

»Allerdings, das muss ich zugeben.«

Ein Schatten huschte über ihr Gesicht. »Du hast wohl recht«, sagte sie leise. Und wurde ernst. »Halima und Mohammed dürfen das niemals erfahren, hörst du.« Sie packte meinen Arm, ihre Stimme war eindringlich, ihr Blick düster. »Das ist im Islam streng verboten und wird in mehreren Ländern mit dem Tod bestraft.«

»Das weiß ich, Leila«, sagte ich und legte meine Hand auf ihre. »Und natürlich werden sie nichts erfahren, das ist klar.«

Sie entspannte sich, trank einen Schluck und schloss die Augen. Dann schenkte sie neuen Wein ein und plapperte weiter. Aber ihr Optimismus war auf Sand gebaut. Sie wollte dieser Tatsache nicht ins Augen blicken, doch im Grunde wusste sie es genau.

Ich ging mit Sofie am Waldrand entlang. Es war eine mondhelle Nacht, die Sterne leuchteten am Himmel und die Luft war schneidend kalt. Ich trug nur einen Pullover, deshalb lief ich schnell, doch ich fror so sehr, dass mir die Zähne klapperten.

Wir überquerten den Campingplatz, und ich sah, dass bei Harry Licht brannte. Ob er damit rechnete, dass ich nach meinem Besuch bei Leila vorbeischauen würde? Das tat er vielleicht, aber ich wollte lieber noch warten.

Leilas Reaktion hatte mich ziemlich verblüfft. Wenn ich mir die Sache genauer überlegt hätte, hätte ich vielleicht damit rechnen können. In vielerlei Hinsicht fühlte sie sich ausgestoßen, stigmatisiert. Jetzt glaubte sie, dass dieses Schicksal auch auf ihren Sohn zutraf. Dass dies ihre Gemeinsamkeit war. Aber zugleich fand sie darin die Hoffnung, ihn vielleicht zurückzubekommen. Dann könnte sie wieder die Mutter sein, die ihn annahm und so akzeptierte, wie er war. Verrückt? Möglich, aber eigentlich nicht unplausibel. Das Problem dabei war, dass sie nur von ihren eigenen Gefühlen ausging und vergaß, die von Mehdi in Rechnung zu stellen.

Pisse! Ich holte tief Luft und starrte zum Himmel hoch. Die Sache war von Anfang an hoffnungslos gewesen, und ich hatte keine Ahnung, was ich jetzt machen sollte.

Die Nacht war lang und dunkel. Im Halbschlaf hörte ich auf einem Minarett in der Nähe den Muezzin rufen. Dann wurde es wieder still.

Immer wieder fuhr ich hoch und glaubte, im Zimmer ein Geräusch gehört zu haben. Mein Herz hämmerte. Ich drehte mich im Bett wie ein Hähnchen am Spieß, erreichte nie die fünfte Schlafphase und musste folglich alle Hoffnung auf Erholung meiner Gehirnkapazität aufgeben. Als es endlich hell wurde und ich vor dem Spiegel stand und mir die Zähne putzte, kam ich mir gedankenleer und hirntot vor.

Hassan, der Hotelbesitzer, rang die Hände und war außer sich vor Sorge, als er hörte, was mir in der Nacht Ungeheuerliches widerfahren war. Ich versuchte das Ganze etwas abzumildern, aber in dieser Hinsicht war Harry mir absolut keine Hilfe.

Hassan rief Touria, die aus dem Büro kam, und nach kurzem Gespräch kamen sie zu dem Schluss, dass die Putzhilfe versäumt haben musste, die Tür zum Garten abzuschließen. Er bat ewig lange um Entschuldigung und fand alles so schrecklich, dass am Ende ich ihn trösten musste.

Himmel, es war ein böser Schock gewesen, aber trotzdem war doch nichts passiert, so schlimm war es also auch wieder nicht. »End of story«, sagte ich müde, aber entschieden.

Woraufhin er ankündigte, die Zuständige zu feuern. Er lebte doch von seinem Hotel, da durften solche Gerüchte gar nicht erst im Umlauf kommen. Und ich stand mit einem rabenschwarzen Gewissen da. Vor meinem inneren Auge sah ich die fleißige Frau, die um die siebzig sein musste und jeden Abend Tische und Stühle putzte und den Hinterhof abspritzte. Die Vorstellung, dass sie meinetwegen ohne Arbeit dastehen würde, war fast unerträglich. Hätte ich doch den Mund gehalten. Dazu kam der Verdacht, dass es kein zufälliger Einbruch gewesen war. Und wenn das stimmte, ging es hier gar nicht um ein unverschlossenes Tor. Es ging um Leute, die auf jeden Fall ins

Haus eingedrungen wären. Das aber konnte ich Hassan nicht erzählen. Als ich ihn flehentlich bat, keine Strafaktionen durchzuführen, versprach er, nichts weiter zu unternehmen. Ich hatte jedoch meine Zweifel, ob er dieses Versprechen halten würde.

Harry und ich hatten beschlossen, nach Agadir zu fahren. Egal, wie viele Lügen Youssef und seine Mitverschworenen uns aufgetischt hatten, ich hielt es für sehr wahrscheinlich, dass Leila sich früher oder später an Malika und Driss El Mahmoud im Haus mit den blauen Fensterblenden wenden würde. Die beiden kannten ihre Geschichte und hatten ihr damals geholfen. Sie waren Menschen, zu denen sie Vertrauen hatte und mit denen sie seit vielen Jahren über E-Mail in Kontakt stand.

»Bist du sicher, dass sie mit uns reden werden?«, knurrte Harry pessimistisch.

»Nö«, gab ich zu. »Deshalb will ich lieber nicht vorher anrufen. Es ist schwerer, uns abzuweisen, wenn wir plötzlich vor der Tür stehen.«

Wir wollten einen Wagen mieten und hatten in Erfahrung gebracht, dass es am Boulevard Lalla Meryem eine Avis-Vertretung gab, doch als Hassan das mitbekam, bot er an, einen lokalen Vermieter zu besorgen. Das sei viel billiger als die internationalen Firmen, sagte er. Wenn wir nur zwei Stunden warten könnten? Das konnten wir natürlich. Wir wollten ohnehin noch Proviant für die Fahrt kaufen. Außerdem mussten wir die Adresse von Malika und Driss El Mahmoud ausfindig machen, was ich nicht für ein besonders großes Problem hielt. Ich bat Hassan um ein Telefonbuch von Agadir.

Er lächelte bedauernd. »Kann ich vielleicht irgendwie behilflich sein?«, fragte er.

Ich zögerte und dachte, wir könnten die Adresse sicher in Internet ermitteln. »Das wird sich schon klären«, sagte ich. »Aber vielen Dank.«

Er beharrte auf seinem Angebot und schien ehrlich enttäuscht, als ich an meiner Entscheidung festhielt. Am Ende ließ ich mich überreden, schrieb den Namen Driss El Mahmoud auf einen Zettel und gab ihn Hassan. »Er ist Arzt in Agadir«, sagte ich.

Es war früher Morgen, die Stadt erwachte gerade. Die Luft war noch kühl, und über den Bergen hing ein dichter milchweißer Nebel.

Harry und ich gingen zur Hauptstraße, die zum Markt in der Mellah führte. Wir hörten Gehämmer aus den vielen kleinen Werkstätten, an denen wir vorüberkamen, und bei einem Freiluftfriseur ein Stück weiter die Straße runter war schon voller Betrieb.

Ich fuhr zusammen und blieb erschrocken stehen, als ein vorüberfahrendes Auto hupte, weil ein kleiner Junge über die Fahrbahn lief und dabei mit einer leeren Coladose dribbelte. Er lief ungestört weiter und kam mit ausgestreckter Hand auf uns zu. Ich schüttelte den Kopf und gab ihm ein paar Münzen. Offenbar mehr, als er gehofft hatte, falls er sich überhaupt etwas erhofft hatte, denn sein kleines verschmutztes Gesicht strahlte auf. Er war vielleicht neun Jahre alt. Ich erwiderte seinen Blick und war verwirrt. Konnte ihn nicht von Sigge unterscheiden, streichelte kurz seine Wange. Dann riss ich mich zusammen und holte den wartenden Harry ein. Mein Körper war schwer. Ich hatte das Gefühl, durch Watte zu gehen.

Wir waren einige Zeit schweigend weitergelaufen, als der wunderbare Duft von Kaffee und frischgebackenem Brot durch die Luft schwebte. Wir ließen uns verlocken und setzten uns an einen Tisch vor einem kleinen Café mit Blick auf die Koutoubia-Moschee.

Ich hatte meine Zigaretten hervorgeholt und suchte in meiner Tasche nach dem Feuerzeug, als eine alte Frau mit einem riesigen Netz voller Schnecken aus der Tür kam. Sie nickte, lächelte uns an und rief etwas ins Café hinein, ehe sie weiter die Straße entlangging, vielleicht zum Markt.

Ich schüttelte mich und gähnte.

Gleich darauf kam eine rothaarige junge Frau mit einem Block in der Hand an unseren Tisch und wir baten um Beghrir – marokkanische Pfannkuchen – und Kaffee.

»Wie geht's dir?«, fragte Harry dann.

»Na ja«, ich gab mir Feuer, zog an der Zigarette und schüttelte den Kopf. »Geht schon.« Aus dem Café war Gelächter zu hören, ich sah auf und erwiderte Harrys Blick. »Es geht«, sagte ich noch einmal und aschte ab.

»Wir hätten das eigentlich der Polizei melden sollen«, sagte er. »Jedenfalls hätte Hassan …«

»Und wozu wäre das gut gewesen?«

Er gab keine Antwort.

Die junge Rothaarige kam mit Kaffee und Pfannkuchen, und ein junger Mann in T-Shirt und Lederweste ließ sich in einen Stuhl am Tisch gegenüber fallen und presste sich ein Mobiltelefon ans Ohr. Er führte ein lautes Gespräch, während er zugleich lässig mit der Hand winkte, um die Aufmerksamkeit der Kellnerin einzufangen.

Urplötzlich überkam mich heftige Wut und ballte sich in meinem Magen zu einem Klumpen zusammen. Ich starrte den Mann empört an. Konnte er nicht die Klappe halten! Ich musste mich beherrschen, um nicht hinüberzustürzen und dem Kerl das Telefon aus der Hand zu reißen.

Mit einer gereizten Bewegung drückte ich die Zigarette im Aschenbecher aus und stieß dabei gegen meine Tasse, so dass der Kaffee überschwappte. »Pisse!«

»So was kann passieren«, murmelte Harry gelassen und reichte mir eine Serviette.

Ich schwieg verbissen. Wollte ihm am liebsten eine Unverschämtheit vor den Latz knallen, machte mir in einem lichten Moment aber klar, dass das völlig unangebracht war.

Verdammt. Ich ließ mich zurücksinken, schloss die Augen.

»Ist dir schlecht?« Irgendwo in der Ferne mischte sich Harrys Stimme unter den Straßenlärm.

Ich gab keine Antwort. Befand mich im Badezimmer. Hielt die Schere in der Hand und war bereit, stellte mir vor, wie ich meinem Angreifer die Schere wieder und wieder ins Auge stieß, bis ihm das Blut übers Gesicht lief. Wieder und wieder und wieder, bis meine Wut verflog.

Meine Kehle war wie zugeschnürt, Tränen brannten hinter meinen Augenlidern.

»Kit, was ist denn los mit dir?«

Der Klumpen in meinem Magen und das Zittern in meinen Muskeln waren verschwunden. Ich holte tief Luft und öffnete die Augen. »Jetzt übertreib nicht«, sagte ich ruhig und streckte die Hand nach der Tasse aus. »Ich bin nur ein bisschen müde.«

Der Typ gegenüber hatte sein Telefon weggelegt und trank Saft durch einen Strohhalm. Unsere Blicke trafen sich. Er lächelte freundlich. Blödmann.

Harry hatte die Landkarte auseinandergefaltet und sich darin vertieft. »Die Fahrt dürfte so an die vier Stunden dauern.«

Ich schaute auf die Uhr. »Das heißt, wir können damit rechnen, dass wir am späten Nachmittag dort eintreffen.«

»Wenn wir Glück haben.«

»Es ist wohl sinnvoller, wenn ich die erste Tour übernehme«, sagte ich müde.

»Denk nicht mal dran. Ich werde …«

»Wir können uns doch abwechseln.«

»Abwechseln? Ich wage wirklich nicht, dir das Lenkrad zu überlassen.« Er schnappte sich einen Pfannkuchen und streckte die Hand nach dem Honig aus. Ich starrte ihn sprachlos an.

Wir näherten uns wieder dem Hotel, als sie plötzlich vor uns auftauchte. Woher sie gekommen war? Das hatte ich nicht gesehen.

Ein junges Mädchen in lila Kleid und mit hellrotem Kopftuch. Sie stand still da, starrte mir in die Augen und sagte etwas, das ich nicht verstand. Es klang sehr merkwürdig. Versuchte sie Englisch zu sprechen?

Ich schüttelte den Kopf, lächelte bedauernd und ging weiter. Aber sie packte mich am Arm.

»Was will sie?« Ich schaute Harry fragend an.

»Keine Ahnung. Vielleicht hat sie hier in der Nähe einen Laden.«

Ich schüttelte noch einmal den Kopf, zog den Arm weg und sagte, ich hätte kein Interesse. Harry wühlte in seiner Tasche und wollte ihr einige Münzen geben.

Sie stieß seine Hand beiseite und weigerte sich, das Geld anzunehmen.

»Tja, jetzt weiß ich auch nicht«, murmelte er.

Das Mädchen trat dicht an mich heran, zeigte auf ihre Lippen und formte ein Wort. Einen Namen? Ich sah sie aufmerksam an, lauschte. »Meriam!«, rief ich, und ihr Gesicht hellte sich auf.

Sie nickte. »Meriam.«

»Was?« Harry runzelte die Stirn.

»Sie sagt irgendwas über Meriam.«

»Sicher?«

»Absolut«, antwortete ich, ohne das Mädchen aus dem Auge zu lassen. Und plötzlich wusste ich es wieder. Natürlich! Ich zeigte auf mich und auf Harry, machte Speisebewegungen und nannte Youssefs Namen.

Sie nickte eifrig, und jetzt hatte ich keine Zweifel mehr. Sie war eins von den jungen Mädchen, die Meriam am Vorabend beim Servieren geholfen hatten. Mit entschiedener Miene versetzte sie mir einen kleinen Stoß und ging los. Dann blieb sie stehen, winkte uns.

»Ich glaube, wir sollen mitkommen«, sagte ich.

»Was zum Kuckuck soll das nun wieder.« Harry schaute auf die Uhr. »Wir haben doch eine Verabredung mit Hassan.«

Das Mädchen bog in eine enge Gasse, wir folgten ihr zögernd. Mir fiel auf, dass sie sich die ganze Zeit ein paar Meter vor uns hielt, wie um nicht mit uns gesehen zu werden. Ab und an warf sie einen raschen Blick über ihre Schulter, um sich zu überzeugen, dass wir noch da waren.

Die Sonne knallte vom Himmel, und obwohl es erst halb elf war, war es glühend heiß. Ich legte mir die Jacke über den Arm und verfluchte mich, weil ich die Einkaufstüten nicht schnell ins Hotel gebracht hatte.

Als wir den Mouassine-Brunnen passierten und weiter durch die Wollfärbergasse gingen, war ich sicher, dass wir auf dem Weg zu Meriam waren. Aber welchem Zweck das alles diente, konnte ich mir nicht vorstellen.

Bald standen wir vor dem Haus. Rasch öffnete sie die blaue Metalltür und winkte uns hinein. Sie wirkte nervös.

Der Fernseher auf dem Hocker vor der Wand lief, aber Meriam war nirgends zu sehen. Das junge Mädchen schaltete den Fernseher aus und winkte uns abermals.

»Was soll denn das?« Harry blickte sich unruhig um.

Wir folgten ihr in den Gang mit dem roten Linoleumboden. Als ich die Schuhe ausziehen wollte, schüttelte sie den Kopf und trieb mich zur Eile an, packte meinen Arm und lotste uns in die Küche.

Dort köchelte auf dem Herd ein Topf vor sich hin, und an einem Holztisch, der zur Hälfte von Zeitungen bedeckt war, reinigte ein weiteres junges Mädchen Gemüse. Sie schaute auf und nickte. Dann sprang sie auf und lief hinaus.

Wir wurden durch die Küche in eine dunkle, fensterlose Kammer geführt. In einer Ecke stand ein Korb voller Reisig, und hinter einer ramponierten Tür lag Meriams Zimmer. Sie selbst saß auf einem Kissen auf dem Boden. Als wir hereinkamen, erhob sie sich mühsam, nickte uns zu und sah das Mädchen an, das sich nach kurzem leisem Gespräch zurückzog.

Das Zimmer mit den nackten Steinmauern war halbdunkel. Außer dem Bett gab es eine Kommode, einen niedrigen Tisch und etliche auf dem Boden verteilte bunte Kissen. Unter dem Tisch standen Meriams rosa Turnschuhe.

Sie zeigte auf die Kissen, damit wir uns setzten, und erklärte irgendetwas. Verstummte und sah uns abwartend an.

»Aber wir verstehen wirklich nicht, was du sagst, Mütterchen«, sagte Harry. Sie nickte. Ihr Gesicht war ernst. Dann ging sie in die Knie, streckte den Arm unter das Bett und zog einen Pappkarton hervor. Sie wischte mit der Schürze den Staub ab, schüttelte den Kopf, zeigte auf Harry und den Karton und klopfte auf das Bett.

»Ich glaube, du sollst ihn auf das Bett stellen«, sagte ich, und Harry fasste zu.

Der Karton war voll mit Papieren, alten Briefen und Fotografien. Meriam zeigte uns das Bild eines kleinen Mädchens und machte uns durch Zeichen und Gebärden klar, dass es sich um ihre Tochter handelte. »Fatima.«

»Und Youssef?«

Sie runzelte die Stirn und sah mich fragend an.

Ich zeigte auf ihren Bauch. »Youssef?«

»Ah!« Ein Schatten glitt über ihr Gesicht, sie schüttelte den Kopf.

Ich musterte sie nachdenklich. Ich war die ganze Zeit davon ausgegangen, dass Youssef ihr Sohn war, aber anscheinend war das gar nicht der Fall.

Sie erwiderte meinen Blick. Nach kurzem Schweigen streifte sie einen Jackenärmel hoch. Ich riss die Augen auf. Blauschwarze Flecken übersäten ihren Arm.

»Youssef.« Sie presste die Lippen aufeinander.

»Youssef?«

»Youssef«, wiederholte sie und zog an ihrer Bluse, so dass ihr Nacken und ein Teil des Rückens zu sehen waren. Ihre Haut war von alten Narben bedeckt. »Ayoub«, sagte sie leise.

»Verdammte Sauerei«, murmelte Harry.

Meriam nickte. Dann hob sie einen Finger, um zu zeigen, dass sie nur ein Kind hatte. Nämlich Fatima. Mit weiteren Gebärden erklärte sie, dass Ayoub ihr verstorbener Mann und Fatimas Vater war.

Dann schwieg sie eine Weile und wühlte mit einem tiefen Seufzer weiter in ihrem Karton, bis sie das Gesuchte fand und ein Foto auf den Tisch legte. Zwei kleine Mädchen von vielleicht drei Jahren saßen auf einer Bank und schauten brav in die Kamera. Beide trugen hellrote Spitzenkleider.

»Leila … Halima«, sagte Meriam und zeigte auf das Bild.

Ich lächelte. »Die sind ja niedlich«, sagte ich.

Aber Meriam sah mich auffordernd an, zeigte wieder auf das Bild und erwiderte mein Lächeln nicht. »Leila … Halima«, wiederholte sie.

Verwirrt erwiderte ich ihren Blick. Begriff nicht, worauf sie hinauswollte. Ich runzelte die Stirn, sah mir das Bild noch einmal an. Als mir plötzlich aufging, was sie sagen wollte, wurde mir eiskalt. »Oh verflucht!«, rief ich. »Leila und Halima sind Zwillinge!«

Auf Benjamins Grab lagen Blumen. Joan? Vielleicht.

Ich wischte die Steinbank ab und setzte mich hin. Der Wind fuhr mir durch die Haare, irgendwo in der Nähe gurrten Tauben. Ich holte tief Luft, schloss die Augen und hob mein Gesicht zur Sonne.

»Kijani!«, sagte in mir eine Stimme. Das war Jumapili, unser Wächter. Ein alter Massai, zahnlos und achtunggebietend. Ein armer Mann ohne Vieh und Familie, aber nicht ohne Würde. Ich hatte nie feststellen können, was geschehen war. Er ließ mich nur verstehen, dass ihn ein großes Unglück getroffen hatte.

Jeden Abend saß er mit seinem Speer auf unserer Veranda und starrte in die Dunkelheit. Benjamin saß auf einem Schemel neben ihm. Manchmal redeten sie leise miteinander, aber sie konnten auch lange schweigend dasitzen. Vielleicht lauschten sie den Zikaden und sahen den honiggelben Mond über den Himmel gleiten. Jumapili nannte Benjamin »Kijani«, das bedeutete junger Mann.

Wir wohnten zwei Jahre in Tansania. Wenn ich im Krankenhaus Nachtwache hatte, kümmerte sich Jumapili um das Haus und um Benjamin, der in sehr kurzer Zeit Swahili lernte. Und zwischen den beiden entwickelte sich eine innige Freundschaft. Zwischen einem kleinen Jungen und einem uralten Massai.

»Kijani!« Ich sah, wie Benjamin ihm entgegenlief, und zusammen verschwanden sie.

»Pass gut auf ihn auf, Jumapili«, sagte ich. Wie schon so oft.

Auf dem Campingplatz erwartete mich ein besorgter Harry.

»Leila ist gerade gekommen«, sagte er leise und reichte mir die Hundeleine.

Ich ging in die Hocke, umarmte Sofie und ließ mir feucht über die Stirn lecken. »Ist etwas passiert?«

»Mehdi ist weg …«

»Weg?«

»Tja, das behauptet jedenfalls Halima.«

»Halima? Wo ist er denn hin?«

»Offenbar nach Marokko.«

»Ach«, ich starrte ihn an. »Wann denn?«

»Da sprichst du wohl besser mit Leila. Sie ist traurig und völlig durcheinander, und ich verstehe überhaupt nicht, was los ist.«

Als ich in den Wohnwagen kam, saß Leila wie versteinert da und starrte auf die Tischplatte. Harry legte ihr den Arm um die Schulter. Sie schaute mich mit leerem Blick an und sagte, es gebe nichts mehr zu tun. Ein weiteres Mal habe die Familie ihr Mehdi weggenommen. »Mögen sie in der Hölle brennen«, sagte sie, und wir schwiegen. Dann erzählte sie von ihrem Gespräch mit Halima, die ihr eröffnet hatte, Mehdi sei nach Marokko gefahren, um eine junge Frau zu heiraten, deren Familie in der Nähe von Casablanca lebte. »Sie haben ihn gezwungen, um die Familienehre zu retten, das weiß ich genau. Sie haben die ganze Zeit gewusst, wo er war. Zum Teufel mit ihnen!«

Ich sah sie an. Harry hatte recht, sie war völlig durcheinander. Offenbar bildete sie sich ein, Halima und Mohammed wollten Mehdi wegen seiner Beziehung zu Alexander in Marokko in eine Ehe zwingen. Was aber extrem unwahrscheinlich war. Es sei denn …

»Du hast ihnen doch nichts erzählt? Über Alexander?«

»Nein«, rief sie erschrocken. »Das würde mir nicht im Traum einfallen.«

»Woher sollen sie es dann wissen?«

»Das …«, fing sie an, dann hielt sie inne. »Es wird so viel geklatscht, Kit. Die Familien kennen sich untereinander, und jeder weiß alles über jeden.«

»Aber Alexander gehört zu keinem muslimischen Milieu. Und ich bin sicher, dass sie es nicht von Mehdi wissen.«

Sie saugte an ihrer Unterlippe, beruhigte sich ein wenig und dachte nach. »Dann lügt Halima«, sagte sie schließlich. »Aber das wäre auch nicht das erste Mal.«

»Es kann ja sein, dass Mehdi nach Marokko gefahren ist, und es kann auch sein, dass er heiraten soll, aber es ist ganz unwahrscheinlich, dass das etwas mit Alexander zu tun hat«, sagte ich. »Überleg doch mal.«

»Aber …« Sie wickelte sich eine Locke um den Finger, seufzte tief und nickte. »Halima lügt die ganze Zeit«, sagte sie dann.

Wir schwiegen und lauschten dem grollenden Donner.

»Was machen wir jetzt?« Harry sah mich an. »Sollen wir davon ausgehen, dass er in Marokko ist, oder …«

»Nein«, sagte Leila sofort und mit fester Stimme. Ihr Gesicht wirkte wieder lebendiger. »Wir glauben ihnen kein Wort.«

Ein wenig ungeschickt fuhr Harry ihr mit einem Finger über die Nase. Sie griff nach seiner Hand und küsste sie.

Mir kam ein Gedanke, aber ich zögerte, wog Für und Wider ab. »Also gut«, sagte ich mit leisem Seufzer. »Vielleicht sollte ich Eigil Larsen anrufen.«

»Eigil Larsen?«, Harry schenkte Kaffee ein.

»Meinen PET-Mann«, ich grinste. »Womöglich weiß er etwas.« Ich wandte mich an Leila. »Wäre es dir recht?«

»Wenn er uns irgendwie helfen kann, dann von mir aus gern.«

In meinem Wohnmobil duschte ich rasch, dann rief ich Larsen an. Er war ungewöhnlich kurz angebunden, und obwohl er für den nächsten Tag ein Treffen in der Kaffeestube in Hvidovre vorschlug, hatte ich das unangenehme Gefühl, dass mein Anruf ein Fehler war.

»Very nice«, knurrte ich, band mir den Morgenrock fester zu und fing an, meine Haare zu bürsten. Verdammt, er hatte selbst gesagt, ich könnte ihn anrufen, wenn es Probleme gab. Wir hätten die Sache in null Komma nichts klären können. Ich brauchte ja nur zu wissen, ob Mehdi Dänemark verlassen hatte. Ein Treffen war wirklich nicht nötig. Sollte ich noch mal anrufen? Ich griff schon nach dem Telefon, dann merkte ich, wie neurotisch das war. Wer weiß, was der Mann gerade um die Ohren hatte. Vermutlich steckte er in einer wichtigen Besprechung und hatte deshalb nicht mit mir sprechen können.

Ich lauschte dem Regen, der aufs Dach trommelte. Dann stand ich auf und holte meine Fotoalben. Früher hatte ich mich mit einem Kochbuch entspannt, das tat ich jetzt nicht mehr. Wozu hätte das auch gut sein sollen?

Ich zündete eine Kerze an. Machte es mir gemütlich in meiner bescheidenen Wohnstatt. Wenn man nicht viel erwartete, war das Leben gar nicht so schlecht. Sofie lag schnarchend auf ihrer Decke, ich hatte mir einen guten Käse gekauft und eine Flasche Rotwein.

Warum hatten wir uns ausgerechnet in Hvidovre verabredet? Ich ging über die Straße und lief den Bürgersteig entlang, während mir der Regen ins Gesicht peitschte.

»Sie haben hier wohl Ihr Büro?« Ich zog meinen nassen Mantel aus, zog einen Stuhl heran und setzte mich Eigil Larsen gegenüber.

Er lächelte und legte die Papiere beiseite, in denen er gelesen hatte. »Ich wollte eigentlich schon anrufen und einen anderen Treffpunkt verabreden, aber dann habe ich mich doch hierfür entschieden.«

Es war halb eins, in der Kaffeestube herrschte lebhaftes Stimmengewirr. Ich ließ meine Blicke umherwandern und registrierte, dass das Tagesgericht ziemlich beliebt war, Frikadellen mit Blumenkohl, heller Soße und Kartoffeln. An den Tischen führten Männer im Blaumann laute Gespräche beim Essen. Ein paar andere saßen schweigend in die Morgenzeitung vertieft, aus irgendeinem Grund hielt ich sie für Lastwagenfahrer. Es waren kaum Frauen anwesend, die wenigen aßen mitgebrachte Butterbrote und tranken Kaffee oder Tee, und ich hatte den Eindruck, dass sie hier arbeiteten.

»Was darf es sein? Eine Tasse Kaffee?« Eigil Larsen war aufgestanden.

»Aber ich kann doch selbst …«, setzte ich an, doch er winkte ab.

»Milch? Zucker?«

»Nur Milch, bitte.«

»Und vielleicht eine warme Zimtschnecke?« Die blauen Augen funkelten erwartungsvoll.

»Na gut.« Ich lächelte, er hatte offenbar einen Schleckzahn. Auch bei unserer letzten Begegnung hatte er mit einer Zimtschnecke gelockt.

Ich wischte mir die regennassen Wangen mit dem Ärmel ab und sah hinter ihm her. Ob er verheiratet war? Er trug keinen Trauring, aber das musste ja nichts bedeuten. Sein blaues Hemd war gebügelt, sein Anzug diskret, absolut guter Geschmack. Ob eine Frau seine Kleidung aussuchte? Eigentlich konnte ich mir das nicht recht vorstellen. Etwas an ihm ließ mich glauben, dass er allein lebte. Vielleicht mit einer Katze. Oder einem Hund? Nein, Katze. Das passte.

Er blickte mich überrascht an und griff nach seiner Tasse. »Wie haben Sie das erraten?«, fragte er.

»Ich habe einen Röntgenblick und bin Hellseherin. Ist es eine Rassekatze?«

»Es ist eine ganz normale grau getigerte Hinterhofkatze, die ich von meiner Tochter übernommen habe, als sie allergisch wurde.«

»Von Ihrer Tochter?« Ich hob die Augenbrauen. »Wie viele Kinder haben Sie denn?«

»Meines Wissens nur Ester«, er lächelte.

Als wir die Zimtschnecken verzehrt hatten und bei der zweiten Tasse Kaffee saßen, erzählte ich kurz von meiner Arbeit, die absolut keine Früchte getragen hatte. Ich kaschierte mein Fiasko mit einem kleinen Lächeln und einem Schulterzucken. »Mehdi ist wie vom Erdboden verschluckt«, schloss ich, und er nickte. »Aber …«, ich spielte an der Serviette herum, »nun ist Leila gesagt worden, er sei nach Marokko gefahren.«

»Ach. Und wer hat ihr das gesagt?« Er wirkte durchaus nicht überrascht.

»Ihre Schwester Halima.«

Er nickte.

»Können Sie das bestätigen?«

»Dass er in Marokko ist?«

»Ja. Halima behauptet, er sei hingefahren, um zu heiraten.«

»Was?« fragte er überrascht.

»Wissen Sie, ob daran etwas Wahres ist?«

Er ließ sich Zeit. Trank einen Schluck Kaffee und wischte sich einen unsichtbaren Fussel vom Ärmel. »Mehdi ist in der Tat nach Marokko gefahren«, sagte er endlich. »Aber von Heiraten weiß ich nichts. Uns hat zwar ein Vogel etwas von einer Hochzeit gezwitschert, aber in dem Zusammenhang haben wir nicht an Mehdi gedacht. Wobei es durchaus sein kann, dass … Himmel«, er unterbrach sich, runzelte die Stirn und starrte vor sich ihn. »Wir haben uns zu sehr auf Abu Hakim konzentriert«, sagte er langsam.

»Jetzt komm ich nicht mehr ganz mit.« Ich sah ihn verwirrt an, was faselte er da?

»Im Moment hält Abu Hakim sich in Bosnien auf.«

»Und?«

»Na ja …« Er beugte sich ein wenig vor, suchte meinen Blick. »Sie wissen doch, dass die in Codes reden.«

Ich nickte, logisch, aber worauf wollte er hinaus?

»Wenn wir etwas von Hochzeit hören, gehen bei uns die Alarmglocken los«, sagte er.

»Warum das?«

»Oft ist damit ein unmittelbar bevorstehender Terrorangriff gemeint.«

»Sie meinen, Abu Hakim …«

»Der würde nicht im Traum auf die Idee kommen, eine Bombe zu legen oder sich selbst in die Luft zu sprengen. Nein, er ist der Propagandist, der den Jungs die geistige Munition liefert.«

»Sie haben gesagt, er ist in Bosnien? Was macht er da?«

»Derzeit hält er sich bedeckt.« Eigil Larsen schnitt eine Grimasse. »Er hat Kontakte zur kriminellen Szene, und wir haben ein Telefongespräch mitgehört, das darauf hindeutet, dass er Sprengstoff organisiert.«

»Wird er überwacht?«

Er nickte. »Wir arbeiten mit den bosnischen Behörden zusammen, aber das weiß er natürlich nicht. Die Zehntausendkronenfrage ist, welches Ziel sie haben.«

»Und wie kommt Mehdi da ins Spiel?«

»Gute Frage. Wie gesagt, wir haben uns auf Abu Hakim konzentriert, und wir haben nicht kommen sehen, dass Mehdi plötzlich auf Stippvisite nach Marokko fährt. Das könnte wirklich Probleme bringen. Wir wurden auf ihn aufmerksam, als er sich auf einmal den Bart abnahm.«

»Warum?«

»In der Regel machen sie das, weil es das Risiko einer Festnahme verringert. Als er abtauchte, lag die Vermutung nahe, dass wir sie gestört haben und er deshalb aus dem Bild genommen wurde. Aber jetzt …« Er verstummte. »Das ist wirklich eine Überraschung. Dass er heiratet. Klingt das wahrscheinlich?«

»Eigentlich nicht.« Ich dachte an Alexander, sagte aber nichts.

»Was meint Ihre Mandantin?«

»Sie ist etwas durcheinander«, ich zögerte. »Aber sie hält es eigentlich auch für eine Lüge.«

»Und sie geht nicht so sehr in der Religion auf wie ihre Schwester?«

»Bei weitem nicht«, ich schüttelte den Kopf. »Die Frage ist, wie viel Halima wirklich weiß.«

Seine Augen leuchteten auf, aber er sagte nichts, und ich hatte das Gefühl, dass er etwas verbarg.

»Meinen Sie, es könnte sich um einen Terroranschlag in Dänemark handeln?«

»Schwer zu sagen.«

»Was unternehmen Sie?«

»Wir hoffen, sie vor der Ziellinie stoppen zu können. Bislang hatten wir einen gewissen Vorsprung, aber ein Terrorangriff kann auch stattfinden, ohne dass es vorher Hinweise gibt.«

»Ohne Vorwarnung?«

»Das befürchten wir.«

Ich nickte und holte tief Luft. »Was macht Mehdi wirklich in Marokko?«

»Tja«, er verzog den Mund. »Ob er in ein Ausbildungslager geschickt worden ist? Das könnte ich mir durchaus vorstellen.«

Ach, Leila.

Sie errötete wie ein Schulmädchen, als ich das Armband mit Fabergéeiern bewunderte, das sie offenbar von Harry bekommen hatte. »Hat er das selbst ausgesucht?«, fragte ich.

»Es war eine Überraschung«, antwortete sie lächelnd. »Ich habe es gestern bekommen.« Dann wurde ihr Gesicht ernst. »Harry ist ein guter Mensch«, sagte sie leise.

»Das ist er wirklich.« Ich sah sie forschend an.

»Ich habe ihn so gern, Kit.«

»Hello, sweetiedarling. How are you? Hello, sweetiedarling!« Der gelbbrüstige blaue Ara saß auf ihrer Schulter, während sie den Käfig säuberte.

»Ich bin gleich fertig.«

»Ich hab es nicht eilig.« Ich schaute kurz auf die Uhr. Ich hatte für meine Teilzeit-Jobvermittlung zwei Nachtwachen in einem Pflegeheim in Lyngby angenommen. Ich arbeite gern nachts, und gerade jetzt passte mir das gut in den Kram. In letzter Zeit hatte ich unter Schlaflosigkeit gelitten.

»Konntest du mit diesem PET-Mann reden?«

Ich nickte.

Sie schloss den Käfig. »Was hat er gesagt? Wusste er etwas?«

»Ja …«

Sie sah mich fragend an.

»Mehdi ist in Marokko.«

»Nein …« Ein Schatten huschte über ihr Gesicht, sie ließ sich auf das Sofa sinken. »Dann stimmt es also.« Mit wachsender Besorgnis hörte sie zu, während ich mein Gespräch mit Eigil Larsen zusammenfasste. Dann schwiegen wir beide.

Sie hatte die Beine aufs Sofa gezogen, spielte an ihrem Armband herum und schaute ins Leere. »Aber glaubt er wirklich, dass es darum geht?«

»Dass es worum geht?«

»Dass Halima deshalb von einer Hochzeit redet? Glaubt er, dass es in Wirklichkeit um Terror geht?«

»Er weiß es nicht, kann es aber nicht ausschließen. Wie gesagt, sie haben sich seit einiger Zeit auf Abu Hakim konzentriert.«

»Abu Hakim!« Sie schnaubte. »Dem sollte man die Augen ausstechen.«

»Wenn Halima behauptet, dass Mehdi heiraten wird, haben sie die Ehe dann selbst vermittelt? Oder woher weiß sie das?«

»Keine Ahnung.«

»Kannst du nicht versuchen, das herauszufinden?«

»Natürlich, aber wir können nicht damit rechnen, dass sie ..« Sie verstummte, sank ein wenig in sich zusammen und machte ein nachdenkliches Gesicht. Dann richtete sie sich plötzlich kerzengerade auf. »Ich tu's einfach«, rief sie.

»Was tust du?«

»Ich fahre hin.«

»Nach Marokko?«

»Ja.«

Gütiger Himmel. Ich starrte sie an. »Ist das klug?«

»Ja, ja«, sie nickte immer wieder. »Ich muss nur vorher bei der Arbeit Bescheid sagen«, sagte sie eifrig. »Und mit der Bank reden.«

»Hm«, ich zögerte. »Aber überleg dir ganz genau, ob es wirklich klug von dir ist, wieder da hinzufahren …«

»Das ist kein Problem.« Sie stand auf, lief aufgeregt hin und her, zog den Vorhang gerade und setzte sich wieder. »Kein Problem«, sie faltete die Hände um die Knie.

Ich brachte verschiedene Einwände vor, aber das war verlorene Liebesmüh. Sie plante schon ihre Reise und schien von meinen Mahnungen kein Wort zu hören. Schließlich schwieg ich und dachte mir meinen Teil.

Plötzlich war sie wieder da, schaute mir ins Gesicht. »Würdest du das etwa nicht tun? Wenn es dein Sohn wäre?«

Sofie stand an der Tür und trat von einem Bein aufs andere. Ich wickelte mir einen Schal um den Hals und packte die Hundeleine. Obwohl die Sonne schien, war es schneidend kalt. Viel zu kalt für die Jahreszeit.

Nach einem langen Spaziergang machten wir uns auf den Heimweg.

Ich streifte meine Schuhe ab, schaltete den Computer ein und setzte Teewasser auf. Während ich eine Avocado mit Schinken und Quark verzehrte, surfte ich im Netz und fand allerlei Einträge über Ausbildunglager in Marokko. Vor allem ein Artikel erregte mein Interesse. Er war vier Monate alt und behandelte einen Fall in Norditalien, wo die Polizei zwei mutmaßliche Terroristen festgenommen hatte. Den Anklagebehörden zufolge gehörten die jungen Männer einem größeren, mit Al-Qaida verbundenen Netzwerk an, das sich auf Ziele in Deutschland, Frankreich, Spanien und Dänemark konzentrierte. Angeblich schickte diese Gruppe ihre Leute in Ausbildungslager im Irak, in Afghanistan und Marokko. Und es liege eine echte Bedrohung vor. Die italienischen Carabinieri bezeichneten diese Terrorzelle als besonders gefährlich, weil sie so mobil war und überall in Europa Attentate plante.

Nachdenklich griff ich nach meinen Zigaretten. Es war durchaus nicht unwahrscheinlich, dass Abu Hakim besagtem Netzwerk angehörte. Aber was war mit Mehdi?

Ich schaute aus dem Fenster, wo ein paar Kinder vorüberradelten. Und dachte, dass es trotz Leilas guter Absichten sicher nicht die allerbeste Idee war, einfach nach Marokko zu fahren.

* * *

Harry teilte meine Besorgnis, als er von Leilas Plänen erfuhr. »Das ist doch hirnrissig«, rief er. »Was willst du denn damit erreichen?«

»Mehdi ist mein Sohn«, sagte sie leise.

Er sah sie an und schüttelte den Kopf. »Dann komme ich mit.«

»Du bist lieb.« Sie lächelte und griff nach seiner Hand. »Aber das ist wirklich nicht nötig. Denk daran, Marokko ist immer noch meine Heimat.«

»Ja und?«

»Ich kenne mich da wirklich gut aus.«

»Purer Unfug!« Aber nach langer Diskussion ließ er sich schließlich widerwillig davon abbringen.

Im Grunde wunderte es mich, dass Leila unbedingt allein fahren wollte. Warum nahm sie Harrys Angebot nicht einfach an?

»Das wird zu teuer«, antwortete sie, als ich sie am nächsten Tag fragte. Wir begegneten uns, als ich aus dem Waschhaus kam und sie zum Campingladen ging.

»Ich bin sicher, dass Harry sich das leisten kann«, wandte ich ein. »Und er möchte doch mitkommen.«

Sie schüttelte den Kopf. »Es ist teuer und unnötig.«

Ich musterte sie nachdenklich. War das wirklich der springende Punkt? Wollte sie einfach allein sein, wenn sie Mehdi traf? Aber das ließ sich doch auf jeden Fall so einrichten. Hatte sie möglicherweise noch einen ganz anderen Grund? Ich war mir da nicht sicher.

»Halima meint übrigens, dass Mohammed und Youssef diese Heirat für Mehdi arrangiert haben«, sagte sie, als ich die Tüten mit meiner Wäsche aufhob und weitergehen wollte.

»Wer ist Youssef?«

»Unser Vetter zweiten Grades.« Sie kratzte sich am Arm und schnitt eine Grimasse. »Er wohnt in Marrakesch. Er ist Apotheker und ein reicher Mann, die Familie ist sehr stolz auf ihn. Aber ich bin nicht sicher, ob es stimmt. Bei Halima weiß man nie. Sie steckt so voller Lügen wie eine Kuh voller Scheiße.«

Ich unterdrückte ein Lächeln. »Was hat sie dazu gesagt, dass du hinfahren willst?«

»Das dürfen sie auf keinen Fall erfahren, unter gar keinen Umständen«, sagte sie entschieden.

An den folgenden zwei Tagen hörte und sah ich nichts von Harry und Leila. Aber ich hatte auch so genug zu tun. Nach mehreren lukrativen Nachtwachen kam ich mir geradezu reich vor und hatte deshalb entschieden, dass jetzt Schluss war mit dem ungesunden Leben. Also stürzte ich mich kopfüber in eine große Kochaktion und rührte in der Gemeinschaftsküche in den Töpfen. Meine Güte. Es entstanden zehn gesunde und nahrhafte Mahlzeiten, und mehr passte auch nicht in meine winzige Gefriertruhe.

Am fünften Tag klopfte Harry an meine Tür. Alles sei jetzt vorbereitet, sagte er. Leila habe sich Urlaub genommen, die Reise sei gebucht und sie habe soeben Coco gebracht, die Harry so lange hüten sollte. In zwei Stunden werde er Leila zum Flughafen fahren. »Und da dachten wir, du würdest vielleicht ein Glas Wein mit uns trinken?«

Ich sagte natürlich ja und ging mit rüber in seinen Wohnwagen. Leila wirkte ziemlich aufgekratzt, was ich einer Mischung aus Erwartung und Reisefieber zuschrieb.

»Es muss seltsam sein, nach so vielen Jahren zurückzukehren«, sagte ich.

»Ihr glaubt mir das vielleicht nicht, aber irgendwie hatte ich nie Heimweh. Vielleicht weil …« Sie zuckte mit den Schultern. »Ja, ich weiß nicht.«

»Schlechte Erinnerungen«, murmelte Harry und legte die Hand auf ihre.

Sie lächelte zerstreut und nickte. »Aber natürlich freue ich mich, das ist klar. Und ich bin auch ein bisschen nervös, ich meine, was wird Mehdi sagen?«

»Hast du überhaupt eine Vorstellung, wo er steckt?«, fragte ich und dachte zum wiederholten Mal, wenn er sich in einem terroristischen Ausbildungslager befand, würde es nicht leicht sein, Kontakt zu ihm aufzunehmen. Ein Problem, das Harry und ich schon mehrfach vergeblich zur Sprache gebracht hatten.

Sie ließ sich auch jetzt nicht beirren. »Das ist doch kein Problem, ich bin sicher, dass die Familie es weiß«, sagte sie und griff nach ihrem Glas. Irgendwie hatte sie sich in den Kopf gesetzt, dass sie nur nach Marokko zu fahren brauchte, und alles würde gut werden.

Ich nickte und lächelte, machte mir aber keine Illusionen. Wie gut kannte sie denn ihre Familie nach den vielen Jahren in Dänemark?

Dann stießen wir an und redeten über andere Dinge, die weder Schatten warfen, noch sonstwie die Stimmung verdarben. Über das Wetter in Marokko, was sie von dort mitbringen sollte, solche Sachen.

»Das Ganze gefällt mir nicht«, sagte Harry zu mir, als er vom Flughafen zurückkam.

»Leila weiß, was sie tut«, tröstete ich, hatte aber arge Zweifel.

Er sagte nichts, sah mich nur an.

Im Laufe der Woche kam er ein wenig zur Ruhe. Leila rief ihn zweimal an, sie war gut gelandet, hatte mit dem Vetter in Marrakesch gesprochen, wusste aber noch nichts Näheres über Mehdi.

»Sie ist ziemlich sicher, dass er in Casablanca ist, aber an die Geschichte mit der Hochzeit glaubt sie noch immer nicht. Sie verflucht ihre Schwester und Mohammed und erklärt, die seien vom Teufel erschaffen.«

Ich lächelte kurz. »Dann scheint es ihr ja gut zu gehen.«

Vier Tage später war Harry von einem neuen Anruf zutiefst beunruhigt. »Ich kapier gar nichts mehr!« Er fuhr sich mit den Fingern durch die Haare und schüttelte den Kopf. »Sie hat was von einem Testament gesagt.«

»Einem Testament?«

»Ja, so hab ich es verstanden.«

»Geht es vielleicht um eine Erbschaft?«

»Frag mich nicht. Die Verbindung war ungeheuer schlecht, und auf einmal hörte ich im Hintergrund Stimmen. Dann wurden wir unterbrochen. Als ich versucht habe zurückzurufen, meldete sie sich nicht.« Er machte eine genervte Handbewegung. »Ich bin natürlich nicht sicher, aber ich fand, sie klang, als ob sie …«

Ich blickte ihn abwartend an.

»Also … sie hörte sich ängstlich an, und so, wie ich das verstanden habe, hat sie plötzlich ihr Testament gemacht.«

Ich steckte mir rasch eine Zigarette an. »Aber, liebster Harry, das ergibt doch keinen Sinn«, sagte ich langsam und ruhig. »Klingt es nicht wahrscheinlicher, dass sie von einer Erbschaft redet? Vielleicht hat irgendein Verwandter ihr etwas hinterlassen?«

Als wir an den folgenden Tagen nichts von ihr hörten, wuchs Harrys Besorgnis immer mehr. Mir ging es ähnlich. Zumal sie nicht einen seiner vielen Anrufe beantwortete. Und obwohl ich versuchte, ihn zu beruhigen, musste ich zugeben, dass er recht hatte: Wenn sie sich nicht sehr bald meldete, war irgendetwas Schlimmes passiert.

»Und dann muss ich hinfahren«, schloss er. »Sie klang so ängstlich«, wiederholte er verzagt.

Es war vier Uhr am Freitagnachmittag, ich war in der Bibliothek gewesen und in ein Buch vertieft, als Harry plötzlich auftauchte.

»Ich habe Tickets besorgt und die Tiere untergebracht«, sagte er ohne Vorwarnung.

»Was hast du?« Mir klappte das Kinn herunter, ich starrte ihn an.

Er wippte auf den Fußsohlen. Und erklärte mir, dass er einen Flug nach Marokko für uns gebucht hatte und dass Grethe, die Besitzerin des Campingladens, sich bereit erklärt hatte, auf Hund und Vogel aufzupassen. »Wir fliegen nach Casablanca, das war das Billigste, und von da aus fahren wir mit dem Zug nach Marrakesch.«

»Harry, verdammt«, rief ich und wusste nicht, ob ich lachen oder weinen sollte. »Du kannst doch nicht einfach …« Ich schaute in seine besorgten Augen und machte eine resignierte Handbewegung. »Warum Marrakesch?«

»Da war sie, als ich zuletzt mit ihr gesprochen habe. Und da wohnt dieser Vetter.«

Ich nickte müde.

»Wir fliegen morgen um 15:30. Wir haben also Zeit genug zum Packen«, sagte er dann.

Ich schluckte und verdrehte die Augen.

Harry hatte die Wagenfenster geöffnet, heiße Luft schlug uns ins Gesicht. Die Stadt und die Palmen verschwanden hinter uns im Dunst, und bald war nur noch der steinige Boden übrig. Und die Strommasten, die in der öden Landschaft aufragten.

Unsere Stimmung war gedrückt und wir schwiegen lange. Ich schielte zu Harry hinüber. Er umklammerte das Lenkrad, sein Gesicht war düster und verbissen.

Der Umstand, dass Leila und Halima Zwillinge waren, hatte die Lage auf einen Schlag verändert. Sie noch verzweifelter gemacht. Nahezu hoffnungslos. Ich durchschaute noch nicht, wie sehr wir tatsächlich betrogen worden waren. Aber die Vorstellung drängte sich auf, dass wir im Bahnhof gar nicht Leila gesehen hatten, sondern Halima. Beängstigend. Denn wenn es so war, wo um alles in der Welt befand sich dann Leila? Was war passiert? Eine mögliche Antwort lag uns auf der Zunge, aber weder Harry noch ich hatten Lust, sie auszusprechen.

Bis mich nach einer halben Stunde Harrys Stimme aus meinem Gegrübel riss. »Sie haben sie umgebracht!«

Zwei Sekunden lang fiel mir absolut nichts ein, was ich antworten konnte. »Das ist denn doch nicht so ganz wahrscheinlich, Harry«, sagte ich und versuchte, überzeugend zu klingen. »Wieso sollten sie so etwas tun?«

»Warum sonst wollte Meriam uns so dringend klarmachen, dass sie Zwillinge sind? Das war bestimmt der Grund. Sie wollte, dass wir es wissen …« Seine Stimme klang brüchig.

»Wir wollen erst mal abwarten, was Eigil Larsen zu sagen hat«, wandte ich leise ein.

Er versank wieder in Schweigen. Ich holte tief Luft, schloss die Augen. Er hatte ja recht. Meriam hatte uns bewusst darauf gestoßen, dass Leila und Halima Zwillinge waren. Das musste wichtig sein, denn es war gefährlich für sie. Während wir bei ihr waren, wurde plötzlich ihre Zimmertür aufgerissen, das eine Mädchen stürzte herein und rief etwas. Und dann ging alles ganz schnell. Meriam sah uns mit ängstlichen Augen an. »Ben«, sagte sie verzweifelt und stieß uns zur Tür. »Ben …!« Schnell, schnell! Ihre Nervosität griff sofort auf uns über, hastig folgten wir dem jungen Mädchen, das sich ängstlich nach allen Seiten umschaute und uns in aller Eile nach draußen und in eine der Gassen hinter dem Haus lotste. Schnell, schnell!

Noch während wir durch die Gassen irrten, ehe wir irgendwann ins Hotel zurückfanden, rief ich Eigil Larsen an, der nach einem kurzen Gespräch versprach festzustellen, ob Halima Dänemark verlassen hatte. Jetzt warteten wir auf seinen Rückruf.

Meine Güte. Eine Welle der Erschöpfung spülte über mich hinweg. Vom ersten Moment an waren wir in ein Netz aus Lügen verstrickt worden, und ich konnte einfach nicht durchschauen, was hier vor sich ging. Was genau tat Halima in Marokko? Und was Mehdi? War er wirklich in Casablanca, um zu heiraten? Oder hielt er sich in einem Ausbildungslager auf, und eine Terroraktion stand bevor? Und wenn ja, wo? In Dänemark? Vielleicht. Wenn ich Eigil Larsen richtig verstanden hatte, war es eher Zufall, dass Dänemark bisher keinem Terroranschlag ausgesetzt gewesen war. Es lag wohl an einer Kombination aus reinem Glück und tüchtiger Polizeiarbeit. Aber es konnte jederzeit und ohne Vorwarnung so weit sein. Ich seufzte und sah aus dem Fenster. Die steinige, tiefbraune Landschaft glühte in der Abendsonne.

Ich schaute auf die Uhr. Es hatte allerlei Probleme und Missverständnisse mit der ansässigen Autovermietung gegeben, deshalb waren wir später losgekommen, als wir vorgehabt hatten, und es würde dunkel sein, wenn wir Agadir erreichten. »Brauchst du eine Pause? Ich kann gut fahren, wenn du …«

»Mir geht's gut.« Harry sah mich kurz an. »Aber du musst doch total fertig sein.«

»Na ja, geht so.« Ich trank einen Schluck Cola und gähnte.

»Versuch doch ein wenig zu schlafen. Vielleicht legst du dich lieber auf die Rückbank?«

»Nein, nein, ist schon gut hier vorn.«

Der Wagen schaukelte über die unebene Piste. Ich lauschte

dem Dröhnen des Motors und starrte die grünen Lämpchen am Armaturenbrett an. Meine Augenlider wurden schwer.

Ich fuhr hoch, als mein Telefon klingelte. Es war Eigil Larsen, der jetzt bestätigen konnte, dass Halima sich in Marokko aufhielt. Sie war allein gefahren, Mohammed war noch in Dänemark. Unser Gespräch war ziemlich kurz, und am Ende riet er uns, nach Hause zu kommen.

»Bei allem Respekt, das ist kein Fall für ...« Er zögerte.

»Sagen Sie es nur«, ich seufzte müde. Dann legte ich das Telefon weg. Es war inzwischen dunkel, und der Mond ging auf.

»Na?« Harry räusperte sich. »Lass schon hören.«

Ich schluckte. »Halima ist hier.«

»Hab ich mir gedacht.« Er lachte bitter. »Das passt perfekt.«

Ich nickte.

»Wann ist sie gekommen?«

»Das hab ich nicht gefragt.«

Ich schloss die Augen. Machte sie wieder auf. Oh, verdammt. In meinem Kopf hallte Eigil Larsens Stimme wider. »Kommen Sie besser nach Hause.« Nach Hause. Nach Hause. Und ich war geneigt, ihm beizupflichten.

Ich starrte in die Dunkelheit, wo im Schein einer einsamen Neonlampe eine Barackensiedlung vorüberglitt, und die Ereignisse der vorigen Nacht rückten mir erneut zuleibe. Was war der Sinn der Sache gewesen? Hatten sie mir bloß Angst einjagen wollen? Oder mich vergewaltigen? Oder – was? Mir lief es eiskalt den Rücken runter. Ich wühlte in der Tasche nach meinen Zigaretten. »Stört es dich, wenn ich rauche?«, fragte ich und öffnete noch ein Fenster.

»Natürlich nicht. Kannst du mir einen Zigarillo geben? Die liegen im Handschuhfach.«

Kühle Nachtluft strömte ins Auto, und ich fröstelte. »Ist es noch weit?«

»Ich schätze, eine halbe Stunde.«

»Gut«, sagte ich und zog an der Zigarette. »Ich muss pinkeln.«

»Kannst du warten?«

»Kann's versuchen.«

»Oder soll ich …«

»Nein, nein, eine halbe Stunde geht schon noch.«

Wir fuhren die nächsten zwei Kilometer schweigend.

Harry trat aufs Gaspedal und überholte einen Kühlwagen. »Was zum Teufel machen wir denn jetzt?«, rief er plötzlich.

»Meinst du, jetzt gleich? Wir suchen das Hotel und gehen morgen zu der Adresse, die Hassan uns besorgt hat.«

»Die wissen bestimmt auch nichts.« Er klang bemerkenswert gefasst.

Ich schaute zu ihm hinüber. »Hey … das ist doch noch gar nicht raus, Harry.« Ich drückte die Zigarette aus und kurbelte das Fenster hoch. »Lass uns erst mal abwarten.«

Er antwortete nicht sofort. »Wie ich das sehe, haben sie uns von Anfang an nur Lügen aufgetischt«, knurrte er schließlich. »Ehrlich gesagt glaube ich nicht, dass das hier irgendwas bringt. Wir sind Leila nicht einen Zentimeter näher gekommen, seit wir in Marrakesch sind.«

Mir schwoll der Kamm. Es war ungerecht, das wusste ich, der Mann machte immerhin die Hölle durch. Trotzdem war ich sauer. Selbst wenn ich im Grunde seine Meinung teilte. »Was also schlägst du vor?«, fragte ich scharf.

»Ach Kit, das weiß ich doch auch nicht«, sagte er verzweifelt.

Ich legte ihm die Hand auf den Arm.

Schließlich hielten wir an einer Ampel. Ich reckte mich und schaute aus dem Fenster. Agadir war eine moderne, sehr helle Stadt mit weißen Boulevards und langen Strandpromenaden voller Palmen. Überall wimmelte es von Menschen. Wir fuhren durch einen größeren Tourismuskomplex und näherten uns dem Zentrum. Ich machte im Auto Licht, faltete den Stadtplan auseinander, den Hassan uns mitgegeben hatte, und versuchte mich zurechtzufinden.

Das Licht der Scheinwerfer fegte über eine Bougainvillea, als wir auf den Parkplatz fuhren. Das Hotel, ein großes weißes Gebäude mit Bogenfenstern, Bogengängen und Springbrunnen, sah verhältnismäßig neu aus.

Ich konnte nicht mehr warten. Lief voraus und ließ Harry

die Koffer schleppen. Eilte zur Rezeption und fragte nach der Toilette.

Der Portier blickte mich verschlafen an. »Sorry?«

Ich wiederholte meine Frage. Er hob die Hand und zeigte auf ein Schild hinter mir. Ladies.

Harry wartete, als ich zurückkam. »Wir haben ein Problem«, sagte er.

»Ja?«

»Wir können nur ein Doppelapartment haben, aber wenn ich es richtig verstanden habe, gibt es getrennte Betten.«

»Was? Ich habe doch zwei …«

Der Portier zuckte ohne zu lächeln die Achseln.

Ich sah mich in dem Apartment um. »Das ist doch total in Ordnung«, sagte ich erleichtert und streifte die Schuhe ab. Es gab ein Schlafzimmer mit Doppelbett, ein etwas kleineres Zimmer mit einem Einzelbett und einen Wohnraum mit Sesseln, Fernseher und Minibar. Bequem und für anspruchsvolle Reisende gedacht.

»Du nimmst das Schlafzimmer und ich die Mädchenkammer.« Harry ließ sich aufs Sofa sinken, lehnte sich zurück und streckte die Beine aus.

»Hast du Hunger?« Meine Augen hingen an dem Korb mit Chips und Erdnüssen, der auf dem Tisch neben der Minibar stand. Ich wühlte in meinen Tüten und holte Brot, Obst und Käse hervor.

»Eigentlich nicht, aber ein Glas Wein könnte ich schon vertragen.«

Nach dem Essen wurden wir von Erschöpfung überwältigt. Harry war bereits auf dem Sofa eingenickt, ich stieß ihn vorsichtig an. »Ich muss jetzt ins Bett«, sagte ich. Er nickte und erhob sich.

Ich schauderte, als ich das kühle Laken über mich zog, aber sowie mein Kopf das nach Waschmittel riechende Kissen berührte, versank ich in tiefen, traumlosen Schlaf.

* * *

Am nächsten Morgen wurde ich von Stimmengewirr und lautem Lachen geweckt. Ich blieb liegen und blinzelte, versuchte mich zu erinnern, wo in aller Welt ich mich befand. Es war fast neun. Ich gähnte, dann schwang ich die Beine aus dem Bett, schlüpfte in den Morgenrock und schlich ins Wohnzimmer. Ich öffnete die Vorhänge, riss die Balkontür auf und machte große Augen.

Unser Zimmer schaute auf eine Terrasse mit Liegestühlen, Tischen, Sonnenschirmen und einem riesigen Swimmingpool. Sie wimmelte bereits von sonnenbadenden Gästen, ein junger Kellner in weißer Uniform lief zwischen den Liegestühlen umher.

»Was ist das für ein Krach?« Harry tauchte hinter mir auf.

»Willkommen im Touristenparadies.«

Zusammen gingen wir ins Restaurant, wo uns der Duft von Kaffee und frischgebackenem Brot empfing. »Hunger?« Harry sah mich an.

»Wie eine Wölfin.« Wir öffneten die Glastür, der Klang unserer Schritte ertrank in dem rosa Teppich. Ich nickte den beiden jungen Mädchen am Büfett zu und sah mich um. Es war brechend voll, aber wir konnten uns noch einen Ecktisch in Fensternähe sichern.

»Vielleicht sollten wir erst anrufen?«, fragte Harry und schenkte Kaffee ein.

»Bei Malika und Driss? Nur wenn du willst«, antwortete ich skeptisch.

»Wir tun, was du für richtig hältst.« Er fuhr sich über das Gesicht. »Aber wir riskieren, dass sie nicht zu Hause sind.«

»Und wenn wir anrufen, riskieren wir, dass sie uns nicht sehen wollen.«

»Wieso sollten sie?«

»Man weiß nie.«

Meine Hände umklammerten das Lenkrad, es herrschte lebhafter Verkehr. Hier wurde viel gehupt und auf die Bremse getreten, geflucht und sehr schnell gefahren. Wir brauchten fast anderthalb Stunden, um die Adresse zu finden. Wir drehten eine Runde durch den Hafen, fuhren über breite Boulevards und durch etliche neuere und mehr oder weniger trostlose Wohnviertel, ehe wir endlich am Ziel waren und ich erleichtert aufatmete.

Das Haus mit den blauen Fensterblenden lag am Rand von Agadir an der Grenze zwischen Stadt und Land. Wir hielten ein Stück entfernt auf einem unbebauten Grundstück zwischen leerstehenden Gebäuden. Zwei Esel und eine Ziege kamen angetrottet und glotzten uns neugierig an.

Ich reckte mich und atmete tief durch. Die Sonne brannte, und im Auto war es glühend heiß, die Hitze draußen jedoch bei weitem nicht so unangenehm wie in Marrakesch. Das lag sicher an der Nähe des Meeres.

Vor dem Haus, das zu den gepflegteren in der Gegend gehörte, standen drei Kinderwagen. Die Zeit wurde zurückgedreht, und ich sah Leila vor mir, wie sie mit Mehdi auf dem Schoß hier im Garten saß, er lachte mit eisverschmiertem Mund und streckte die Arme zu ihr hoch.

»Na?« Harry klang angespannt.

Ich nickte.

Ein kleiner Weg führte durch einen Urwald aus grünen Pflanzen und blühenden Büschen zur Haustür. ›Dr. Driss El Mahmoud‹ stand auf dem Messingschild an der weiß gekalkten Mauer. Die Tür stand sperrangelweit offen, von drinnen waren Stimmen zu hören.

Harry trat einen Schritt vor. »Hello …«

Ein kleiner barfüßiger Junge von vielleicht drei Jahren tauchte auf. Er schaute uns verwirrt an, dann machte er kehrt und rannte den Gang entlang. Gleich darauf erschien eine junge Frau mit kurzen Locken und einem Handtuch über den Schultern. Sie lächelte freundlich und ein wenig überrascht.

Wir brachten unser Anliegen vor. Malika sei leider nicht zu Hause, sagte sie bedauernd. »Ich nehme an, dass sie in zwei Stunden zurück ist. Kann ich etwas ausrichten …«

»Ist schon gut, danke«, sagte ich rasch. »Wir kommen später wieder.«

Der Junge, der sich hinter ihr versteckt hatte, lugte hervor. Ich lächelte ihn an und winkte.

Die dunklen Augen funkelten, dann wurde er verlegen und hielt sich rasch die Hand vors Gesicht.

»Mist«, knurrte Harry, als wir zum Tor zurückgingen. »Hätten wir Leila erwähnen sollen?«

»Ich weiß nicht … es ist vielleicht besser zu warten.«

Er gab keine Antwort. Ich lugte zu ihm hinüber und sah, dass er unruhig und niedergeschlagen war, weil es nicht voranging. Wir traten schon wieder auf der Stelle. Ich seufzte resigniert.

Wir beschlossen, den Wagen stehen zu lassen, und wanderten durch das Viertel, bis wir einen Marktplatz erreichten. Hier gab es eine Menge kleiner zellenähnlicher Läden in Arkaden und ein Café mit geblümter Markise und endlos vielen Kisten, die an der Mauer aufgestapelt waren. Wir setzten uns an einen Tisch und bestellten Kaffee. Am Nachbartisch saßen ein paar Männer und spielten Backgammon.

Ich verscheuchte die Fliegen, steckte mir eine Zigarette an und sah mich um. Offenbar waren wir hier außerhalb des Touristenbereichs gelandet. Die meisten der Häuser, die sich um den Platz drängten, waren neu, aber die Mauern schon verblasst, die Farbe blätterte ab. Auf den flachen Dächern hing Wäsche zum Trocknen, und auf der Treppe vor einem Haus mit geschlossenen Blenden putzte sich im Sonnenschein eine Katze.

»Was erwarten wir uns eigentlich?« Harry schüttelte einen Zigarillo aus der Packung. »Und was tun wir, wenn das hier ein Fehlschlag ist?«

Ich zuckte die Achseln. »Nach Marrakesch zurückfahren.«

»Und dann?«

Ich zögerte. »Lass uns erst mal abwarten …«

»Glaubst du, ihr ist etwas passiert? Ganz ehrlich.«

Ich sah seinen Blick und brachte es nicht fertig. Ach, Harry. »Nein, eigentlich nicht«, sagte ich langsam.

Er setzte sich gerade. Nickte und wusste, dass ich log.

Eine Frau mit einem Säugling auf dem Rücken und einem kleinen Mädchen neben sich blieb vor uns stehen. Mit eindringlichem Blick streckte sie uns die Hand hin. Die Männer am Backgammontisch verstummten, ihre Aufmerksamkeit richtete sich auf uns. Dann streckte der Cafébesitzer den Kopf zur Tür heraus und rief der Frau etwas zu. Sie schaute gleichgültig weg, schob das Mädchen vor sich her und ging weiter.

Ich steckte das Portemonnaie in meine Tasche zurück und sah gedankenvoll hinter ihnen her. »Wo die wohl wohnen?«

»Das willst du überhaupt nicht wissen«, sagte Harry mit müdem Lächeln.

Ich drückte meine Zigarette im Aschenbecher aus. »Das Leben ist wirklich nichts für Zartbesaitete«, murmelte ich.

Harry leerte seine Tasse und schaute auf die Uhr. »Wollen wir?« Er erhob sich.

* * *

Ich erkannte sie sofort von den Fotos, die Leila mir gezeigt hatte. Malika. Dunkle hochgesteckte Haare und Brille. Kleiner als in meiner Vorstellung. Geradezu schmächtig in einer kurzärmligen weißen Seidenbluse, geblümtem Rock und goldenen Sandalen. Und natürlich zwanzig Jahre älter. Auf den ersten Blick nicht schön, auf alle weiteren Blicke aber sehr wohl.

Wir stellten uns vor, erzählten, dass wir aus Dänemark kamen.

»Ach.« Sie musterte uns forschend, und ihre nussbraunen Augen schauten wachsam, als wir Leila erwähnten. »Entschuldigung, aber woher kennt ihr Leila?«, fragte sie reserviert.

Ich wollte schon antworten, als Harry mir zuvorkam. In wenigen Sätzen fasste er die Lage zusammen. Sie sah überrascht aus. Es kam offenbar unerwartet für sie, dass Harry Mehdi als Leilas Sohn bezeichnete. »Leila bedeutet mir sehr viel«, schloss Harry leise.

Sie nickte bedächtig. Dann entspannte sich ihre Haltung, und nach kurzem Überlegen bat sie uns ins Haus. Wir folgten ihr durch einen langen Flur mit Klinkerboden und gelben Wänden und erreichten einen hellen, sehr großen Raum mit hoher Decke, der offenbar zugleich als Wohnraum und Küche diente. An den Wänden standen Polsterbänke mit blauem Bezug, und an einem riesigen Esstisch saß die Frau, mit der wir vorhin gesprochen hatten, und fütterte einen Säugling. Der Junge lag auf dem Boden und spielte mit Bauklötzen. Eine mollige Frau beugte sich über einen Korb, sie leerte gerade eine Waschmaschine.

»Darf ich Tee oder Kaffee anbieten? Oder vielleicht Saft?«

»Ein Glas Saft wäre sehr schön«, antwortete ich.

Malika blickte Harry abwartend an, aber der schüttelte den Kopf. »Danke, ich habe gerade erst Kaffee getrunken.«

Malika wandte sich an die Frau bei der Waschmaschine, ein kurzes Gespräch folgte. Malika lachte, dann drehte sie sich wieder zu uns um. »Wir gehen hier rein«, sagte sie und führte uns ins Nachbarzimmer. »Hier haben wir etwas mehr Ruhe.« Sie bat uns, Platz zu nehmen, und öffnete die Tür zu einem kleinen Innenhof. »Ich habe vor ein paar Tagen noch mit Leila gesprochen«, sagte sie über die Schulter.

Yes! Ich spürte, wie meine Aufregung wuchs. Das war mehr, als ich zu hoffen gewagt hatte. Ich ließ mich in einen der weichen Sessel sinken, die einen niedrigen Messingtisch umstanden, und wechselte einen Blick mit Harry, in dessen Augen jetzt Hoffnung lag. Wir hatten also recht mit unserer Annahme, dass Leila sich an Malika und Driss gewandt hatte. So weit, so gut.

Die Tür wurde geöffnet, und die mollige Frau kam herein und stellte Gläser und eine Kanne Saft auf den Tisch.

»Aber weshalb seid ihr hergekommen?« Malika setzte sich und streifte ihre Goldsandalen ab. Mit einer graziösen Bewegung zog sie die Beine in den Sessel und strich ihren Rock gerade.

»Sie hat viel von euch erzählt«, sagte ich. »Und wir versuchen seit Tagen vergeblich, sie zu erreichen. Wir haben Angst, dass sie irgendwelche schlimmen Probleme hat oder dass ihr etwas zugestoßen ist. Und wir dachten, dass sie sich wahrscheinlich mit euch in Verbindung gesetzt hat.«

Sie gab keine Antwort, sondern musterte mich abwartend.

»Wir haben mit ihrem Vetter Youssef in Marrakesch gesprochen«, berichtete ich ein wenig hektisch. »Die Familie behauptet, dass Leila eine religiöse Krise durchmacht und uns nicht sehen will, aber das können wir so einfach nicht glauben.«

»Youssef!« Malika schloss die Augen, öffnete sie wieder und sah uns kopfschüttelnd an. »Dem dürft ihr gar nichts glauben.«

Harry beugte sich vor. »Es stimmt also nicht?«

Malika runzelte die Stirn. »Eine religiöse Krise? Nein, jedenfalls nicht, dass ich wüsste«, sagte sie nüchtern und füllte die Gläser. »Aber sagt mal, was wisst ihr eigentlich über Leila, wie lange kennt ihr sie?«

»Danke.« Ich nahm mir ein Glas, nippte am Saft und schilderte dann meine Rolle in der Angelegenheit und meine Gespräche mit Leila.

»Was wisst ihr über Mehdi?«

Ich zögerte. »Denkst du an etwas Bestimmtes?«

Jetzt war sie es, die zögerte. »Ja«, sagte sie dann.

Ich hatte das deutliche Gefühl, dass sie Beweise wollte, wie eng unsere Beziehung zu Leila wirklich war, um zu entscheiden, ob sie uns vertrauen konnte. Nur, wie viel wusste sie selbst? Was hatte Leila ihr erzählt? »Also gut«, sagte ich endlich. »Mehdi hatte einen sehr guten Freund namens Alexander.«

Der Anflug eines Lächelns huschte über ihr Gesicht, wir waren auf demselben Stand. »Leila meint, dass er sich deshalb immer mehr radikalisiert hat«, sagte sie ruhig. »Das ist vielleicht etwas naiv. Natürlich«, sie machte eine vage Handbewegung, »mag das auch dazu beigetragen haben, aber sicher ist die Erklärung nicht gar so simpel …«

»Sicher nicht«, pflichtete ich ihr bei.

»Hast du irgendeine Vorstellung, wo sie sein kann?«, fragte Harry ungeduldig dazwischen.

»Nein, und das macht mir Sorgen.« Malika nahm eine Glaskugel aus einem Korb auf dem Tisch und drehte sie zwischen ihren Fingern. »Sie wollte uns besuchen kommen, und wir können nicht verstehen, warum sie sich nicht blicken lässt. Driss hat vor mehreren Tagen angerufen und erfahren, dass sie ihr Hotel verlassen hat. Und auf ihrem Mobiltelefon meldet sie sich nicht.«

»Du meinst also, sie ist nicht in Casablanca?« Harry sah sie unglücklich an.

Malika runzelte die Stirn und schaute ihn erstaunt an. »Warum sollte sie in Casablanca sein?«

»Um Mehdi zu treffen.«

»Wie kommst du darauf, dass Mehdi in Casablanca ist?«

Wir wechselten Blicke. »Er soll dort heiraten«, murmelte Harry müde, dann wandte er sich ab, seufzte hoffnungslos und machte eine resignierte Handbewegung.

Malika nickte stumm, ließ sich aber deutlich anmerken, wie sie über diese Hochzeitsgeschichte dachte.

»Ich weiß nicht«, sagte Harry leise. In seiner Stimme lag Verzweiflung. »Bei ihrem letzten Anruf hatte ich den Eindruck, dass sie Angst hatte. Ich weiß aber nicht, wovor. Ich hab gar nicht begriffen, wovon sie überhaupt redete, es hatte irgendwas mit einem Testament zu tun ...« Er verstummte.

»Ja, das ist beunruhigend«, sagte Malika ernst.

Ich sah sie fragend an. »Beunruhigend? Ich kann dir nicht ganz folgen.«

»So machen sie es.«

»Wer?«

»Die Terroristen. Es ist allgemein üblich, dass Terrorgruppen den Hinterbliebenen eines Selbstmordattentäters Geld zukommen lassen.«

Ich war sprachlos. Fuck.

»Was hat das mit Leila zu tun?«, fragte Harry heiser.

»Habt ihr Meriam kennengelernt?«

Harry nickte.

»Sie hat Leila erzählt, dass Youssef für Mehdi ein islamisches Testament heruntergeladen hat. Und es ging um sehr viel Geld. Alles weist darauf hin, dass da etwas vorbereitet wird.«

»Mehdis Testament? Hältst du das für einen Beweis, dass er einer Terrorzelle angehört?«, fragte ich und kannte die Antwort schon, und nur zu gut.

»Ja.«

Schweigen.

»Hat sie erfahren, wer darin begünstigt wird?«

»Begünstigt?«

»Ja«, ich suchte nach einem anderen Wort. »Wer soll das Geld erben?«

»Halima und Mohammed.«

Es rauschte in meinen Ohren. Dann wurde es ganz still, und ich hielt den Atem an. Harry war leichenblass und rührte sich nicht.

Ich schluckte. Halima und Mohammed. »Mein Gott«, flüsterte ich.

»Deshalb ist Halima also hergekommen«, sagte Harry heiser. »Sie und Mohammed haben ein finanzielles Interesse daran, dass Mehdi zum Märtyrer wird. Deshalb wollen sie auch verhindern, dass Leila ihn trifft …«

»Was?« Malika setzte sich gerade und sah ihn an. »Halima ist in Marokko?«

Er fuhr sich über die Augen, gab aber keine Antwort. Seine Hände zitterten. Fragend fing ich seinen Blick ein, und er nickte unmerklich.

»Ja, wir wissen mit ziemlicher Sicherheit, dass sie hier ist«, erklärte ich und schilderte Malika die Szene im Bahnhof. Und unseren Verdacht. »Vermutlich haben wir nicht Leila gesehen, sondern Halima. Und wenn das der Fall war …« Drückendes Schweigen senkte sich über uns.

Malika starrte ihre Handflächen an. »Als Driss und ich mit Leila gesprochen haben, rief sie aus Marrakesch an«, sagte sie langsam. »Sie hatte den Verdacht, dass Mehdi vielleicht in ihrem Elternhaus versteckt wird, das noch immer im Besitz der Familie ist – das heißt, es gehört unter anderem Youssef, Halima und ihr selbst.« Sie sah uns an, ihre Augen dunkel vor Sorge. »Ich glaube, Meriam hat so eine Andeutung gemacht. Wir haben Leila geraten, sich rauszuhalten. Sie sollte sich die Sache jedenfalls gut überlegen und niemandem etwas sagen.«

»Weißt du, wo dieses Haus liegt?«, fragte ich.

»Ja, in einem kleinen Dorf gut eine Fahrstunde von hier. Deshalb gingen wir auch davon aus, dass sie zuerst nach Agadir kommt und mit uns spricht, statt auf eigene Faust etwas zu unternehmen. Aber jetzt weiß ich nicht recht …«

»Kannst du uns den Weg erklären?« Harry war schon aufgesprungen, stand mitten im Zimmer und wippte auf den Fußsohlen.

»Wir können morgen hinfahren.«

»Morgen?«, fragte er scharf. »Warum nicht jetzt gleich?«

»Driss hat Dienst im Krankenhaus, und ich halte es für eine gute Idee, wenn er mitkommt.«

Harry protestierte, und ich verstand seine Unruhe, schlug mich aber trotzdem auf Malikas Seite. »Ich glaube, es wäre klug, Driss dabeizuhaben«, sagte ich sanft.

Er gab keine Antwort.

Ich schaute Malika an. Sie erhob sich, legte ihm die Hand auf die Schulter. »Wir können gleich morgen früh losfahren, und ich bin sicher, dass ...« Sie unterbrach sich, als die mollige Frau mit Tee und Mandelgebäck hereinkam und mit einem kleinen Lächeln alles auf den Tisch stellte. Mir fiel eine lange rote Narbe an ihrem linken Unterarm auf. Malika folgte meinem Blick. »Latifa kommt aus einem der großen Landwirtschaftsgebiete im Süden von Agadir«, sagte sie leise, als die Frau sich zurückgezogen hatte. »Sie wurde von dem Bauern auf dem Hof, wo sie arbeitete, vergewaltigt und war hochschwanger, als sie herkam.«

»Was ist mit ihrer Familie?«, fragte ich.

Malika schüttelte den Kopf. »Da ist keine Hilfe zu erwarten. Die Männer würden sie totschlagen, wenn sie in ihrem Heimatdorf auftauchte.«

Harry schnaubte empört. »Kann sie den Scheißkerl nicht anzeigen?«

»Den Bauern? Nein. Unverheiratet schwanger zu werden ist in Marokko strafbar. Wenn Latifa vor Gericht geht, wird sie wegen außerehelichem Sex zu mindestens sechs Monaten verurteilt.«

Er starrte sie ungläubig an.

»Es wird gern so dargestellt, als hätten die marokkanischen Frauen die meisten Rechte in der gesamten arabischen Welt.« Malika lachte bitter auf und reichte uns die Kuchenschüssel. »Aber die stehen bloß auf dem Papier. Für viele Frauen sieht die Wirklichkeit ganz anders aus. Viele sind Analphabetinnen und wissen meist nicht einmal, dass es diese neuen Gesetze gibt.« Sie nahm die Brille ab und fuhr sich müde mit der Hand über die Augen. »In vielen Fällen ist unser Haus der letzte Ausweg für Frauen, die sonst auf der Straße enden würden«, sagte sie leise.

Ich dachte an die Frau, die wir früher an diesem Tag im Café gesehen hatten, und nickte langsam. »Woher nehmt ihr die Mittel?«, fragte ich sachlich. »Von den Behörden, oder …«

»Es gibt konservative Kräfte, die behaupten, dass wir die Frauen zu einer unsittlichen und verantwortungslosen Lebensführung ermutigen, deshalb bekommen wir von den Behörden keinerlei Unterstützung. Unsere Arbeit ist vollständig auf Spenden angewiesen.«

Harry, der die ganze Zeit den Boden angestarrt hatte, hob den Kopf und blickte Malika an. »Kann es für Leila gefährlich sein, an ihren Geburtsort zurückzukehren?«

»Das weiß ich nicht.« Sie holte zweimal tief Luft und schüttelte dann den Kopf. »Ihre Eltern sind tot, aber es kann noch immer Verwandte geben, die finden, sie habe Schande über die Familie gebracht. Andererseits ist es viele Jahre her … ich weiß es wirklich nicht«, wiederholte sie.

Wir vereinbarten, später am Abend zu telefonieren.

»Wenn irgendetwas sein sollte: Driss ist gegen neun zu Hause«, sagte sie. »Und ich rufe auf jeden Fall an, sowie ich mit ihm gesprochen habe.«

Ehe wir aufbrachen, fragte Harry, ob er Leilas altes Zimmer sehen dürfe. Sie habe so viel von ihrem Aufenthalt in diesem Haus erzählt, und wo wir nun schon hier seien, könnte er vielleicht … Er fuhr sich mit den Fingern durch die Haare und verstummte verlegen. Malika sah ein wenig verwirrt aus und zögerte. »Ich weiß, es klingt sicher dumm«, sagte er eilig, »aber …«

»Nein, nein, gar nicht«, Malika schüttelte den Kopf. »Es ist nur, weil jetzt eine andere darin wohnt.« Sie biss sich auf die Lippe. »Aber natürlich kannst du es sehen.«

Das Zimmer war eher ein Kämmerchen, aber durch die hohen Fenstertüren lag es in Licht gebadet da. In der Zimmermitte stand ein Korb mit sauberer Wäsche. Neben der Pritsche gab es ein blaues Gitterbettchen und vor der anderen Wand eine Kommode und einen Wickeltisch. Vor dem Fenster lagen eine Menge bunte Kissen um einen kleinen Messingtisch verteilt, das war alles.

Harry ließ seinen Blick umherwandern. »Hat es damals auch so ausgesehen?«

»Nicht ganz, aber seht mal her.« Malika ging zum Fenster und zeigte auf einen Rosenbusch im Garten. »Den hat Leila gepflanzt.«

Wir betrachteten die schönen roten Blüten, und vor meinem inneren Auge sah ich Leila mit Mehdi auf dem Arm.

»Eine Rose ist eine Rose ist eine Rose«, murmelte Harry.

* * *

Die Spätnachmittagssonne hing tief über den Dächern, und der Verkehr hatte noch zugenommen. Auf den breiten Boulevards und an den Cafétischen wimmelte es von Menschen, vorwiegend Touristen.

»Das ist so pervers.« Harry trommelte mit den Fingern aufs Lenkrad. »Die sind doch krank.«

Wir hielten vor einer Kreuzung, und ich kurbelte das Fenster hinunter und gab mir Feuer. »Wer?«, fragte ich und zog an der Zigarette. »Halima und Mohammed?«

Er nickte und schaltete. »Die wollen an seinem Tod verdienen!«

»Ja.«

»Ob das von Anfang an so geplant war?«

»Kaum. Es hat sich wohl einfach ergeben ...«

»So ohne weiteres?«

»Ihnen bringt es sicher einen hohen Status, einen Märtyrer in der Familie zu haben, und bestimmt sind sie stolz auf Mehdi.«

»Wie praktisch für sie.«

»Das kann man wohl sagen.« Der Wind fuhr mir durch die Haare, ich schloss die Augen.

»Ich hab solche Angst, es könnte etwas Schlimmes passiert sein, Kit.«

»Ja.« Ich legte ihm die Hand auf den Arm.

Als wir das Auto beim Hotel abgestellt hatten, beschlossen wir, in die Innenstadt zu wandern und uns ein Restaurant zu suchen.

»Nicht, dass ich großen Hunger hätte«, sagte ich und schaute auf die Uhr.

»Nein, aber ein Glas Wein würde uns guttun.« Harry schüttelte einen Zigarillo aus der Packung.

Die Luft war jetzt kühler geworden, und ich fröstelte. »Ich hol mir schnell meine Jacke, soll ich dir etwas mitbringen?«

Er zog an seinem Zigarillo und schien etwas sagen zu wollen, schwieg dann aber.

Ich sah ihn abwartend an.

»Ist doch egal«, murmelte er.

»Sag schon.«

»Ich wollte dich bitten, die Kamera mitzubringen, aber vergiss es. Wir sind keine Touristen.«

Im Hotelfoyer war gedämpfte Musik zu hören. Menschen in Abendkleidung standen in kleinen Gruppen zusammen, redeten und lachten. Eilig durchquerte ich eine Wolke aus schwerem Parfüm, lief am Restaurant vorbei und weiter durch den Gang zu unserem Zimmer. Ich schloss die Tür auf, ging hinein und blieb mit dem seltsamen Gefühl stehen, dass etwas nicht stimmte. Gleich darauf fuhr ich heftig zusammen, als hinter mir knallend die Zimmertür ins Schloss fiel. Die Balkontür stand sperrangelweit offen, und es hatte Durchzug gegeben.

Ich runzelte die Stirn. Paranoia? Ich war sicher, dass wir die Tür vor unserem Aufbruch geschlossen hatten. Es musste das Zimmermädchen gewesen sein. Ich stellte meine Tasche ab, zog den Vorhang gerade, hob eine Postkarte und einige Quittungen vom Boden auf und legte sie auf den Couchtisch. Irgendwie roch es nach würzigem Rasierwasser. Aber es war nicht das von Harry.

Ich war auf dem Weg ins Schlafzimmer, als er lautlos in den Türrahmen von Harrys Zimmer trat. Da blieb er stehen und starrte mich mit seltsamem Blick an. Ich stand vor Schreck wie angewurzelt. Mein Herz wurde zu Stein, ich war am ganzen Körper schlaff und mir wurde abwechselnd kalt und heiß. Ohne ihn aus dem Augen zu lassen, schob ich mich wie in Zeitlupe einen Schritt rückwärts, dann noch einen. Langsam, langsam. Ich hielt den Atem an. Wartete noch den Bruchteil einer Sekunde, dann drehte ich mich blitzschnell um, stürmte ins Wohnzimmer und weiter zur Tür.

Er hatte mich sofort erreicht, packte mich im Nacken, presste mir eine Hand auf den Mund und riss mich zurück. Ich bekam seinen Arm zu fassen, bohrte die Nägel hinein, warf meinen Kopf hin und her. Zwischen Wut und Verzweiflung versuchte ich mich mit Tritten zu befreien. Mein Absatz traf sein Schienbein, und für einen Moment ließ der Druck auf meinen Mund nach. Ich schaffte es, ihn in die Hand zu beißen. Presste die Zähne aufeinander, schmeckte Blut, biss fester und fester zu, bis er losließ. Ich schrie auf, da traf mich eine Faust im Gesicht, ich schwankte und schrie wieder. Die Schläge waren so heftig, dass ich das Gleichgewicht verlor, gegen einen Sessel knallte und auf die Knie fiel.

Er beugte sich über mich und sagte etwas, das ich nicht verstand. Sein Gesicht war düster und ausdruckslos. Ich schlug nach ihm, aber er packte meine Handgelenke und zerrte mich hoch. Verzweifelt rammte ich ihm mein Knie in den Schritt. Er krümmte sich fluchend, und ich wich eilig zurück. Griff hinter mich, ertastete die Obstschale auf dem Couchtisch und warf damit. Die Schüssel knallte gegen die Wand und zersprang in tausend Stücke. Ich schrie wieder.

Dann spürte ich seine Hände um meinen Hals. Er drückte zu. Hart. Und in einem seltsamen Bereich zwischen Schmerz und Ohnmacht fügte sich in meinem Kopf plötzlich etwas zusammen. Eine Erinnerung traf mich wie eine Erleuchtung. Ein Zusammenhang, der mir klarmachte, was wir übersehen hatten. Ich keuchte auf und schnappte vergeblich nach Luft. In meinen Ohren rauschte es, mein Körper wurde mir zu schwer.

Irgendwo weit weg rief jemand.

Mein Magen krampfte sich zusammen, ich hustete, setzte mich auf, fuhr mir mit dem Handrücken über die Nase und entdeckte, dass ich blutete.

»Was zum Teufel ist hier los, Kit?«

Vor meinen Augen flimmerte alles, und ich erkannte ihn nicht sofort. Harry. Hinter ihm tauchten fremde Gesichter auf. Ich krümmte mich schluchzend zusammen.

Hände legten sich auf meine Schultern. Gute Hände. Und Harrys Stimme drang zu mir durch. Ich schwankte, mir tat alles weh, aber die Hände waren noch da. Er redete mir zu, ganz ruhig. Ich lehnte mich an ihn und weinte.

Im Badezimmer spritzte ich mir kaltes Wasser ins Gesicht und erschrak, als ich mich im Spiegel sah. Halleluja.

Eine Frau fragte, ob die Polizei verständigt sei. Harry klappte sein Mobiltelefon auf.

Ich lehnte mich an den Türrahmen, an den Tisch, an irgendetwas, und flüsterte: »Nein.«

Er begriff nicht. Er sah mich an. »Nein?«

Ich gab mir Mühe, schluckte. Mein Hals war wie ein Reibeisen, das jedes Wort in Stücke riss. »Wir müssen weg.«

»Aber die Polizei ...«

»Wir müssen weg hier. Sofort.« Ich schwankte wieder, schloss die Augen und stöhnte.

Dann wurde der Schrank geleert und Kleidung in den Koffer geschleudert.

»Mein Laptop ist weg«, sagte Harry, und ich nickte. Mich überraschte das gar nicht.

»War da was drauf, das sie brauchen können?«

»Rein gar nichts. Rechnungen und so was. Eine Menge Bilder, aber von denen hab ich zu Hause Sicherheitskopien. Und Mails natürlich, unter anderem von Leila, aber nichts Wichtiges.«

»Meiner ist ja noch da.«

Der Portier eröffnete uns, dass wir für die folgende Nacht bezahlen mussten, wenn wir so spät auscheckten. Leider, sagte er und legte sein Gesicht in bedauernde Falten. Was ging mich das an.

Harry trug die Koffer zum Wagen, während ich in die Dunkelheit starrte und wartete. Dann kam er zurück und nahm meinen Arm. Half mir ins Auto, reichte mir die Flasche. Harrys Allheilmittel.

Ich bekam den Whisky in den falschen Hals und hustete. Meine Hände zitterten, als ich die Zigarette anzündete. Ich zog mühsam daran, es tat verdammt weh, aber ich rauchte gierig und trank noch einen Schluck Whisky. Seufzend ließ ich mich dann auf dem Autositz zurücksinken und kam langsam zur Ruhe.

»Geht's?«, fragte Harry besorgt, und ich nickte. Dann schwiegen wir lange. Ich hielt die Augen geschlossen und versuchte Ordnung in meine Gedanken zu bringen. Wir standen noch immer auf dem Parkplatz vor dem Hotel, und die Frage war, was wir jetzt machen sollten.

»Wir haben eine Riesendummheit begangen«, sagte ich endlich.

Harry blickte mich verständnislos an. »Inwiefern?«

»Überleg doch mal.« Ich zog an der Zigarette. »Wer weiß, wo wir sind?«

Er antwortete nicht sofort.

Ich schnaubte und schüttelte langsam den Kopf. »Hassan.«

»Was?«

»Wer hat das Auto besorgt und dieses Hotel empfohlen? Und wer hat so eifrig angeboten, uns die Adresse von Malika und Driss zu besorgen?«

Harry starrte mich an.

»Weißt du noch, wie ich gesagt habe, dass Karim mir irgendwie bekannt vorkam?«

Er schüttelte den Kopf.

»Dann habe ich es vielleicht nur gedacht, jedenfalls weiß ich jetzt wieder, wo ich ihn schon mal gesehen hatte.« Ich zog die Spange aus meinen Haaren und massierte mir die Kopfhaut, während ich berichtete, was mir endlich wieder eingefallen war. Wie ich an dem Tag, an dem wir bei Hassan eingezogen waren, seine Tochter Touria im Garten mit einem Mann gesehen hatte, in dem ich später, genauer gesagt, eigentlich jetzt erst Karim wiedererkannte. Es gab keinen Zweifel.

Harry trommelte mit den Fingern aufs Lenkrad und spitzte nachdenklich den Mund. »Du hast recht«, sagte er. »Hassan ist der Einzige, der weiß, dass wir hier sind, also muss er mit drinhängen. Aber worauf sind die eigentlich aus?«

»Sie wollen wissen, wie viel wir wissen. Deshalb ist dein Laptop so interessant.«

Er nickte düster und tat sich an der Whiskyflasche gütlich. »Es tut mir so leid, Kit«, sagte er leise. »Mann, tut mir das leid.«

Ich runzelte fragend die Stirn. Es gab natürlich so einiges, was uns leidtun konnte, aber im Moment wusste ich nicht genau, wovon er sprach.

»Ich hätte dich nie in diese Geschichte hineinziehen dürfen«, sagte er und fuhr sich mit der Hand über das Gesicht. »Als ob du nicht ohnehin schon genug …«

Ich bekämpfte die klamme Sentimentalität und die Tränen, die hinter meinen Augenlidern prickelten. »Reiß dich zusammen«, sagte ich kalt. »Wir müssen entscheiden, was wir jetzt machen.«

»Du hast ja recht. Wir sollten natürlich …«, setzte er an, unterbrach sich aber, als tief in meiner Tasche mein Telefon klingelte.

Es war Malika, die sich für den folgenden Tag mit uns verabreden wollte.

»Kommt her«, sagte sie, sobald ich kurz berichtet hatte, was geschehen war.

Ich schaute auf die Uhr. »Wir müssen uns erst noch ein Hotel suchen.«

»Das ist kein Problem, ihr könnt hier schlafen.«

»Tausend Dank, das ist lieb von dir, aber …«

»Das ist kein Problem«, sagte sie noch einmal.

* * *

Eine knappe Stunde später saßen wir abermals in dem Haus mit den blauen Fensterläden.

Ich fühlte mich wie gerädert, mein Kopf tat schlimmer weh denn je. Nachdem er mich gründlich untersucht hatte, gab Driss mir eine schmerzstillende Spritze und fünf Pillen für die kommenden Tage und sagte bedauernd, dass ich wohl für einige Zeit mit Schmerzen in Hals und Nacken rechnen müsste. »Aber du hast Glück gehabt«, fügte er mit ernster Miene hinzu. Wir saßen am Küchentisch, wo Latifa, die junge Frau, die von ihrem Arbeitgeber vergewaltigt worden war, am Herd stand und kochte.

Ich trank einen Schluck Tee, der war glühend heiß und tat meinem Hals gut. Dann stellte ich die Tasse ab und musterte Driss. Ein kräftiger Mann mit braunen Augen, braunen, grau melierten Haaren und breiten, geschickten Händen. Er war mir sympathisch mit seiner ruhigen Stimme, bei der ich mich unwillkürlich entspannte. Überhaupt wirkte er wie jemand, der in schwieriger Lage den Überblick behält. Auf den ersten Blick schien Malika impulsiver, aber beide strahlten Stärke aus, und ich fand, dass sie einander sehr gut ergänzten.

Während ich von Hassan erzählte, schwieg Harry verbissen, und ich wusste, dass er sich mies vorkam. Er war wütend, aber zugleich, so falsch das auch war, fühlte er sich schuldig.

»Nur Hassan weiß, wo wir sind«, erklärte ich. »Und er hat uns das Hotel empfohlen.«

»Weiß er, dass ihr zu uns wolltet?«, fragte Malika.

Ich nickte. »Er hat uns eure Adresse besorgt. Und im Nachhinein fällt auf, wie eifrig er uns seine Hilfe aufgedrängt hat.«

Malika und Driss wechselten einen Blick. »Ich schlage vor, dass wir gleich morgen früh losfahren«, sagte Driss. »So früh wie möglich.«

Wir nickten und schwiegen. Aus einem Zimmer war Kinderweinen zu hören, und eine Frau fing an zu singen. Ich lauschte den Geräuschen des Hauses, als mir plötzlich etwas einfiel und ich erstarrte. Konnte es Zufall sein, dass Youssef uns in das Café bestellt hatte, das in die Luft gesprengt werden sollte? Oder ging ich jetzt zu weit? Ich zögerte einen Moment. Dann fragte ich Malika und Driss, was sie über diesen Bombenangriff in Marrakesch wussten, ob es dazu etwas Neues gab. »Wenn wir es richtig verstanden haben, steckt dahinter eine islamistische Terrorgruppe, die möglicherweise mit Al-Qaida zusammenhängt?«

»Ja, die GIMC hat die Verantwortung übernommen«, bestätigte Driss.

»Ach«, ich blies in meinen Tee. »Kann Youssef etwas mit denen zu tun haben?«

»Mit der GIMC?« Malika zuckte mit den Schultern.

Ich fing Harrys Blick auf und sah, dass er verstand, worauf ich hinauswollte. Wenn Youssef von dem geplanten Attentat gewusst hatte, war es absolut denkbar, dass er uns gerade deshalb in dieses Café bestellt hatte. Zugleich wäre es eine Erklärung dafür, dass er dort nicht aufgetaucht war.

»Die kennen sich alle irgendwie«, sagte Driss.

»Aber glaubt ihr, er kann von dem Attentat gewusst haben?«

Driss zögerte. »Schwer zu sagen.«

Als wir den Tee getrunken hatten, riet Driss mir, vor dem Essen ein warmes Bad zu nehmen. »Das lockert deine Muskeln«, sagte er. Und als ich meinen geschundenen Leib in das warme Bad sinken ließ, musste ich ihm recht geben.

Ich schloss die Augen und weinte ganz leise, während die Wärme und der Duft der Minze, die Malika ins Wasser gegeben hatte, mich umschlossen und mir guttaten. Danach untersuchte ich mich, ließ meine Fingerspitzen über die schmerzenden Stellen wandern und atmete schwer. Ich war übel zugerichtet.

Düster betrachtete ich die großen blauschwarzen Flecken an meinem Hals und versuchte sie mit einem Tuch zu tarnen. Dann versteckte ich mein Gesicht hinter einer dicken Schicht Schminke und tupfte ein wenig Rot auf meine geschwollenen Lippen. Musterte mich. Und stellte fest, dass ich einfach grauenhaft aussah.

Aus der Küche war das Klirren von Porzellan zu hören, das sich mit plappernden Kinderstimmen und Lachen mischte. Im Haus wohnten vier junge Frauen und fünf Kinder. Malika und Driss aßen sonst immer mit ihnen zusammen, doch aus Rücksicht auf Harry und mich hatten sie in einem Nebenzimmer gedeckt.

»Da haben wir etwas mehr Ruhe«, sagte Malika, die mit einem kleinen Mädchen auf dem Arm am Herd zugange war. Neben ihr stand eine ziemlich junge Frau, vermutlich die Mutter des Kindes, in engen Jeans und gemusterter Chiffonbluse. Sie musterte mich, und ihre Augen blitzten mitleidig auf.

Ich erwiderte ihr zaghaftes Lächeln. »Hast du auch Kinder, Malika?«, fragte ich und streichelte die Wange des kleinen Mädchens.

»Leider nein.« Sie reichte das Kind der Frau, und ein Schatten huschte über ihr Gesicht. Ihre Antwort überraschte mich nicht.

Der Raum, in dem wir aßen, war mit weißblauen Fliesen dekoriert. In der Mitte stand ein riesiger Esstisch mit hochlehnigen Stühlen und am Fenster ein Buffet mit Spiegel und Verzierungen, das war alles. Driss bat uns, Platz zu nehmen, und goss Tee in unsere Tassen. Mitten auf dem Tisch stand eine Schüssel mit Hähnchen in Kardamom, daneben kleine Schalen mit Gemüse, und alles sah überaus einladend aus. Aber obwohl ich den ganzen Tag noch nichts gegessen hatte, verspürte ich keinen Appetit.

Driss legte mir ein Stück Geflügel auf den Teller und schaute mich abwartend an. Mehr?

»Nein, danke«, ich lächelte und hob abwehrend die Hand.

»Draußen steht ein Auto mit zwei Männern«, sagte Malika, die aus der Küche kam und eine dampfende Schüssel Couscous auf den Tisch stellte. »Latifa sagt, dass es schon seit einer halben Stunde dort ist, aber das muss natürlich nichts bedeuten.« Das Letzte sagte sie, während sie uns den Rücken kehrte und aus dem Fenster schaute.

Driss stand auf und trat neben sie, dann schlossen auch Harry und ich uns an. Ich beugte mich leicht vor, ließ den Blick über die Büsche zur Straße wandern, die nur von einer Laterne beleuchtet wurde. Ja – dort, hinter dem Wagen, den Harry und ich gemietet hatten, stand ein grüner oder vielleicht blauer Citroën. Ich ahnte nur einen dunklen Schatten auf dem Fahrersitz. Saß noch jemand daneben? Ich war mir nicht sicher. Es rauschte in meinen Ohren, und für den Bruchteil einer Sekunde erlitt ich einen Angstanfall, der in mir alles erbeben ließ.

»Was machen wir jetzt?«, fragte Malika leise.

»Ganz ruhig bleiben«, sagte Driss. »Abwarten, ob der noch immer da steht, wenn wir gegessen haben.«

Harry nickte. »Es kann immer noch Zufall sein.«

Wir setzten uns wieder zu Tisch, aber die Stimmung war bedrückt.

Ich kostete höflich das Essen, das hervorragend schmeckte, mir aber im Hals stecken blieb. Obwohl ich das Fleisch in winzige Stücke schnitt, tat jedes Schlucken wahnsinnig weh.

»Soll ich dir ein wenig Suppe warm machen?«, fragte Malika, die meine Qualen bemerkte.

Ich lehnte dankend ab, das sei nicht nötig. »Ich bin wirklich schon satt.«

»Bist du sicher? Ich kann doch …«

Ich schüttelte den Kopf. »Aber zu noch einer Tasse Tee würde ich nicht nein sagen.«

Unsere Gedanken kreisten um das Auto, und immer wieder geriet das Gespräch ins Stocken. Dann fing Driss an, von Leila zu erzählen. Von dem Abend vor vielen Jahren, als sie hier an die Tür geklopft hatte. »Weißt du noch?«, fragte er Malika, und sie nickte. »Anfangs waren wir ratlos, was wir mit ihr anstellen sollten.« Driss lachte bitter. »Nichts als Haut und Knochen, und es war kein vernünftiges Wort aus ihr herauszubekommen. Sie umklammerte ein kleines Messer, und obwohl sie vor Angst zitterte und immer wieder aufsprang, um nachzusehen, ob ihr jemand gefolgt war, hatte sie fest vor, sich zu wehren, wenn ihre Familie auftauchte.«

»Kein Wunder, dass sie voller Hass war«, sagte Malika leise. »Ihr Gesicht war zerschunden, und sie hatte …«

»Sie hat erzählt, dass sie halb totgeschlagen wurde«, warf Harry ein.

»Das kann man wohl sagen.«

»Und eingesperrt«, bemerkte ich.

Malika runzelte die Stirn, erwiderte meinen Blick und lächelte unvermittelt. »Aber Leila ist eine, die überlebt. Driss und ich haben sie sehr lieb gewonnen. Sie ist spontan und positiv und ein toller Mensch.«

»Sie kam erst nach Tagen halbwegs zur Ruhe und machte sich bewusst, dass sie entkommen war.« Driss sah wieder seine Frau an. Mich beschlich der Verdacht, dass diese Reminiszenzen vor allem dem Zweck dienten, Harry und mich zu beruhigen und uns von dem Auto draußen abzulenken. »Weißt du noch, wie sich herausstellte, dass sie schwanger war?« Driss faltete seine Serviette zusammen und legte sie weg. »Sie konnte es kaum fassen. Im ersten Moment war sie furchtbar verzweifelt, aber dann wurde sie zunehmend glücklicher.«

»Mehdi war ein liebes Baby«, sagte Malika leise.

Ich schielte zu Harry hinüber, der düster vor sich hin starrte. Mir war schleierhaft, wie Leila es hatte wagen können, in ihr Heimatdorf zurückzukehren. Wie mochte sie dort empfangen werden? Gab es da nicht Verwandte, für die sie der Schandfleck der Familie war? Aber wir wussten ja nicht mal mit Sicherheit, ob sie wirklich dort war.

Auf einmal fuhr Malika hoch und lauschte. Dann ging sie

zum Fenster und schaute hinaus. »Die sind noch immer da«, sagte sie über ihre Schulter.

Ich fröstelte unwillkürlich. Und konnte meine Sehnsucht nach einer Zigarette nicht mehr zügeln. »Darf ich hier rauchen?«, fragte ich.

Malika sah mich überrascht an. »Natürlich. Ich hol dir einen Aschenbecher.«

»Warte mal.« Driss stand auf. »Ich könnte jetzt ein Glas Cognac vertragen. Wollen wir uns nicht ins andere Zimmer setzen? Da haben wir es bequemer.«

Der Cognac wärmte. Ich nippte an meinem Glas, zog an meiner Zigarette und schloss die Augen. Aber das zittrig nervöse Gefühl wollte nicht weichen. Ich war erschöpft und hatte Angst, und zu viele Gedanken schwirrten gleichzeitig durch meinen Kopf.

Harry drehte sein Glas zwischen den Händen und hörte zu, wie Malika und Driss von damals erzählten, als Leila und Mehdi bei ihnen lebten. Eine Zeit voller Hoffnung. Bis zu dem Tag, an dem die Katastrophe eintrat. Dem Tag, als plötzlich Leilas Familie anrückte, ins Haus eindrang und Leila und den kleinen Mehdi mit sich ins Auto zerrte. Driss war im Krankenhaus und Malika mit einer der anderen jungen Frauen auf dem Markt. Als sie zurückkamen, war es zu spät. Driss wandte sich sofort an seine politischen Kontakte und seine Bekannten bei der Polizei, und mehrere versprachen, sich um die Sache zu kümmern, aber nichts geschah. Bis dann viele Monate später Leila wieder vor der Tür stand. Ohne Mehdi.

Mein Blick wanderte zwischen Driss und Malika hin und her, diesen beiden liebenswürdigen Menschen, die es in die Hand genommen hatten, muslimischen Frauen in Not zu helfen. Dazu war Mut nötig. Kraft und Mitgefühl. Auch sie waren ein Teil von Marokko.

Driss erklärte, seit damals habe es große Veränderungen gegeben. Er sprach von Fortschritt, fügte aber hinzu, man dürfe nicht naiv sein. Das sagte er neutral und ohne Bitterkeit. Die Verhältnisse waren nun einmal so.

Ich dachte an Leila, wie ich sie kannte. An Mehdi und an den

Mann, der mich überfallen hatte. Das Gefühl seiner Hände an meinem Hals. Alles verschwamm miteinander. Die Explosion im Café und die beiden alten Männer mit den Wasserpfeifen, ihre hasserfüllten Augen und Youssefs lächelndes Gesicht. Der junge Mann und das Blut aus den offenen Wunden. Benjamin …

Tränen brannten hinter meinen Augenlidern. Ich leerte das Glas und nickte dankbar, als Driss nachschenkte.

»Ich glaube, sie sind ausgestiegen«, sagte Malika, die bei der Terrassentür stand. »Das Auto sieht leer aus.«

»Bist du sicher?« Driss stellte die Flasche weg und lief zu ihr.

»Vielleicht sollten wir die Polizei anrufen?« Sie blickte ihn fragend an.

Er zögerte. »Ich weiß nicht, ob das klug wäre«, sagte er ruhig. »Lass uns erst mal abwarten.

Sie nickte düster.

Ich drückte die Zigarette im Aschenbecher aus und steckte mir eine neue an. Die Minuten krochen dahin, und ich kam mir vor wie ein Tier in einer Falle.

Malika versuchte erfolglos, noch etwas Konversation zu machen. Schließlich gab sie es auf. Mit müder Geste nahm sie die Brille ab, kroch im Sessel in sich zusammen und ließ die Hand auf Driss' Arm ruhen. Es gab nichts mehr zu sagen. Stumm und angespannt saßen wir mit verschlossenen Gesichtern da, lauschten dem Ächzen des großen Hauses und den vielen Geräusche der Nacht. Warteten.

Irgendwo in der Dunkelheit bellte ein Hund. Ich erstarrte. Driss sprang auf und lief zum Fenster.

»Sie scheinen fahren zu wollen«, sagte er plötzlich. »Zumindest haben sie den Motor angelassen, und …« Er unterbrach sich und nickte. »Ja, jetzt fahren sie los.«

Endlich! Alle atmeten erleichtert auf. Vor kollektiver Sehnsucht nach Sicherheit machten wir uns über unsere bangen Ahnungen lustig und verdrängten die Zweifel. Das Ganze war Zufall gewesen, sonst nichts. Unsere Phantasie hatte uns einen Streich gespielt. Wir hatten uns von unserer Furcht tyrannisieren lassen. Aber insgeheim nagte die Frage an uns, ob wir uns nur etwas vormachten.

Harry trug die Koffer in den ersten Stock, wo Malika uns Betten gemacht hatte. Er würde auf einer Pritsche am Ende des Ganges schlafen, ich bekam ein Kämmerchen, das sonst als Abstellraum diente. An einer Wand hingen Regale voller Windeln, Toilettenpapier und Reinigungsmitteln, in der Ecke beim Fenster standen Besen und ein Staubsauger.

»Du musst morgen nicht mitkommen«, sagte Harry leise zu mir, als er mir meinen Koffer hereinreichte. Er sah müde und angespannt aus.

Ich blickte ihn verständnislos an. Was redete er da?

»Ich kann gut verstehen, wenn du sofort nach Hause willst. Du hast wirklich genug durchgemacht ...«

»Du hast wohl aus dem Nachttopf getrunken«, fauchte ich und knallte ihm die Tür vor der Nase zu. Lehnte die Stirn an den Türrahmen und weinte. Hätte ihn so gern beruhigt. Mit ihm gesprochen. Aber ich war zu überhaupt nichts mehr fähig, und erst recht nicht dazu.

Zitternd legte ich mich aufs Bett, zog die Decke über mich und wartete auf den Schlaf. Vergeblich. Schließlich setzte ich mich seufzend auf, nahm mir eine Zigarette. Gähnte und ging zum Fenster, das einen Spalt offen stand.

Der Mond war aufgegangen, die Büsche im Garten warfen im bläulichen Licht lange Schatten. Eine Erinnerung aus meiner frühen Kindheit stieg in mir hoch und brachte ein Echo ausgestandener Ängste mit. Ich war fünf Jahre alt, saß im Zug und schaute aus dem Fenster, während ich mit meiner Großmutter plauderte. Plötzlich sah ich, dass sie draußen auf dem Bahnsteig stand. Ich hatte gar nicht gemerkt, dass sie ausgestiegen war. Sie hatte mich vergessen, und jetzt klopfte sie alarmiert gegen die Fensterscheibe und winkte mich zu sich. Schnell, schnell! Der Pfiff zur Abfahrt ertönte, und ich wurde von Panik erfasst. In letzter Sekunde rettete mich das Eingreifen einer fremden Frau. Sie stieß die Tür auf, packte meine Hand und half mir die hohen Stufen hinunter.

Dieses Erlebnis wurde zu einem wiederkehrenden Albtraum. Was, wenn ich es nicht geschafft hätte? Ich wäre einfach verschwunden!

Ich schloss das Fenster, legte mich wieder aufs Bett und starrte in die Dunkelheit.

Irgendwann kurz vor Tagesanbruch schlief ich dann doch noch ein.

* * *

Die schmale Straße zog sich ein Stück am Fluss entlang, dann einen rostroten Berg hoch. Es war neun Uhr. Hinter uns hing ein feiner Dunstschleier über Agadir, doch hier knallte die Sonne von einem blauen Himmel, und das hohe Schilf am Flussufer wogte im Wind.

Harry hatte darauf bestanden, dass ich das Fahren ihm überließ, und mir war das nur recht. Ich hatte Schmerzen in Hals, Nacken und Schultern, mein ganzer Körper fühlte sich schwer und müde an. Mit etwas Abstand folgten wir dem grauen Geländewagen von Driss und Malika. Sie kannten den Weg und drückten ordentlich aufs Gas.

»Jetzt müssen sie aber mal ein bisschen langsamer werden«, murmelte Harry und hielt sich so weit wie möglich am Straßenrand, als ein uns entgegenkommender Lastwagen dröhnend hupte und in einer Staubwolke an uns vorüberdonnerte.

»Idiot!«, rief ich erschrocken.

Harry schnaubte und nickte. »Das hat er mit voller Absicht gemacht.«

Wir fuhren durch ein Dorf, das von terrassierten Feldern umgeben war. Die meisten Häuser hatten dieselbe rostrote Farbe wie die Berge, und an den vielen Wegen, die sich so weit das Auge reichte den Hang hochzogen, wuchsen Palmen. Ein junger Mann auf einem Motorroller jagte an uns vorbei. Er und eine schwarz gekleidete Frau, die mit einem Esel ein Feld pflügte, waren die einzigen Menschen, die wir sahen. Zwei magere Hunde bellten hinter unserem Auto her, als das Dorf hinter uns zurückblieb.

Nun ging es bergauf. Harry umklammerte das Lenkrad und konzentrierte sich aufs Fahren. Eine Haarnadelkurve folgte auf die andere. Dann fiel die schmale Gebirgsstraße unvermittelt ab, und die Landschaft wurde immer öder.

»Oh Scheiße«, rief Harry und warf einen Blick in den Rückspiegel. »Wir haben Gesellschaft.«

»Was?«

»Uns folgt ein grüner Citroën.«

Mein Nacken stach vor Schmerz, als ich versuchte, nach hinten zu blicken. Fluchend öffnete ich den Sicherheitsgurt und drehte mich mühsam um. Entsetzt hielt ich kurz den Atem an. »Sie sind es! Es ist dasselbe Auto.«

Harry schaltete. »Kannst du sehen, wie viele darin sitzen?«

»Ich sehe nur zwei …«

»Hm.«

»Ob Malika und Driss sie schon entdeckt haben?«

»Das können sie ja wohl kaum übersehen.«

Ich holte zweimal tief Luft und kämpfte gegen die Panik an, die mich zu verschlingen und als lallendes Nervenwrack wieder auszuspucken drohte. Schloss die Augen und sagte mir, am helllichten Tag konnte uns nichts passieren, nicht, solange wir im Auto blieben, und schon gar nicht vor den Augen von Malika und Driss, das war einfach zu abwegig. Ich wiederholte es lautlos wie ein Mantra, hämmerte es mir ein. *Abwegig. Nicht am helllichten Tag.* Aber was wollten sie von uns? Was hatten sie vor? Ganz offensichtlich hatten sie uns überwacht und wussten vermutlich auch, wohin wir unterwegs waren. Mir wurde eiskalt, und ich biss mir auf die Lippen. Verdrängte den Gedanken, ertrug ihn einfach nicht, wollte das alles gar nicht wissen. Vielleicht versuchten sie uns einfach nur Angst einzujagen. Ja, so musste es sein. Ich klammerte mich an diese Hoffnung und schaffte es, mich so weit in den Griff zu kriegen, dass ich mit zitternden Fingern mein Feuerzeug suchte und mir eine Zigarette anzündete. Die letzte in der Packung. Ich rauchte zu viel.

Wir fuhren dahin. In regelmäßigen Abständen warf Harry einen Blick in den Rückspiegel, sagte aber nichts. Ich schwieg ebenfalls.

Endlich erreichten wir einige verrostete, verbeulte Straßenschilder, die in unterschiedliche Richtungen wiesen, und der Geländewagen vor uns bog nach links ab. Wir folgten ihm. Der grüne Citroën auch.

Ich zog heftig an der Zigarette und kurbelte das Fenster runter. Schweißtropfen standen auf meiner Stirn, meine Hände waren feucht.

Mitten in der Einöde tauchte auf einmal eine notdürftig zusammengeschusterte Bretterbude am Straßenrand auf. Ich starrte hinüber. Hinter einem Holztresen saß ein junges Mädchen und stützte das Kinn in die Hand. »Meat-Sandwiches«, stand in unbeholfenen roten Buchstaben auf einem Pappschild.

Wir hatten zwei weitere Kilometer hinter uns gebracht, als der grüne Citroën plötzlich Gas gab, ausscherte und an uns vorbeijagte. Ich konnte den Fahrer nur für einen Moment sehen, nicht lange genug, um viel zu erkennen. Zwei Sekunden später überholten sie auch den Geländewagen.

»Da gibt es wohl keinen Zweifel, wo die hinwollen«, sagte Harry, und die Sorge stand ihm ins Gesicht geschrieben. Natürlich dachte er an Leila und fürchtete, dass sie in Gefahr schwebte, falls sie sich wirklich im Dorf aufhielt. Daran hatte ich inzwischen meine Zweifel, aber das mochte ich nicht aussprechen. »Die wollen uns bestimmt nur Angst machen.«

»Möglich.« Er nickte düster.

»Sonst hätten sie doch gestern Abend etwas unternommen«, sagte ich und wusste selbst nicht genau, was ich damit meinte.

Er gab keine Antwort.

Ein Stück vor uns kam eine Abzweigung in Sicht, und in der Ferne tauchten einzelne Häuser auf.

»Glaubst du, da ist es?« Er warf einen Blick auf die Uhr. »Driss hat ja gesagt, wir würden gegen halb elf dort sein.«

Ein schmaler, staubiger Schotterweg führte uns durch eine Walnusspflanzung und bog dann ab zu dem Dorf mit den ockergelben Häusern. Als der Weg zum Trampelpfad wurde, hielten wir neben dem Geländewagen auf offenem Feld, wo zwischen Abfallhaufen auch andere Autos standen. Nachdem wir uns vergewissert hatten, dass sich kein grüner Citroën dazwischen versteckte, gingen wir zu Fuß den schmalen Weg weiter.

Malika stimmte mir halbherzig zu, dass es nur um Einschüchterung ging. »Es sollte wohl eine Warnung sein«, fügte sie hinzu.

Warnung wovor?, dachte ich, sprach es aber nicht aus. Ich hatte zu viel Angst, dass ich die Antwort kannte.

Eine verschleierte Frau, die in ihrem Küchengarten Unkraut jätete, hielt mitten in der Bewegung inne und starrte uns neugierig an. Malika trat zu ihr und fragte sie nach dem Weg zum Haus der Familie Aboutaleb, aber die Frau schaute rasch in eine andere Richtung und wich scheu zurück.

Wir erreichten einen offenen Platz, wo zwei junge Burschen Getreidesäcke auf einen Eselskarren luden. Vor dem Café gegenüber saßen ein paar Männer unter einem Walnussbaum und tranken Tee. Als wir auftauchten, verstummten sie und musterten uns mit düsteren, verschlossenen Gesichtern. Wer waren wir, was wollten wir?

»Sieht nicht gerade aus wie ein Empfangskomitee«, murmelte Harry.

Ich gab Driss die Bilder von Mehdi und Leila, und er ging zu dem Tisch der Männer, grüßte höflich, kehrte jedoch nach wenigen Minuten unverrichteter Dinge wieder zurück.

»Sie behaupten, weder die Familie Aboutaleb noch Mehdi und Leila zu kennen«, berichtete er gereizt.

»Die lügen doch!«, rief Malika.

Driss nickte. Einen Augenblick starrte er nachdenklich vor sich hin, dann lächelte er Harry und mir kurz zu. »Wir sind an einen Ort gekommen, den Gott vergessen hat und den der Teufel nicht haben will.« Er lachte verlegen, als wolle er um Entschuldigung bitten.

»Aber hier muss doch irgendwer sein, der …« Malika hielt in alle Richtungen Ausschau. Die Sonne brannte. Einige Hühner stolzierten gackernd herum und scharrten im Boden, und neben einem ausgetrockneten Brunnen mit zerbrochenen Mosaiken schlief eine Katze.

»Wenn Leila hier ist, hat es wenig Sinn zu lügen«, sagte Harry leise. »Früher oder später finden wir sie ja doch.«

Malika schob sich die Sonnenbrille auf die Stirn und sah ihn an. »Die reden hier wohl nicht gern mit Fremden«, sagte sie. »Erwarte nicht zu viel.«

Gegenüber dem Café war in einem fensterlosen niedrigen gekalkten Gebäude ein Laden untergebracht, und eine schwarz gekleidete Frau untersuchte die vor dem Eingang liegenden Kürbisse. Malika bedeutete uns zurückzubleiben und ging zielstrebig auf sie zu. Die Frau richtete sich auf. Sie war verschleiert, nur ihre Augen waren zu sehen. Sie sah Malika, machte auf dem Absatz kehrt und verschwand im Laden.

Malika blieb stehen und machte eine verwirrte Handbewegung. »Was ist hier bloß los?«

»Offenbar ist ihnen gesagt worden, dass sie nicht mit uns reden sollen«, meinte Driss. Ich musste an den grünen Citroën denken.

Wir gingen durch eine Gasse, doch überall stießen wir nur auf Schweigen und verschlossene Gesichter. Sowie wir auftauchten, verschwanden die Frauen in ihren Häusern oder Hinterhöfen wie dunkle flatternde Schatten.

»Natürlich hat kein Mensch je vom Haus der Familie Aboutaleb gehört«, knurrte Driss. Leicht verlegen erklärte er, der Unterschied zwischen Stadt und Land sei so groß, dass man es damit vergleichen könne, von einer Welt in die andere zu reisen. Dennoch blieb er zuversichtlich und meinte, wir würden das Haus noch finden. »Und Leila«, fügte er hinzu.

Ich sagte nichts dazu. Es war schon so viel schiefgegangen, dass ich das Gefühl hatte, in eine absurde Parallelwirklichkeit geraten zu sein, wo nichts war, was es schien. Von Anfang an waren wir überall belogen und betrogen worden, und ich misstraute inzwischen Gott und der Welt. Folglich konnte ich seinen Optimismus nicht teilen.

Ein Mädchen von vielleicht sieben kam mit ihrem kleinen Bruder auf dem Rücken durch die Gasse. Sie war barfuß und verdreckt, hatte aber ein niedliches Gesicht, und ihre Augen erinnerten mich an Ursula.

Malika blieb stehen und sagte etwas. Die Kleine lächelte strahlend. Dann plauderten sie ein wenig, Malika streichelte die Wange des Jungen und zog die Bilder von Mehdi und Leila hervor. Das Mädchen warf einen Blick darauf und nickte. Ich starrte sie an.

»Sie kennt sie«, sagte Driss leise und übersetzte für uns. »Sie sagt, dass Mehdi nicht mehr hier ist, dass sie aber Leila noch vor kurzer Zeit gesehen hat.« Er verstummte und lauschte aufmerksam. Seine Lippen verzogen sich zur Andeutung eines Lächelns. »Malika fragt, wann das war, aber die Kleine weiß nicht mehr, ob vor zwei Tagen oder zwei Wochen.«

Harry und ich wechselten einen Blick. Endlich tat sich etwas.

Das Mädchen fasste Malikas Jackensaum und ging den Weg zurück, den sie gekommen war. Malika winkte uns mit sich.

Wie durch Zauberhand war alle Müdigkeit verschwunden. Ich holte tief Luft, lugte verstohlen zu Harry hinüber. Konnte unsere Suche, konnten die vielen Tage voller Unsicherheit und Angst endlich ein gutes Ende nehmen?

Das Mädchen blieb vor einem Haus stehen, wo ein roter Plastikstuhl mit einer roten Wolldecke stand. Sie öffnete die Tür und rief etwas.

Malika wühlte in ihrer Tasche und gab der Kleinen ein paar Münzen, die blitzschnell verschwanden. »Ihre Großmutter passt auf das Haus der Familie Aboutaleb auf und hat daher einen Schlüssel«, sagte sie und fügte hinzu: »Ich habe behauptet, mit Leila verwandt zu sein …«

»Aber ist sie denn noch hier?«, fragte Harry heiser.

»Keine Ahnung. Aber jedenfalls *war* sie hier, und das ist …« Malika unterbrach sich, als eine kleine gekrümmte Frau in der Tür erschien. Sie hob den Kopf, die dunklen Rosinenaugen musterten uns neugierig. Malika grüßte und sagte etwas.

Die Frau fuhr sich mit der Hand über den Mund und zog ihr Kopftuch gerade. Dann schnalzte sie mit der Zunge, nickte, und nickte ein weiteres Mal.

Driss sagte etwas, das ihr ein Kichern entlockte, dann schnitt sie plötzlich eine Grimasse. Für einen Augenblick dachte ich, sie würde gleich in Tränen ausbrechen. Sie jammerte und schlug sich auf Knie und Ellbogen. Streifte den Ärmel hoch und hielt Driss einen mageren Arm hin, den der sorgfältig untersuchte. Dann wurde sie leiser und sagte etwas in vertraulichem Ton. Gleich darauf verschwand sie im Haus.

»Die arme Frau wird von Gicht gequält«, sagte Malika nüchtern. »Und Driss hat ihr gesagt, dass er Arzt ist. Das verschafft ihm immer eine gewisse Achtung.« Sie verstummte und hielt Ausschau nach der Alten. »Ich glaube, sie geht den Schlüssel holen …«

Ein Maisfeld grenzte an das am Ortsrand gelegene Haus der Familie Aboutaleb. Malika klopfte mehrmals an die Tür, doch niemand öffnete. Keine Leila, keine Menschenseele.

Harry Gesicht verriet seine Enttäuschung. »Wo zum Teufel steckt sie?«, rief er, und seine Worte blieben in der Luft hängen.

Die alte Frau zog den Schlüssel hervor und schaute sich um. Dann öffnete sie die Tür und scheuchte uns ins Haus. Rasch, rasch.

Wir betraten einen dunklen Raum mit Ausgussbecken, Herd und Kühlschrank sowie einem mit geblümtem Wachstuch bedeckten Tisch, vier Stühlen und einem Hocker. Ein Stapel blauer Plastikkisten fungierte als Regal, in dem Schüsseln und Krüge voller Besteck standen. An der Wand darüber hingen Töpfe und Pfannen.

Die Frau führte uns weiter in den Nachbarraum. Wir schauten uns suchend um, fanden aber keine Spur von Leila. Auf einem niedrigen Sofa an der Wand thronte eine Porzellanpuppe mit Glubschaugen und einem Tüllkleid, am Boden lagen Kissen um einen niedrigen Mosaiktisch verteilt. Auf dem riesigen Fernseher stand eine Glasvase mit roten und gelben Plastikblumen.

Es gab noch drei weitere Räume. Zwei hatten die Größe von Abstellkammern, der dritte, in dem ein Doppelbett stand, war ein wenig größer. Keins der Zimmer enthielt einen Schrank, am Fußende des Bettes standen Kisten voller Kleider.

»Was ist denn mit dem Haus?« Ich sah Malika an. »Steht es einfach leer oder was?«

Malika wandte sich an die Frau, die daraufhin gestikulierte und erzählte. Sie redete und redete. Malika hörte zu und nickte. Schließlich übersetzte sie. »Sie hat die Eltern und ihre Kinder gekannt, sagt sie. Jetzt gehört das Haus der Familie, und sie passt darauf auf. Sie glaubt nicht, dass irgendwer hier leben will, denn alle sind in den großen Städten so beschäftigt. Youssef schaut ab und zu vorbei, und Halima und Mohammed verbringen manchmal den Sommer hier.«

»Kann sie uns etwas über Leila und Mehdi sagen?«

»Ja, ihre Enkelin hat offenbar recht, sie waren beide hier.«

»Wann?«, fragte Harry hastig.

»Sie behauptet, das nicht mehr zu wissen.«

Als wir in die Küche zurückkehrten, ging plötzlich die Tür auf, und ein Mann kam herein, breite Brust, kräftig gebaut, mit kleinen dicken Händen. Sein Bart war frisch getrimmt und seine schwarzen Haare mit Brillantine an seinem von einem kleinen Fez gekrönten Kopf festgeklebt. Er musterte uns finster, und seine Augen funkelten unheilverkündend. Dann redete er aufgebracht auf die alte Frau ein, stauchte sie offenbar zusammen. Sie wurde bleich und wand sich. Eine heftige Meinungsverschiedenheit folgte.

Driss mischte sich ins Gespräch, aber der Nachbar – zumindest vermutete ich, dass er ein Nachbar war – wurde sofort wortkarg und abweisend.

»Was zum Teufel –« Harry hob plötzlich die Hand. »Da ist ja ihre Tasche!«, rief er.

»Was?« Ich runzelte die Stirn und sah mich um.

»Da hängt sie!«

Ich folgte seinem Blick und entdeckte tatsächlich Leilas braune Ledertasche, die fast verborgen unter einem Geschirrtuch über einem Stuhlrücken hing.

»Die muss sie vergessen haben.« Er hob das Tuch hoch.

Vergessen? Ich dachte mir meinen Teil. Mir wurde kalt.

Der Nachbar trat drohend auf Harry zu, sagte laut und wütend etwas und streckte die Hand aus.

»Du sollst ihm die Tasche geben«, übersetzte Malika.

»Kommt nicht in Frage.« Harry öffnete die Tasche, suchte kurz darin und hielt ein Portemonnaie in die Höhe. »Das gehört Leila, ich erkenne es sofort. Da ist kein Irrtum möglich, schaut her …«

Ich sah das Portemonnaie und dann Harry an. Tränen verschleierten meinen Blick. Er hatte noch gar nichts begriffen.

Der Nachbar hob die Stimme, packte die Tasche und versuchte sie Harry zu entreißen. Harry stieß ihn weg. Die Frau griff nach der Hand des kleinen Mädchens, und gemeinsam rannten sie aus dem Haus. Der Nachbar schrie, spuckte vor Wut und fuchtelte mit den Armen. Driss schaltete sich ein, wurde aber mit einer wilden Handbewegung abgewiesen.

»Was soll denn das?«, rief Harry aufgebracht. »Begreift er nicht, dass die Leila gehört? Er soll seine Finger davon lassen.«

»Er behauptet, es sei seine«, murmelte Driss besorgt.

Malika trat einen Schritt näher und versuchte freundlich, aber entschieden die Zusammenhänge zu erklären, aber auch sie stieß auf taube Ohren. Der Mann würdigte sie keines Blickes. Ein paar Sekunden lang zitterte er vor Erregung und starrte uns zornig an, dann gab er auf, warf den Kopf in den Nacken und machte auf dem Absatz kehrt. Die Tür fiel hinter ihm ins Schloss.

Die Stille war ohrenbetäubend.

Wir sahen uns unsicher an. »Ich glaube, wir sollten zu den Autos zurückgehen«, sagte Driss kurz.

Als wir das Haus verließen, blieb ich für einen Moment stehen. Leila. Hier war sie aufgewachsen. Hier war sie ein kleines Mädchen voller Träume und Hoffnungen gewesen. Hier war sie vergewaltigt, von ihrer Familie verraten und misshandelt worden. Ich starrte den Lehmschuppen an. Hatten sie sie damals dort eingesperrt? Bestimmt.

Ich seufzte und wollte gerade hinter den anderen hergehen, als mir plötzlich ein Gedanke kam. »Wartet«, rief ich und lief zum Schuppen. Ich hob den Riegel und lauschte. Hörte ein leises Summen. Ich fuhr zusammen, als eine magere Katze zwischen meinen Beinen hindurch nach draußen schoss. Dann öffnete ich die Tür weit und trat einen Schritt vor.

Das Dach war undicht, ein schwacher Sonnenstreifen drang herein. Ich blickte zur Decke hoch und riss entsetzt die Augen auf. Dann wurde mir übel, und ich schnappte nach Luft.

Sie hing an einem Strick. Die Fliegen umschwirrten sie als schwarze Wolken. Krochen über ihre Brust. Und ihr Gesicht war zur Hälfte verschwunden.

Ich taumelte, hielt mir Mund und Nase zu. Der Gestank war unerträglich. Von Grauen erfüllt starrte ich die schleimige, breiige Masse an, die unter ihr den Boden bedeckte. Mein Magen zog sich krampfhaft zusammen. Erschüttert schloss ich die Augen, öffnete sie wieder. Nein!

Driss reichte mir ein Taschentuch, als ich rauskam.

»Was ist denn los?«, rief Harry.

Mit zitternden Händen wischte ich mir den Mund ab und wich seinem Blick aus. Er runzelte die Stirn und ging auf die Tür zu.

»Harry!« Ich packte ihn am Arm. »Du darfst nicht …«, stammelte ich.

Die Sonne traf mein Gesicht. Ich sah ihn verwirrt an, schüttelte den Kopf und konnte mich kaum noch auf den Beinen halten. »Nicht«, murmelte ich leise. Er machte sich los, und ich sah ihn im Schuppen verschwinden. »Nicht …«

Abgrundtiefes Schweigen breitete sich aus.

Ich schloss die Augen. Wartete.

Endlich kam er heraus. Er hielt ihre Tasche umklammert und weinte lautlos.

In meinem Inneren erklang ihre Stimme. »Ich habe ihn so gern, Kit.«

Ich stürzte davon und erbrach mich.

* * *

Driss. Mitten im Chaos aus Tod und Verzweiflung wusste er, was zu tun war. Seine Stimme klang ruhig und gütig. Wir hörten auf ihn. Er erklärte uns, wir müssten sofort den Ort verlassen. Wir müssten so tun, als wäre nichts geschehen, wenn wir durchs Dorf gingen. »Sobald wir bei den Autos sind, rufen wir die Polizei an«, sagte er und ließ seinen Blick auf Harry ruhen. »Ich weiß, es ist hart.«

Wir gingen schnell, aber nicht zu schnell durch die Gasse. Es durfte um keinen Preis nach Flucht aussehen.

Niemand von uns sprach. Meine Sinne waren geschärft, immer wieder schaute ich mich um. Auf der Hut. Voller Angst. Eine entsetzliche Angst.

Überall die Präsenz schweigender Stimmen. Unsichtbare Blicke ließen uns nicht aus den Augen. Hinter verschlossenen Türen wurde gelauscht. Der ganze Ort wusste, dass wir da waren. Und der ganze Ort war gegen uns.

Malika hakte sich bei mir ein und drückte mich an sich. Ich sah sie dankbar an. Hinter mir gingen Harry und Driss.

Inzwischen waren weitere Männer zum Café gekommen. Noch mehr verschlossene Gesichter und feindselige Blicke. Die Stimmung war gereizt, aber niemand sagte ein Wort. War der Nachbar auch hier? Möglich. Ich hielt den Atem an, als wir vorbeigingen. Ich rechnete jetzt mit allem.

Wir gingen weiter über den Schotterweg. Eine Frau kam auf einem Esel angeritten. Sie war verschleiert und saß im Damensitz. Mein Blick trübte sich, aber ich sah sie an und wusste, vor vielen Jahren wäre ich jetzt stehen geblieben und hätte gedacht, die Welt sei schön und pittoresk. Dauernd veränderte sich die Wirklichkeit. Oder war ich es, die sich änderte?

Als wir die Autos erreichten, erbrach ich mich wieder. Verdammtes Leben! Was willst du von mir? Die Hälfte hätte doch dicke gereicht für einen weiteren Abstecher in die Klapse.

Malika reichte mir eine Wasserflasche. Ich spülte mir den Mund aus, versuchte den bitteren Geschmack loszuwerden.

Harry ließ sich gegen die Wagentür sinken. »Warum hat Leila … sie hätte doch nie …« Er schlug sich die Hände vors Gesicht, seine Schultern bebten.

Driss legte ihm die Hand auf den Rücken. »Natürlich hat sie das nicht getan«, sagte er leise. »Sie haben versucht, es als Selbstmord zu tarnen.«

Ich nickte, er hatte recht. Ich zweifelte nicht eine Sekunde daran, dass das Szenario arrangiert war. Jemand wollte den Anschein erwecken, dass Leila sich erhängt hatte. Aber das stimmte nicht. Leila hätte nie Selbstmord begangen. Niemals.

Nach kurzer Besprechung rieten Malika und Driss uns, nach Marrakesch zurückzufahren, den Wagen abzuliefern und heimzufliegen.

»Wir verständigen die Polizei, sobald ihr weg seid«, sagte Driss.

»Ihr könnt ja doch nichts mehr tun …« Er verstummte und musterte uns mit ernster Miene. »Und um ganz ehrlich zu sein, ich fürchte, es macht alles nur noch komplizierter, wenn ihr hierbleibt«, fügte er hinzu.

Es gab ein abwartendes Schweigen. Malika blickte auf die Uhr. Ich schaute mich unruhig um.

Schließlich sah Harry mich an. »Ich bleibe bei Driss und Malika«, sagte er mit gepresster Stimme. »Aber ich finde, du solltest nach Hause fahren, Kit.«

Ich verstand ihn ja. Er wollte bei Leila sein. Aber die Leila, bei der er sein wollte, gab es nicht mehr. »Du auch. Wir fahren beide nach Hause, Harry, hörst du?« Meine Stimme hob sich eindringlich. »Du kannst nichts mehr für sie tun.«

Er wandte sich ab.

»Wir kümmern uns um alles«, versprach Malika mit ungewohnt hartem Blick. »Und wir rufen euch an.«

Harry fuhr sich unschlüssig mit der Hand übers Kinn.

»Es kann durchaus gefährlich für euch sein, hierzubleiben«, sagte Driss kurz. Da machte Harry eine resignierte Handbewegung.

Ich schob mich hinters Lenkrad, holte tief Luft und starrte mutlos vor mich hin. Würden wir je erfahren, was wirklich geschehen war?

Harry setzte sich neben mich, er bewegte sich in Zeitlupe. Leilas Tasche lag auf seinen Knien.

Dann riss ich mich zusammen, schloss die Tür, ließ den Motor an und kurbelte das Fenster runter.

Malika ergriff meine Hand. »Ich rufe an. Fahrt vorsichtig.«

Ich nickte und fuhr los. Kleine Schweißperlen traten mir auf die Stirn und liefen über mein Gesicht. Meine Hände umklammerten das Lenkrad. Immer wieder schaute ich in den Rückspiegel und befürchtete, einen grünen Citroën zu sehen.

Nach ungefähr einer Stunde fing Harry an, im Handschuhfach nach seinen Zigarillos zu suchen. »Wir hätten gestern herfahren sollen«, flüsterte er. »Warum zum Teufel sind wir nicht gestern hergefahren?«

»Ach komm, Harry«, sagte ich sanft. »Sie ist doch seit Tagen tot.«

»Ich hätte sie niemals fahren lassen dürfen«, sagte er mit gebrochener Stimme. »Nicht allein.«

»Du konntest sie nicht davon abhalten.«

Er gab sich Feuer und antwortete nicht. Ich konzentrierte mich aufs Fahren. Eine Haarnadelkurve nach der anderen, und die Lastwagen versuchten immer wieder, mich anzutreiben. Ich fluchte und schimpfte, und irgendwie half mir das. Jedenfalls traten die Gedanken an das Geschehene in den Hintergrund.

»Hast du Hunger?«, fragte ich nach einer weiteren Stunde.

Er schüttelte den Kopf. »Aber ich könnte einen Whisky vertragen.«

»Hast du welchen?«

»Ich habe eine Flasche im Koffer.«

Wir machten Halt an einem Benzintank neben einem Bahnübergang mitten im Nirgendwo. In einem verrosteten Blechschuppen ein paar Meter weiter verkaufte ein Mann Zigaretten, Getränke, Schisch Kebab und gebratene Schnecken. Ich begnügte mich mit zwei Päckchen Kippen und einer Cola.

Harry trank einen Schluck Whisky und hielt mir die Flasche hin.

Ich schüttelte den Kopf und gab mir Feuer. »Ich bleibe wohl besser bei Cola.«

Wir schwiegen einige Zeit. Ich zog an der Zigarette und schaute ein paar Frauen hinterher, die auf den Blechschuppen zuwanderten.

»Glaubst du, sie hat sehr gelitten?«, fragte Harry.

»Nein, das ist schnell gegangen«, antwortete ich, ohne die Frauen aus den Augen zu lassen, und versuchte überzeugt zu klingen.

Er nickte und trank noch einen Schluck Whisky. »Das glaube ich auch.«

Ein ramponierter Bus fuhr auf den Platz, gleich darauf wimmelte es um uns herum von Menschen.

»Es war kein Selbstmord«, sagte Harry.

Ich schüttelte den Kopf. »Nein. Das war Mord.«

»Very good, very good!« Ein Mann mittleren Alters in einem verschlissenen braunen Anzug und grünen Turnschuhen kam auf uns zu. Er streckte uns die geöffnete Hand entgegen, zeigte uns einen großen Klumpen Hasch und lächelte hoffnungsvoll. »Very good, very good.« Er hatte nicht einen Zahn im Mund. Wir schüttelten ablehnend den Kopf, und er steckte die Hand in die Tasche und verschwand.

»Aber warum?« Harry sah mich verzweifelt an.

»Vielleicht wusste sie zu viel.«

»*Was* wusste sie?«

»Tja. Unter anderem vielleicht das mit dem Testament.« Ich drückte meine Zigarette aus. »Und dann wollten sie wohl verhindern, dass sie sich mit Mehdi traf.«

Die Sonne hing tief am Himmel, als wir in Marrakesch eintrafen, wo wir den Wagen ablieferten und abrechneten. Der Vermieter staunte bei unserem Anblick und sagte, er habe uns noch nicht erwartet, wir hätten aber hoffentlich eine schöne Reise gehabt. Er wuselte lächelnd um uns herum und gab sich übermäßig beflissen. Was für Pläne hatten wir denn jetzt? Wollten wir weiter oder zurück zu Hassans Hotel? Konnte er uns auf irgendeine Weise behilflich sein?

Er ging mir auf die Nerven, trotzdem sagte ich höflich, wir hätten ausgecheckt, spielten aber mit dem Gedanken an eine oder zwei weitere Übernachtungen in der Stadt, ehe wir weiter nach Rabat führen, wo wir mit dänischen Freunden verabredet seien.

Er nickte eifrig, wollte uns ein anderes Hotel empfehlen. Er könne auch anrufen und ein Zimmer für uns bestellen, sollte er das tun?

Wir lehnten dankend ab, und ich lächelte verkrampft. »Wir möchten uns noch nicht festlegen«, sagte ich und nahm die Adresse entgegen, die er mir leicht beleidigt hinhielt.

»Was für ein Schleimer«, bemerkte Harry, als wir bald darauf mit unseren Rollkoffern die Avenue El Mouahidine entlanggingen.

Ich hob die Stimme, um den Lärm der vielen Autos zu übertönen. »Das kann man wohl sagen. Die Frage ist, wie gut er Hassan kennt. Es war bestimmt kein Zufall, dass der uns gerade diese Autovermietung empfohlen hat.«

Harry kniff die Augen zusammen. »Ja, verdammt. Wenn du richtig liegst, wollte er uns deshalb auch dieses Hotel aufschwatzen. Die wollen wissen, wo wir sind.«

Eigentlich hatten wir vor, den nächsten Zug nach Casablanca zu nehmen, wo Harry versuchen würde, uns auf den nächstmöglichen Flug umzubuchen. Aber ich merkte, dass ihn irgendetwas zurückhielt. Und nachdem wir fast eine Viertelstunde über Kleinkram geredet hatten, rückte er damit heraus: Er wollte mich in dem Café auf der Djemaa el Fna zu einem Glas Wein und vielleicht einem kleinen Essen einladen.

Völlig überrascht starrte ich ihn an. Ich wollte gerade sagen, dass der Zeitpunkt wirklich nicht gut gewählt war, zumal ich keinen Hunger hatte, beim bloßen Gedanken an Essen wurde mir schlecht, aber Harry kam mir zuvor. »Als wir zuletzt dort waren, lebte Leila noch«, sagte er heiser und ein bisschen verlegen. »Oder sie lebte zumindest in meiner Vorstellung noch, wenn du verstehst.«

»Natürlich.« Ich blieb stehen, verstaute Jacke und Tasche in meinem Koffer und nickte. »Dann mal los.«

Es war eine hirnrissige Idee, aber wenn ich in seine unglücklichen Augen schaute, mochte ich nicht widersprechen. Selbst wenn ich wusste, dass es nicht gerade klug war. Wir sollten besser zusehen, dass wir so schnell wie möglich nach Casablanca kamen. Aber für Harry war dies wichtig. Es war sein Abschied von Leila.

Aller Wahrscheinlichkeit zum Trotz schlug die Atmosphäre der Stadt uns abermals in ihren Bann, und für eine knappe Stunde wurden wir auf surreale Weise Teil des exotischen Alltagslebens, das hier ungerührt seinen Gang ging. Die Rufe der Straßenhöker und das Lächeln der Gaukler empfingen uns. Die vielfältigen Düfte der Gewürzbuden umschlossen uns, Minze, Kardamom und Koriander. Als wir die Djemaa el Fna überquerten, wurde von der Moschee laut zum Gebet gerufen.

Dabei war mir das alles eigentlich zu viel. Die Hitze und der

Schmutz. Das beständige Gesumm der Fliegen. Die ewigen Stimmen und der ewige Lärm. Das Geschrei des Muezzin auf dem Minarett.

Ich sah auf, und über den Bergen ging die rotgoldene Sonne unter. Und plötzlich empfand ich eine absurde Zusammengehörigkeit mit dem marokkanischen Chaos. Ein unerwarteter, seltsamer und unerklärlicher Hauch von Versöhnung. Das Leben, der Tod und das Großartige mitten in Hass und Grausamkeit. Denn hier war sie geboren, hier wurde sie ermordet, hier war sie, hier waren ihre Wurzeln. Das hier war Leilas Land.

Und das von Mehdi …

Etwa drei Stunden später saßen wir im Zug. Harry war blass und müde und starrte aus dem Fenster in die Dunkelheit. Ich lauschte den leise murmelnden Stimmen, die uns umgaben, während Stadt und Lichter in der Ferne verschwanden.

Die Abteiltür wurde geöffnet, und eine ältere Frau in Schwarz mit einem geblümten Netz und einer braunen Plastiktasche in der Hand kam herein. Sie nickte freundlich, nahm uns gegenüber Platz, zog ihr Kopftuch zurecht, strich ihr Kleid glatt und legte die Hände in den Schoß. Sie sah nachdenklich aus. Dann seufzte sie und schüttelte den Kopf, als wäre das, was ihr durch den Kopf ging, ganz abwegig oder als wäre es ihr zuwider. Schließlich zog sie ein sorgfältig eingepacktes Brot und ein Messer aus ihrer Tasche. Unsere Blicke trafen sich.

Sie schnitt eine Scheibe vom Brot ab und reichte sie mir. Ob ich probieren wolle. Ich hatte keinen Hunger, nahm das Brot aber an. Sie schaute mich abwartend an, ich nickte und biss hinein. Es schmeckte süß und gut. Das Lächeln ließ die dunklen Augen in einem Meer aus sonnverbrannten Runzeln ertrinken, und sie zeigte stolz auf sich. Es war ihr Brot, sie hatte es gebacken. Wieder nickte ich, biss noch einmal hinein und erwiderte ihr Lächeln. Entschieden teilte sie das Brot und packte die eine Hälfte in Zeitungspapier. Die war für mich. Ich bedankte mich gerührt. Sie machte eine abwehrende Handbewegung und schaute aus dem Fenster.

Unvermittelt dachte ich an Meriams Arm, übersät mit blauen Flecken. Was war geschehen? Hatte Youssef sie geschlagen, weil er herausgefunden hatte, dass sie Leila half? Und war Leila ermordet worden, weil sie zu viel wusste und die Pläne der Terrorzelle störte? Auf wessen Befehl? Karims? Er konnte durchaus der geistige Führer eines ausgedehnten Netzwerks sein, bei dem Mehdi als Opfer und nützlicher Idiot in der Hierarchie ganz unten stand. Halima und Mohammed waren einfach bloß stolz darauf, dass ihr Sohn erwählt worden war, während Leila mit allen Mitteln verhindern wollte, dass er als Märtyrer starb. Sie hätte ohne Bedenken allen und jedem erzählt, was sie wusste. Das war ihr vermutlich zum Verhängnis geworden.

Ich seufzte. Im Geiste hörte ich ihre Stimme: »Als ich klein war, war ich wild und sehr neugierig und stellte viele Fragen, bis meine Mutter wütend wurde und mir eine scheuerte. Und ihre Antwort war immer dieselbe: Weil Allah der Erhabene das gesagt hat. Aber ich machte, was ich wollte, und fragte immer weiter. So war Halima nie. Sie hatte Angst und tat, was ihr gesagt wurde. Und obwohl ich Prügel bekam, glaube ich, dass sie ab und zu ein bisschen neidisch war …«

Meriam hatte uns das Foto der beiden kleinen Mädchen in den hellroten Spitzenkleidern gezeigt. Leila und Halima. Was war zwischen ihnen geschehen? Halima war offenbar immer die Brave gewesen, die ihre eigenen Wünsche und Träume dem Willen der Eltern unterwarf. Ein Opfer, das ihrer Ansicht nach vielleicht nicht angemessen gewürdigt worden war. Hatte sie das Gefühl gehabt, in Leilas Schatten zu stehen? Hatte das womöglich ihren Zorn, ihre Eifersucht erregt? Hatte sie deshalb so grausam Rache genommen? Weil sie Leila um ihre Freiheit beneidete oder weil sie das Gefühl hatte, von ihr im Stich gelassen worden zu sein? Für Mohammed ging es sicher vor allem um die Ehre und das Geld, das sie erbten, wenn Mehdi zum Märtyrer wurde, aber Halima mochte von tieferen Gefühlen geleitet sein: Eifersucht und alter Groll.

Der Zug rumpelte durch die Dunkelheit, vorbei an verlassenen Bahnhöfen und einsamen Dörfern. Es ging auf acht Uhr zu. Ich schüttelte mich, schloss die Augen und versuchte die entsetzlichen Bilder zu verdrängen, die als ununterbrochener Stummfilm durch meinen Kopf jagten.

Ich fuhr hoch, als mein Telefon klingelte, blinzelte und wühlte in meiner Tasche. Es war Malika. Sie berichtete, dass sie mehrere Stunden auf die Polizei hatten warten müssen, aber nun war Leila in die Gerichtsmedizin gebracht und das Grundstück abgesperrt worden. Sie waren vernommen worden, und mittendrin war unverhofft der Nachbar der Familie Aboutaleb aufgetaucht.

»Er hat euch erwähnt«, sagte sie.

»Na toll«, meine Hand umklammerte das Telefon. Ich sah den Mann vor mir.

»Ganz ruhig, die wissen nicht, wer ihr seid. Driss hat gesagt, wir seien euch zufällig begegnet und ihr kämt aus den Niederlanden.«

»Haben sie euch das abgenommen?«

»Ja, warum denn nicht ...«

Ich lugte zu Harry hinüber, der aufmerksam zuhörte. »Aber wollten sie nicht unsere Namen wissen?«

»Doch«, sagte Malika und lachte kurz. »Also mussten wir welche erfinden. Deshalb suchen sie jetzt nach Jill und Piet aus Rotterdam. Wir haben behauptet, eure Nachnamen nicht zu kennen.«

»Sie suchen uns?« Ich schluckte. »Aber bedeutet das, dass nach uns gefahndet wird?«

»Nein, nach Jill und Piet.«

Mir wurde abwechselnd heiß und kalt. »Aber irgendwann finden sie vielleicht heraus, dass ...«

»Ach was, so weit kommt es nicht«, fiel sie mir ins Wort. »Rein formal müssen sie euch ja suchen, aber niemand rechnet damit, dass sie euch finden werden.«

Ich wusste nicht, was ich glauben sollte, und seufzte müde. »Was ist mit euch? Könnt ihr Probleme kriegen?«

»An uns sollst du nicht denken, wir sind Kummer gewöhnt. Driss hat viele Freunde, bei der Polizei und bei den lokalen Politikern, wir kommen schon zurecht.« Sie legte eine Pause ein.

»Don't worry. Everything will be fine«, versprach sie, und wir beendeten das Gespräch.

Ich seufzte skeptisch und ließ das Telefon in meine Tasche fallen.

Harry setzte sich gerade und sah mich fragend an. »Was ist los?«

Ich schüttelte den Kopf, ließ mich zurücksinken und schloss die Augen. Von Terroristen verfolgt und von der Polizei gesucht, konnte es noch viel schlimmer werden?

»Kit, zum Teufel, was ist los?«, fragte Harry noch einmal.

Ich öffnete die Augen und sah ihn an. »Es ist nicht zu fassen.«

»Was ist nicht zu fassen?«

»Die Polizei sucht uns«, sagte ich verzweifelt.

Er starrte mich verständnislos an.

* * *

»Last call, last call«, rauschte es aus dem Lautsprecher. »Mr. Leo Johanson, please go to gate 27.«

Ich saß auf einer Bank in der Abflughalle des Flughafens und passte aufs Gepäck auf, während Harry am Schalter von Air France Schlange stand. Wir hatten Rückflugtickets für kommenden Donnerstag, und er versuchte sie auf den nächstmöglichen Abflug umzubuchen. Wir wollten nur noch weg.

Ich lockerte mein Halstuch, massierte meinen wehen Nacken und gähnte. Die vertraute internationale Atmosphäre in der Abflughalle wirkte beinahe einschläfernd, auf eine seltsame Weise fühlte ich mich schon halb zu Hause, als wäre ich eben aus einem Albtraum erwacht oder hätte gerade nach einem langen Spielfilm den Fernseher ausgeschaltet und freute mich jetzt darauf, mit Sofie einen Waldspaziergang zu machen. Aber zugleich steckte mir noch die Angst in den Knochen, meine Nerven waren ausgefranst, und ich rechnete die ganze Zeit damit, dass eine Schar uniformierter Männer anrückte und jemand mir die Hand auf die Schulter legte.

Eine kleine Gruppe Chinesen mit Aktentaschen unter den Armen und VIP-Ausdruck im Gesicht, zwei Stewardessen in hellblauen Uniformen und hochhackigen Schuhen defilierten vorbei und hinterließen einen Kondensstreifen aus schwerem Parfüm und Rasierwasser. Schräg mir gegenüber saß eine müde Familie in einem Meer aus Habseligkeiten. Die Mutter hielt ein schlafendes Baby im Arm, auf einem gigantischen roten Koffer lag ein kleiner Junge und aß Gummibärchen, während der Vater mit den Händen in den Taschen dastand und auf die Informationstafeln starrte. Ich musterte sie, gähnte noch einmal und überlegte, wie wohl das Wetter in Dänemark war.

Dann riss mich Harry aus meinen Träumereien. »So ein Mist.« Er schnitt eine Grimasse. »Wir kommen erst übermorgen hier weg.«

Enttäuscht starrte ich ihn an und spürte ein Flattern im Bauch. »Wann denn?«

»Um elf, und wir müssen in Zürich umsteigen. Mit einer Wartezeit von …« Er runzelte die Stirn und musterte das Ticket. »Wir fliegen um neunzehn Uhr dreißig von Zürich weiter«, sagte er dann. »Das bedeutet drei Stunden Warten.«

»Hm«, ich setzte mich gerade. »Und was machen wir jetzt?«

»Wir müssen uns wohl ein Hotel suchen.«

Ich schloss die Augen, öffnete sie wieder und biss mir besorgt auf die Lippe. Wir hatten beide gehofft, noch heute Abend oder im Laufe der Nacht nach Hause fliegen zu können, und allein die Vorstellung, in Casablanca ein Hotel zu suchen, machte mir Angst. Der Geräuschpegel des Flughafens, die Atmosphäre von Reichtum, Möglichkeiten und Energie, die gut angezogenen Reisenden aus der ganzen Welt und die professionelle Höflichkeit der Stewardessen suggerierten mir eine merkwürdige Geborgenheit. Hier befanden wir uns in nach Christian Dior und Oscar de la Renta duftender Sicherheit. Hier konnte uns nichts passieren.

Ich griff zu meiner Tasche und stand auf. »Ich finde, wir probieren es erst mal im Flughafenhotel«, schlug ich vor.

Vor dem großen weißen Hotelgebäude, nur zwei Kilometer von der Abflughalle entfernt, gab es hohe Palmen und angestrahlte Beete. Wir öffneten die Glastüren und betraten ein Foyer mit weißem Marmorboden, teuren Geschäften und einem Café. In einer Ecke mit grünen Pflanzen und einer Sofagruppe saßen zwei elegante Frauen mit teuren Schuhen und redeten leise miteinander. Hinter einem runden Tresen stand ein grauhaariger Mann im dunklen Anzug und nickte uns freundlich zu.

Die Zimmer kosteten ein Vermögen. Ich insistierte, dass wir uns mit einem begnügten, aber davon wollte Harry nichts hören.

»Hör doch auf, Kit«, brummte er müde. »Ich hab Geld wie Heu und einen Rücken wie ein Greis, also will ich nicht auf dem Boden schlafen.« Dann bat er um zwei Raucherzimmer.

»Du! Geld wie Heu!« Ich schüttelte den Kopf.

»Ich hab doch mein Gespartes …«

Wir nahmen den Fahrstuhl und zogen unsere Koffer durch den langen Gang. Der Teppich verschluckte das Geräusch unserer Schritte.

»Ich geb ein Glas aus«, sagte Harry heiser, als wir vor unseren Zimmern standen. Es war deutlich, dass er fast am Ende seiner Kräfte war. »Sagen wir in einer halben Stunde?«

Ich war zum Umfallen müde und wollte am liebsten ein Bad nehmen und dann kopfüber ins Bett fallen, aber ich verstand auch, dass er Angst hatte, zusammenzubrechen, sobald er allein war. Ich bezweifelte sogar, dass ich überhaupt Schlaf finden würde.

Das Zimmer war der pure Luxus, mit großen Aussichtsfenstern und Blick auf Casablanca. Ich blieb eine Weile stehen und betrachtete das Lichtermeer der Stadt. Dann streifte ich meine Schuhe ab, holte tief Luft und nahm meine Toilettensachen aus dem Koffer.

Harrys Zimmertür stand einen Spalt offen, und im Badezimmer summte ein Rasierer.

»Komm ruhig rein«, er lugte um den Türrahmen. »Ich bin gleich fertig.«

Ich ließ mich in den weichen orangen Sessel sinken, schloss die Augen und versuchte mich zu entspannen. Ich fühlte mich noch immer wie gerädert und mein Nacken tat weh, wann immer ich den Kopf bewegte.

»Mir ist etwas eingefallen …« Er sah mich an und tupfte sich Rasierwasser auf die Wangen. »Was ist mit dem Autovermieter?«

»Was soll mit dem sein?«

»Der hat doch unsere Adresse in Dänemark und alles.«

»Na und?«

»Wenn die Polizei ihn aufstöbert, können sie uns mühelos ausfindig machen.«

Ich runzelte die Stirn. »Aber wieso sollten sie ihn aufstöbern?«

»Keine Ahnung.« Er machte eine vage Handbewegung. »Da sind ja noch die Typen in dem grünen Citroën. Sie wissen, dass wir in der Gegend waren …«

»Also komm!« Ich setzte mich gerade. »Ganz ehrlich, ich glaube nicht, dass wir aus der Richtung viel zu befürchten haben. Die haben doch selber Dreck am Stecken und wollen mit der Polizei bestimmt nichts zu tun haben.«

Er nickte nachdenklich und öffnete eine Flasche Rotwein aus der Minibar. »Vielleicht erfahren sie es über Umwege.«

Ich hielt ihm mein Glas hin und zuckte die Achseln. Er hatte natürlich recht, wir waren Zeugen. Es gab genug Leute, die wussten, dass wir in dem Dorf gewesen waren. Aber eigentlich glaubte ich nicht, dass es eine große Rolle spielte. Wir konnten uns natürlich auch selbst an die Polizei wenden und die Karten auf den Tisch legen, dann riskierten wir keine Missverständnisse. Oder doch? Meine Gedanken drehten sich im Kreis. Ich kam zu keiner Entscheidung. Ich wollte gar nicht daran denken, was aus Mehdi geworden war. Ich hielt das alles nicht mehr aus. Ich wollte nur nach Hause. Ich gab mir Feuer, zog an der Zigarette und sah mich suchend um. »Gibt es hier keinen Aschenbecher?«

Harry stand auf.

Mein Blick fiel auf die Tasche. Leilas Tasche. Sie lag auf dem Bett neben seiner Jacke. Als ich ihn danach fragte, wurde er verlegen. Nein, er hatte nicht hineingeschaut. Sollte er? Konnte man denn einfach so ihre Sachen durchwühlen? »Das ist zu privat«, sagte er, klang aber nicht überzeugt.

»Aber wenn du sie nicht sofort aufgemacht und Leilas Portemonnaie entdeckt hättest, hätten wir gar nicht sicher sein können, dass es ihre ist«, widersprach ich. »Und es kann noch mehr darin sein …«

»Was denn zum Beispiel?«

»Man kann nie wissen.« Ich erhob mich und streckte zögernd die Hand danach aus. »Darf ich?«

Er nickte nur und wandte sich ab.

Energisch verdrängte ich mein Unbehagen und öffnete die Tasche. Und wurde dann doch von Gefühlen überwältigt, als ich ihren Lippenstift in der Hand hielt. Legte ihn weg. Suchte weiter. Fand einen Spiegel, Handcreme, ein Deo und eine zerknautschte Packung Zigaretten. Hatte sie in Marokko ernsthaft mit Rauchen angefangen? Unten in der Tasche lag ein dicker Stoß zusammengefalteter Papiere. Ich faltete sie auseinander und überflog sie. Es handelte sich um Bahnfahrpläne aus Schweden, Dänemark und Deutschland.

»Was wollte sie wohl damit?«, murmelte ich.

»Was ist das?« Harry konnte seine Neugier nicht verbergen.

»Scheinen Zugfahrpläne zu sein«, ich reichte ihm die Blätter.

Er sah sie sich an. »Keine Ahnung«, sagte er achselzuckend.

In einem Seitenfach steckten ihre Schlüssel und ein Nagelknipser. Das war alles.

Harry erhob sich und verschwand im Badezimmer. Als er zurückkam, sah ich, dass er geweint hatte. »Möchtest du noch ein Glas?«, fragte er heiser und griff nach der Flasche.

* * *

Irgendwo klingelte etwas. Ich fuhr zusammen und schlug die Augen auf. Schaute mich verwirrt um. Wo war ich? Dann klingelte abermals mein Telefon. Ich sprang aus dem Bett, stürzte zur Fensterbank und schnappte mir den Ruhestörer.

»Driss hat eben mit der Polizei gesprochen«, erklang Malikas Stimme in meinem Ohr.

»Ja?« Ich ließ mich auf den Stuhl sinken, rechnete mit dem Schlimmsten. Ich schaute auf die Uhr, es war Morgen, kurz nach neun. Meine Hand zitterte wie Espenlaub, als ich sie nach den Zigaretten ausstreckte.

»Halima hat sich gestern an sie gewandt, oder sie haben sie ausfindig gemacht, ich weiß es nicht. Jedenfalls behauptet sie, Leila wäre in letzter Zeit tief deprimiert gewesen und habe mehrmals von Selbstmord gesprochen. Wenn Driss das richtig verstanden hat, hat sie ihnen diese ganze Geschichte über die Hochzeit und Leilas religiöse Krise aufgetischt. Sie hat auch den Imam genannt, der angeblich mit Leila gesprochen hat.«

Karim, dachte ich müde und gab mir Feuer. »Glaubt die Polizei das denn?«

»Anscheinend. Den Eindruck hatte jedenfalls Driss. Es ist ja auch schön bequem so.«

»Hm.« Liefen polizeiliche Ermittlungen in Dänemark eigentlich auch so? »Aber sie müssen das doch untersuchen.«

»Werden sie sicher auch. Auf ihre Weise.« Malika zögerte. »Du solltest dir keine großen Hoffnungen machen.«

Die Polizei hatte also kein weiteres Interesse an Jill und Piet. So, wie ich Malika verstand, würde das Ganze vermutlich unter den Teppich gekehrt werden.

»Halima hat die Sache an sich gerissen, wir können nicht viel tun«, sagte sie.

Wir beendeten das Gespräch, und ich öffnete das Fenster. Ich brauchte Luft. Strich mir die Haare aus dem Gesicht und atmete tief durch. Die Sonnenstrahlen trafen ein startendes Flugzeug, und ich folgte ihm mit den Augen, bis es verschwunden war.

Dann rief ich Harry an und erstattete Bericht. Er sagte nichts. »Hallo … bist du wach?« Es rauschte in der Leitung.

»Ja …« Er räusperte sich. »Das überrascht mich gar nicht, Kit«, antwortete er mit belegter Stimme. »Ich bin überzeugt, dass es so geplant war. Dass sie ihr Todesurteil in dem Moment besiegelt hat, als sie hier angekommen ist.«

»Gut möglich.« Ich schnaubte frustriert. »Deshalb wollten sie uns auch unbedingt loswerden.«

Ich wühlte im Koffer, grub meine letzten sauberen Sachen aus und legte sie aufs Bett. Dann ging ich ins Badezimmer. Unter der Dusche beschlich mich kurz der Gedanke, was für eine Erleichterung es trotz allem war, dass die Polizei sich für Harry und mich nicht mehr interessierte. Aber das war auch das einzig Gute an diesem Schlamassel.

Die Flecken an meinem Hals waren inzwischen tiefschwarz und sehr auffällig. Als ich mich geschminkt hatte, versteckte ich sie unter einem Halstuch, betrachtete mich im Spiegel und war halbwegs zufrieden mit dem Ergebnis.

Im Restaurant herrschte eine gediegene Atmosphäre. Gediegen in dem Sinne, dass hier nicht nur ein Hauch von Wohlstand in der Luft lag, es stank förmlich danach. Hier wurde man nicht mit den härteren Wirklichkeiten des Lebens konfrontiert, dafür sorgten allein schon die Preise auf der Speisekarte. Und darüber hinaus auch mehrere schlecht getarnte Wachmänner, die ich um den Haupteingang rotieren sah. Aber genau das brauchte ich jetzt. Einen Brutkasten für zarte Seelchen. Sicherheit. In dieser Umgebung mit gedämpfter Musik, klassisch natürlich, und hellroten Orchideen auf den Tischen stellte sich mein Appetit wieder ein. Ohne auf die astronomischen Zahlen auf der rechten Seite zu achten, studierte ich die Speisekarte, und mein Blick blieb an Eiern mit Speck und Baked Beans und Früchten hängen.

Ich war fest entschlossen, das Gelage diesmal selbst zu bezahlen. Harry lehnte ab. Ich protestierte. Wollte das nicht durchgehen lassen. Harry zuckte die Achseln. »Aber so machen wir es eben.«

Am Ende gab ich mich geschlagen. »Die Reichen haben die Macht«, knurrte ich, und zum ersten Mal seit zwei Tagen hörte ich ihn wieder lachen. Ich schaute aus dem Fenster, lächelte.

»Woran denkst du?« Harry fuhr sich mit der Hand übers Gesicht und sah mich an.

»Ich habe von Sigge und Ursula geträumt. Wir wollten gerade weggehen ...« Ich brach ab und erstarrte. Starrte ungläubig zur Tür. Zwei gut angezogene junge Männer verließen das Hotel und gingen auf ein wartendes Taxi zu. Sie sagten etwas und lachten.

»Ja? Wohin wolltet ihr?«, fragte Harry.

Der Taxifahrer öffnete den Kofferraum. Der eine junge Mann nahm die Sonnenbrille ab und steckte sie in seine Brusttasche. Meine Güte! Ich schnappte nach Luft, es war kein Irrtum möglich. »Da ist er!«

»Wer?«

»Mehdi! Da draußen, bei dem Taxi. Und Ben! Er ist mit Ben zusammen …« Ich sprang auf und stieß gegen eine Frau, die die Augenbrauen hob und mich missbilligend anfunkelte. Ich bat um Entschuldigung und stürzte aus dem Restaurant. Kämpfte mich durch einen Gruppe Japaner, die sich im Foyer aufgestellt hatten, und eilte weiter.

Das Taxi blinkte und setzte sich in Bewegung. Ich rannte immer noch, fuchtelte mit den Armen.

Mehdi schaute aus dem Fenster, und unsere Blicke trafen sich, als das Auto an mir vorbeifuhr. Ich winkte und schrie, aber umsonst. Das Taxi wurde schneller und rollte in Richtung Abflughalle. Verdammt! Ich sah mich um, doch es war hoffnungslos. Frustriert lief ich zurück ins Restaurant.

Harry stand vor dem Tisch und trat von einem Fuß auf den anderen. »Du hast recht, da gibt es keinen Zweifel«, sagte er erregt. »Das waren Mehdi und Ben!«

Ich nickte und griff nach meiner Tasche.

»Was jetzt?« Harry runzelte die Stirn.

»Wenn du hier wartest, nehme ich ein Taxi zum Flughafengebäude.«

»Yes, yes, don't worry.« Der Fahrer schaltete mit strahlendem Lächeln sein Radio aus, als ich hervorstieß, dass ich es eilig hätte. Sehr eilig. Dann zuckte er die Achseln, nickte bedächtig und ließ sich Zeit. Ich biss mir auf die Lippe und schaute auf die Uhr. Demonstrativ und ungeduldig. Kurbelte das Fenster herunter, holte tief Luft und überlegte, was ich sagen sollte, wenn und falls ich das Glück hatte, Mehdi noch zu erwischen. Würde er überhaupt mit mir reden wollen, hatte er eine Ahnung, wer ich war? Wie würde er reagieren, wenn ich ihm von Leila erzählte?

Ich schaute wieder auf die Uhr. Sah den Fahrer an. »Hurry, please, hurry …«

Das Taxi fuhr vor die Glastüren und blieb stehen.

Ich zahlte und stürzte in die Abflughalle. Lief weiter zur Information, wo eine große Frau mit hellroten Lippen berichten konnte, dass das Flugzeug nach Kopenhagen in einer halben

Stunde starten würde. Die Fluggäste gingen gerade an Bord. »Sie fliegen von Gate 12«, fügte sie hinzu.

»Wo finde ich den Check-in?«

Sie tippte auf ihrem Computer herum, ließ den Blick über den Bildschirm wandern und kratzte sich mit einem Kugelschreiber im Nacken. »Mal sehen …«

Ich trat ungeduldig auf der Stelle.

»Hier haben wir's«, sie schaute auf. »Es ist KLM: Schalter 34–35«, sagte sie endlich. »Aber die schließen jetzt wohl gerade …«

Ich hatte keine Zeit. Ich dankte ihr und hetzte weiter. Vorbei an den Schlangen, an Toiletten, Zeitungskiosk und Rolltreppe, während ich die Nummern der Schalter überflog. Blieb atemlos stehen und schaute mich hilflos um. Fuck! Vor oder hinter Schalter 34–35 war kein Mensch zu sehen.

Ein Stück weiter waren zwei Stewardessen in ein Gespräch vertieft. In einem Anfall von panischem Optimismus lief ich zu ihnen und fragte, ob es irgendeine Möglichkeit gab, mit jemandem Kontakt aufzunehmen, der gerade ins Flugzeug stieg.

Sie starrten mich verständnislos an.

»Öh … das Handy muss im Flugzeug immer ausgeschaltet sein«, sagte die Blonde freundlich und schaute mich über ihre Brille mit blauen Augen an. »Aber wenn sie noch nicht gestartet sind, können Sie es ja versuchen.«

Ein Schuss in den Ofen. Ich machte eine wilde Handbewegung, sah sie an – und gab auf. Es wurde zu kompliziert.

Unschlüssig blieb ich stehen. Was, wenn Mehdi gar nicht mit dieser Maschine flog? Das war doch durchaus möglich. Vielleicht würde er einen späteren Flug nehmen, oder er wollte gar nicht nach Kopenhagen. Dann könnte er noch im Transit sein oder in einem Café. Und was war mit Ben? Hatte er Mehdi nur zum Flughafen begleitet?

Ich drehte eine nervöse, atemlose Runde und schaute mich überall um, fand aber keinen Mehdi. Ich drehte noch eine Runde, dann sah ich widerstrebend ein, dass ich nichts mehr tun konnte. Chance verpasst.

Auf dem Weg zum Taxi rief ich bei Eigil Larsen an, aber der

meldete sich nicht. Ich ließ das Telefon in meine Tasche gleiten und beschloss, es später noch einmal zu versuchen. Auf jeden Fall musste der PET wissen, dass Mehdi allem Anschein nach auf dem Rückweg nach Dänemark war.

Wie verabredet wartete Harry noch im Café. Er schaute besorgt aus dem Fenster, und auf dem Tisch stand das segensreiche Essen, das ich bestellt hatte. Ich ließ mich auf den Stuhl fallen und schüttelte den Kopf.

»Schade«, sagte er enttäuscht und räusperte sich. »Es hätte Leila viel bedeutet …« Er verstummte und starrte seine Handflächen an. Dann schob er mir die Schüssel mit Rührei und Speck zu. »Es ist nicht mehr warm …«

»Das ist mir völlig egal.« Ich griff nach dem Löffel und seufzte. »Wenn wir doch bloß ein bisschen früher gekommen wären!«

Harry hob die Augenbrauen und schenkte mir Kaffee ein. »Hätte das etwas geändert?«

»Vielleicht hätten wir sie am Frühstücksbuffet getroffen.«

»Man kann nie wissen.« Er fegte mit der Hand ein paar Brotkrümel zusammen. »Aber warum war er mit Ben zusammen?«

»Der hat ihn vielleicht nur hergebracht.«

»Hm.«

Ich aß schweigend und in erster Linie aus Höflichkeit. Mit einem Hauch von schlechtem Gewissen musste ich feststellen, dass mein Appetit spurlos verschwunden war, aber Harry nickte zufrieden, als ich mich durch eine Portion kalte Baked Beans kämpfte. Und ich nickte pflichtschuldig zurück und sagte: »Lecker!«

Mein Blick streifte durch das Café und blieb an zwei Frauen am Tisch gegenüber hängen. Die eine zog eine Bluse aus der Verpackung und hielt sie sich vor. Die Bluse wurde gedreht und gewendet, befühlt und kommentiert. Ich beneidete die beiden um ihr belangloses Geplauder und sehnte mich nach einem unkomplizierten Leben. Dem Leben der anderen. Dabei wusste ich doch nur zu gut, dass nicht alles so war, wie es aussah.

Zehn Minuten später rief Eigil Larsen an. »Sie wollten mich sprechen?«

»Ja …« Ich schluckte mein Essen herunter und schob den Teller weg.

»Was ist mit Ihrer Mandantin, haben Sie sie erreichen können?«, fragte er.

Ich warf einen verstohlenen Blick zu Harry hinüber. Der saß angespannt vor seiner Kaffeetasse.

»Ich rufe eigentlich wegen des Sohnes an«, sagte ich leise. Es gab eine kurze Stille, und ich hörte Stimmen und ein Telefon, das im Hintergrund klingelte. Dann erzählte ich von Mehdi, wie er zu meinem großen Erstaunen plötzlich mit einem gewissen Ben im Hotel aufgetaucht war und ein Taxi zum Flughafen genommen hatte.

Eigil Larsen hörte aufmerksam zu und unterbrach mich nicht. Als ich fertig war, bat er mich, Mehdi und Ben so genau wie irgend möglich zu beschreiben. Ihre Kleidung, Frisur und alles, was es an Besonderheiten geben mochte.

Ich dachte nach, gab mir Mühe mit jedem Detail. »Natürlich weiß ich nicht mit Sicherheit, dass Mehdi nach Dänemark fliegt, aber das ist doch sehr wahrscheinlich?«, endete ich.

Schweigen. »Tja, es könnte glatt sein, dass …«, begann er, verstummte aber mitten im Satz.

Ich musterte meine Fingernägel und wartete.

»Sagen Sie, haben Sie Zeitungen gelesen oder ferngesehen?«, fragte er.

»Nein«, ich runzelte die Stirn. »Ist etwas passiert?«

»Das kann man wohl sagen.« Er räusperte sich. »Einer Droh-Mail zufolge, die gestern früh eingegangen ist, wird Dänemark in den nächsten Tagen, vermutlich schon morgen, einem Terroranschlag ausgesetzt sein, deshalb haben wir Alarmbereitschaft der höchsten Stufe.«

Mir wurde kalt. »Haben Sie irgendwelche Hinweise?«, fragte ich und umklammerte mein Telefon.

Er zögerte. »Wir haben gewisse Vermutungen«, sagte er dann neutral.

* * *

Mein Zimmer war gereinigt und das Bett gemacht worden, aber die Sonne schien herein, und es war heiß wie in einem Backofen. Ich riss das Fenster sperrangelweit auf, blies mir die Haare aus dem Gesicht und zog die Bluse aus.

Harry setzte sich aufs Sofa, schaltete den Fernseher ein und zappte nervös zwischen den verschiedenen Sendern herum, aber weder BBC noch CNN oder die französischen Stationen meldeten bevorstehende Terroraktionen. Er blieb bei einer Reklame für den weltbesten Ziegenkäse auf Rai Uno hängen und sah mich an. »Wieso glaubt er eigentlich, dass es morgen passieren wird?«, fragte er und krempelte seine Hemdsärmel auf. Kleine Schweißperlen standen auf seiner Stirn.

»Frag mich nicht.« Ich streifte meine Schuhe ab. »Er ist kein großer Redner.«

»Hm«, er nickte düster und zappte weiter.

Ein Sprecher sagte etwas über Deutschland und Schweden, das ich nicht mitbekam, aber die Satzfetzen erregten meine Aufmerksamkeit. »Lass das mal laufen«, sagte ich.

»Was denn?« Er war schon weiter.

»Das war wohl BBC.«

Harry schaltete zurück, und Bilder einer Demonstration in Deutschland liefen über den Bildschirm. Ängstliche, zornige und aufgeregte Männer und Frauen mit Transparenten und Pappschildern. Der Sprecher berichtete, sie wollten einen Atommülltransport aus Schweden nach Gorleben aufhalten, wo ohnehin schon große Mengen Atommüll aus Frankreich gelagert wurden. Der neue Transport hatte geheim gehalten werden sollen, aber wichtige Unterlagen über die Abmachungen zwischen Gorleben und dem AKW Forsmark bei Uppsala waren deutschen Aktivisten zugespielt worden. Den Vereinbarungen zufolge sollte ein Transport von zwölf Castorbehältern innerhalb der kommenden zwei Tage Gorleben erreichen. Ein Demonstrant sagte, dieser neue Transport wecke die Befürchtung, dass das Zwischenlager Gorleben zum Endlager werden solle, nicht zuletzt, weil die Gemeinde in der niedersächsischen Elbtalaue davon klare finanzielle Vorteile hätte. Es folgte ein Interview mit einer mir unbekannten

Politikerin. Ich hörte nicht hin, sondern starrte nachdenklich den Bildschirm an, während mich eine seltsame Unruhe erfasste.

Harry zappte weiter.

»Es ist eigentlich komisch«, sagte ich langsam.

»Was meinst du jetzt?« Er legte die Fernbedienung weg und griff nach seinen Zigarillos.

»Die Papiere in Leilas Tasche.«

»Was soll damit sein?«

»Wenn ich mich nicht irre, waren das Zugfahrpläne aus Schweden und Deutschland.«

»Ja und?«

Ich zuckte die Achseln und schüttelte den Kopf. »Das ist vielleicht weit hergeholt, aber der Weg nach Deutschland führt doch durch Dänemark, oder? Und dieser Demonstrant hat gesagt, dass innerhalb der nächsten zwei Tage ein Atommülltransport von Schweden nach Gorleben geht. Verstehst du?«

Er sah mich skeptisch an. »Das ist purer Zufall, Kit. Meinst du im Ernst ...?«

»Keine Ahnung.« Ich biss mir in die Lippe. »Aber es könnte doch interessant sein, das zu überprüfen, findest du nicht?«

»Sicher.« Er nickte nachdenklich und erhob sich. »Sekunde.« Dann war er verschwunden.

Ich öffnete den Schrank, nahm den Laptop aus dem Koffer, schaltete ihn ein und gab erst Gorleben und dann Atommüll/Schweden ein.

»Schau mal her«, sagte ich und zeigte auf den Bildschirm, als Harry kurz darauf zurückkehrte. »Es ist sogar sehr wahrscheinlich, dass die Demonstranten recht haben.«

Er legte die Bahnfahrpläne hin und beugte sich über den Tisch.

»Obwohl Schweden seit Jahrzehnten Atomkraft hat, gibt es noch kein Endlager für den radioaktiven Abfall«, las ich vor. »Bis auf weiteres wird er in Wasserbecken gelagert.«

»Das beweist noch nicht ...«

»Es kommt noch schlimmer.« Ich klickte den Artikel weg und surfte weiter. »Ein Dozent an der Uni Göteborg berichtet, dass Schweden große Probleme hat, seinen Atommüll loszuwerden, und dass schwedische Atomkraftwerke deshalb ununterbrochen und wohlgemerkt, ohne dass die Bevölkerung davon eine Ahnung hat, diesen gefährlichen Abfall durch die Schornsteine der Atomkraftwerke in die Umgebung verbreiten, hinzu kommt das Entleeren der Abfalltanks in Meer und Flüsse …« Ich schaute ihn vielsagend an, klickte den Artikel an und ließ mich auf dem Stuhl zurücksinken. »Das ist doch ein Skandal!«

Er runzelte die Stirn.

Ich drückte meine Zigarette im Aschbecher aus. »Wenn das stimmt, sind die deutschen Demonstranten nicht umsonst losmarschiert«, sagte ich und beugte mich über die Fahrpläne.

»Das scheint ja eine Vereinbarung mit weitreichenden Folgen zu sein.« Harry ließ sich in einen Sessel sinken. »Auf jeden Fall eine verdammte Schweinerei.«

Ich nickte zerstreut. »Komisch«, murmelte ich. »Das sind doch keine normalen Fahrpläne. Sieh mal …« Ich gab ihm ein Blatt und starrte die nächste Seite an. Maximum Train Length (m) 650. Loading Gauge/Profile. Reference Locomotive.

»Nein, aber …« Harry tippte mit dem Zeigefinger auf das Blatt. »Hier steht ja auch, dass es ein Systemfahrplan für Güterzüge ist.«

»Und hier kommen noch allerlei Landkarten.« Ich runzelte die Stirn und blätterte weiter.

Wir sahen uns noch einmal Seite für Seite an. Es gab Landkarten von Uppsala bis Dänemark und vom nordöstlichen Niedersachsen, und es gab einen Systemfahrplan für Güterzüge mit technischen Details und Abkürzungen, die wir nicht verstanden.

»Das AKW Forsmark liegt in Uppsala und Gorleben in Niedersachsen«, sagte ich heiser und strich das nächste Blatt glatt. Es war eine Übersicht über das dänische Eisenbahnnetz. »Und hier …« Ich starrte hin.

Harry starrte ebenfalls hin.

Es war ein kleiner Fleck, kaum größer als ein Fliegenschiss. Beim Bahnhof Valby. »Ist das Zufall oder …?«

»Schwer zu sagen.« Harry überlegte. »Es kann auch Dreck sein«, sagte er und kratzte mit dem Fingernagel daran herum, aber der Fleck verschwand nicht. Wir wechselten einen Blick.

»Die Frage ist, wie kommen diese Papiere in Leilas Tasche?«

»Ja, die Frage ist berechtigt.« Er runzelte die Stirn.

»Sie könnte sie bei Youssef zu Hause gefunden haben.« Wir schwiegen einen Moment. »Was passiert, wenn so ein Güterwagen explodiert?«, fragte ich dann.

»Voll mit Atommüll? Bist du wahnsinnig?« Er stand auf und lief unruhig hin und her. »Das wäre ein zweites Tschernobyl, oder noch schlimmer. Und wenn es Valby ist ...« Er schüttelte den Kopf. »Dann stehen wir vor einer Katastrophe unabsehbaren Ausmaßes. Das ist doch mitten in einer Großstadt, zum Teufel.«

Ich schloss die Augen, machte sie wieder auf und schauderte. »Was tun wir? Soll ich Eigil Larsen anrufen?«

»Wenn es wirklich so ist, wie du befürchtest, solltest du das sofort tun.«

»Aber kann das denn sein? Was meinst du?«

Er blieb stehen und überlegte. Dann fuhr er sich mit der Hand übers Gesicht. »Ich weiß es nicht, Kit«, sagte er schließlich. »Ehrlich, ich weiß es einfach nicht.«

Ich beugte mich vor, sah die Papiere noch einmal durch und starrte den kleinen Fleck an. Kaum größer als ein Fliegenschiss. Reichte das, um den PET zu alarmieren?

»Sieh mal, hier ist noch ein Fleck«, sagte Harry plötzlich und legte mir die Hand auf die Schulter. Seine Stimme klang erleichtert. »Und da noch einer ... und da!« Er zeigte darauf.

»Die sehen überhaupt nicht gleich aus«, murmelte ich und kniff die Augen zusammen.

»Doch, die zwei hier sind identisch«, sagte er voller Überzeugung und klopfte mit dem Finger darauf. »Das sind ganz kleine Kreuze.«

»Der Fleck bei Valby sieht anders aus«, sagte ich zweifelnd.

»Ach was, das bildest du dir ein.« Er lachte. »Und hier, sieh dir mal den Schienenplan an ... hier ist eine Weiche, hier ist eine Weiche, und hier ist eine Weiche. Weißt du, was ich glaube? Das sind Symbole für Signale oder Blinklichter oder so was.«

Ich starrte die kleinen Punkte an, bis sie vor meinen Augen tanzten. Dann schob ich resigniert die Papiere von mir. »Du könntest recht haben«, murmelte ich müde. Plötzlich fand ich es unerträglich heiß. Durch die Dreifachfenster war das Dröhnen eines Flugzeugs zu hören, das dicht am Hotel vorüberflog und sich blinkend zur Landung bereit machte, und vom Gang her ertönte das leise elektronische Klingeln des Fahrstuhls.

»Ich glaube, wir müssen mal zur Ruhe kommen«, sagte Harry leise.

»Meinst du, wir drehen durch?«

Er lächelte matt. »So ungefähr.«

Ich holte tief Luft und nickte. Es war durchaus nicht undenkbar oder auch nur erstaunlich, dass wir überspannt und nervös waren und am helllichten Tag Gespenster sahen. Wir hatten uns so lange durch eine absurde Wirklichkeit bewegt, es hätte mich kaum überrascht, wenn plötzlich die Tür eingetreten würde und Männer mit Maschinengewehren in unsere Zimmer gestürmt kämen. Das würde zu unseren Erlebnissen der letzten Tage passen, und vielleicht hatten die mir ja eine galoppierende Paranoia eingebracht. Aber dennoch. Der Zweifel ließ mich nicht los.

»Wollen wir nicht abmachen, dass wir für den Rest des Tages keine Spekulationen mehr anstellen? Nicht über Terror, nicht über Tod, nicht über …« Seine Stimme versagte. Er räusperte sich. »Nicht über den blödesten Furz. Ich kann nicht mehr, Kit. Jetzt denken wir nur noch daran, dass wir nach Hause fahren und in einem ganz gewöhnlichen Alltag ein ganz gewöhnliches Leben führen werden.«

»Können wir das?«

»Das müssen wir«, sagte er ernst. »Sonst endet es doch noch mit einem Zusammenbruch.« Seine Stimme klang gepresst. »Bei dir oder bei mir.«

Ich legte meine Hand auf seine. »Na gut«, murmelte ich und lächelte freundlich. »Du hast recht.«

Aber das war natürlich unmöglich. Der einzige Unterschied war, jetzt sprachen wir nicht mehr über bange Ahnungen oder düstere Gedanken, wir versuchten sie zu verdrängen. Sie waren aber die ganze Zeit da, bohrten und nagten.

Selbst ein Blinder konnte sehen, dass es Harry schlecht ging, als er sich unter dem Vorwand zurückzog, er wolle ein wenig »an der Matratze horchen«, wie er sich ausdrückte. Während ich in dem riesigen Hotel umherwanderte, war ich ziemlich sicher, dass er brütend in seinem Zimmer saß und alles hoffnungslos fand. Er fühlte sich für alles verantwortlich und hatte Schuldgefühle, besonders mir gegenüber. Deshalb bestand er auch die ganze Zeit so hartnäckig darauf, für uns beide zu bezahlen.

Von Heimweh gepackt stürzte ich mich in viel zu teure Einkäufe in den exklusiven Läden im Hotelfoyer. Schöne Haarspangen und ein Armband für Ursula, ein wenig zögernd und mit bangen Ahnungen ein Parfüm für Joan. Durfte man das? Einer ehemaligen Schwiegertochter ein Parfüm schenken? Oder war es zu privat? Würde sie sich überhaupt darüber freuen? Ich biss mir auf die Lippe. Himmel, ich wusste es nicht. Für Sigge kaufte ich ein Spiel und einen witzigen Wecker und heulte fast los, als ich ihn in Gedanken Benjamin nannte. Verdammt! Harry hatte recht, wir standen am Rand des Zusammenbruchs.

Auf meinem Zimmer versuchte ich, nicht die Papiere anzusehen, die noch immer auf dem Tisch lagen. Ich verstaute die Pakete in meinem Koffer und schaute auf die Uhr. In einer Stunde waren wir zum Essen im Restaurant verabredet. Ich unternahm einen energischen Versuch, mein Elend mit Lippenstift, Lidschatten und sogar Nagellack zu tarnen. Steckte mir die Haare hoch und behandelte ein Kleid mit Fleckentferner, so dass es gerade noch durchgehen konnte.

Dann saßen wir schweigend in einem Restaurant mit Kristallleuchtern und warteten darauf, dass alles überstanden war und wir nach Hause durften. Der Wein war gut, das Essen schmeckte hervorragend, und ich hatte wieder null Appetit. Aber Harry hatte es sich in den Kopf gesetzt, für mein Überleben zu sorgen, und um ihm eine Freude zu machen, verzehrte ich Vorspeise und Hauptgericht, doch beim Nachtisch musste ich endgültig passen.

»Es gibt Crême Brulée«, lockte er, aber ich beharrte auf meiner Weigerung. Ob er im Essen Trost fand? Ich musterte ihn. Vielleicht. Jedenfalls vertiefte er sich in die Mahlzeit, jeder Bissen wurde feierlich eingenommen, und ab und zu seufzte er.

An diesem Abend hatten wir keine Lust auf Rotwein oder Whisky im Hotelzimmer. Wir wollten allein sein. Irgendwie schienen wir beide die Nase voll vom Aufeinanderhocken zu haben. Das hieß nicht, dass ich ihn satthatte oder er mich. Wir waren nur des ständigen Zusammenseins überdrüssig. Erschöpft von den entsetzlichen Geschehnissen und den vielen Fragen, die zwischen uns auf der Lauer lagen und auf den geringsten Anlass warteten, um ausgesprochen zu werden. Wir konnten einfach nicht mehr, und das wussten wir beide, als wir uns leicht verlegen Gute Nacht sagten und auf unsere Zimmer gingen.

Es war erst elf, deshalb rauchte ich eine Zigarette und zappte ein wenig, ehe ich mir die Zähne putzte und schlafen ging.

* * *

In der Dunkelheit war Weinen zu hören, und die Welt war fremd. War das ein Kind?

Ich folgte dem Geräusch, bis die Straße verschwand. Ich ging immer weiter, wanderte umher und versuchte den Weg zurück zu finden. Dann saß ich plötzlich im Café in der Medina von Marrakesch. Die Sonne brannte und der Schweiß klebte mir mein züchtiges langärmliges Kleid an die Haut. Ich sah zwei alte Männer, die Wasserpfeife rauchten, und hörte, wie von der Moschee zum Gebet gerufen wurde. »Allahu-akbar, Allahu-akbar.« Der Greis mit den glasigen Augen sah mich an, im selben Moment ertönte ein furchtbarer Krach, alles verschwand, und ich wusste schon vorher, was jetzt kam. Blut strömte über die weißen Fliesen, und ich beugte mich weinend über einen jungen Mann mit zerstörtem Gesicht. Benjamin. Oh Gott. Ich schluchzte, warf mich hin und her. Hörte Harrys Stimme. Es war nicht Benjamin. Nicht Benjamin. Ich taumelte fort und sah, dass die abgehackten Kamelköpfe noch immer dahingen und leer das Mädchen anstarrten, das sich schreiend in einer Blutlache wand. Ich schleppte mich durch Mauerschutt, vorbei an Toten und verstümmelten Körpern, vorbei an dem Esel mit dem zertrümmerten Hinterleib, der sich schreiend aufzurichten versuchte. Und plötzlich sah ich die Frau. Ich rief, aber sie hörte mich nicht. Leila! Sie hatte einen Strick um den Hals, ihr Gesicht war von Fliegen zerfressen, sie waren noch immer da. Summten als schwarzer Schatten über ihrem Leib, fraßen sich in sie hinein und legten ihre Eier in ihrem Fleisch ab. Ich wurde von Panik überwältigt und wollte fliehen, aber es gab keinen Ort, an den ich fliehen konnte, denn in diesem Moment verbreitete sich ein blendendes Licht am ganzen Himmel. Wind kam auf. Ich hörte ihn, und er wurde zum Sturm. Eine riesige Wolke erhob sich über die Flammen. Ich stand in dem dunklen Bahnhof und sah überall Feuer auflodern. Das Metallschild über mir schlug hin und her. Valby. Menschen stürmten schreiend an mir vorbei in alle Richtungen, Menschen auf der Flucht. Eine Frau riss sich die Kleider vom Leib und warf sich nackt und jammernd zu Boden. Ihre Haut brannte. Der Sturm wurde immer stärker. Fenster wurden aus ihren Rahmen gepresst, Glasscherben und Leitungen wirbelten durch die Luft. Der Wind trug das Feuer weiter, es wurde zu einem Flammenmeer, die Hitze und ein Regen aus Glassplittern brachen über mich herein. Ich schlug die Hände vors Gesicht und entdeckte, dass von meiner Haut nur noch Fetzen übrig waren. Dann hörte ich den durchdringenden Heulton der Sirenen, steigend und fallend, steigend und fallend. Die Häuser um mich herum gingen in Flammen auf und stürzten ein, und das Wasser, das aus dem Asphalt quoll, war grün.

Ich hörte Weinen in der Dunkelheit. War das ein Kind? Ich ging dem Geräusch nach. Fand den Weg zurück und lief immer weiter. Taumelte umher und blieb stehen. Lauschte. Und dann sah ich sie, Sigge und Ursula, die sich in einem Flammenmeer aneinanderklammerten.

Mein Schrei zerfetzte die Dunkelheit, ich rang verzweifelt nach Luft und erwachte in Schweiß gebadet. Ich fuhr im Bett hoch und suchte den Lichtschalter. Ich zitterte am ganzen Leib, Schüttelfrost. Ich hatte das Gefühl zu ersticken, konnte mich nicht bewegen, starrte ins Leere, mein Herz hämmerte wie wild. Der Traum wollte mich nicht loslassen, er wurde zur Wirklichkeit. Dann waren die Bilder wieder da. Drängten sich auf und wollten nicht verschwinden. Die Wolke, die sich am Himmel ausbreitete, das Flammenmeer, die fliehenden Menschen. Sigge und Ursula.

Ich nahm mir eine Zigarette. Zog daran, sah dem Rauch hinterher und betete, dass es nicht stimmte. Und wusste zugleich, dass vieles schon geschehen war. Das Bombenattentat in Marrakesch, Leilas Tod. Und der Rest? War der letzte Teil des Traums nur eine aus Angst geborene Phantasie? Oder gab es etwas, das ich übersehen hatte, das sich jetzt aufdrängte und versuchte, in mein Bewusstsein zu gelangen? Als Traum? Als Warnung?

Ich schaute auf die Uhr. Es war vier. Ich griff zum Telefon, zögerte und legte es wieder weg. Konnte ich mitten in der Nacht wegen eines Traums jemanden anrufen? Alle Welt würde mich für komplett verrückt halten. Aber dennoch. Ein Teil davon war Wirklichkeit, war durchaus kein purer Unsinn, und was scherte mich überhaupt die Ansicht von aller Welt? Es war ein Risiko, das ich eingehen musste. Die Alternative war zu entsetzlich. Wie würde ich mich fühlen, wenn ich nichts unternahm und sich dann herausstellte, dass meine Vermutungen zutrafen und mein Traum Wahrheit wurde?

Entschieden griff ich abermals nach dem Telefon und gab Eigil Larsens Nummer ein.

Das Gespräch dauerte fast eine Stunde.

Er versprach, dass der PET es bezahlen würde.

* * *

Harry hatte die Augen geschlossen, als die Stewardess mit dem Getränkewagen bei uns stehen blieb. Er fuhr zusammen, als ich ihm die Hand auf den Arm legte, blinzelte und musterte mich verwirrt.

»Möchtest du Kaffee?«

»Kaffee?« Er setzte sich gerade. »Ja … äh … und ein Sandwich.«

Am Morgen hatten wir vor allem gewartet. Ich hatte nur zwei Stunden geschlafen und rechnete mit dem Schlimmsten, aber plötzlich mussten wir dann los. Und als wir endlich im Flugzeug saßen, fühlte ich mich zum ersten Mal seit langer Zeit sicher, die Unruhe verließ meinen Körper, und langsam entspannte ich mich ein wenig. Ich konnte ja doch nichts tun. Das Einzige, wofür ich mich jetzt zu interessieren hatte, war das Essen. Ob es gut oder schlecht war, ob der Kaffee kalt war. Und die drei geschäftigen Stewardessen gaben sich alle Mühe, uns zufriedenzustellen. Ihr freundliches und entgegenkommendes Lächeln war Balsam für meine geschundene Seele.

Ich hatte Harry nichts von meinem Gespräch mit Eigil Larsen gesagt. Beim Frühstück spielte ich kurz mit dem Gedanken, entschied mich aber dagegen, als ich seinen Blick sah. »Glaubst du wirklich, dass ein Terroranschlag bevorsteht?«, fragte er matt, und ich winkte beschwichtigend ab. Er war so müde und zutiefst unglücklich. Er hatte mehr als genug zu tragen und sollte nicht mit weiteren Spekulationen belastet werden.

Die Stewardess fragte, ob wir noch Kaffee wollten, und ich hielt ihr meine Tasse hin.

Harrys Sitznachbarin, eine Engländerin, fing an zu plaudern, und er antwortete höflich, aber ein wenig kurz angebunden. Sie ließ ihn bald in Ruhe und richtete ihre Aufmerksamkeit auf den Fernsehschirm, als eine Hollywoodkomödie gezeigt wurde. Harry und ich wechselten einen Blick, dann schloss er die Augen und schlief ein. Oder tat so.

Als wir uns Zürich näherten und das Flugzeug zur Landung ansetzte, schaute ich aus dem Fenster auf das verschneite Bergmassiv. Plötzlich fiel mir ein, dass das Ziel der Terroristen ja nicht unbedingt Dänemark zu sein brauchte. Wenn der kleine Punkt bei Valby nicht von Bedeutung war, konnten sie überall zwischen Schweden und Deutschland zuschlagen. Aber Eigil Larsen hatte von einem für Dänemark angekündigten Terrorangriff gesprochen, und das konnte doch einfach kein Zufall sein. Oder? Ich hatte keine Ahnung.

Meine Gedanken wanderten zu Mehdi. Wusste er, was mit Leila geschehen war? Kaum. Ich seufzte und versuchte die Beine auszustrecken, aber meine Tasche war im Weg. Wenn und falls Mehdi festgenommen wurde, wollte Eigil Larsen für mich ein Treffen mit ihm arrangieren.

Einzelne Fluggäste klatschten, als das Flugzeug einige Minuten später sanft auf dem Boden aufsetzte, die meisten aber waren zu blasiert. Harrys Sitznachbarin lächelte mir ironisch zu.

In der Transithalle herrschte summende Geschäftigkeit. Alle waren mit zielstrebigen Schritten auf dem Weg irgendwohin. Zum Ausgang, zum Einkaufen oder auf der Jagd nach einem freien Platz in einer Bar oder einem Restaurant. Harry und ich hatten Glück. Nachdem wir zehn Minuten ziellos umhergeirrt waren, entdeckten wir einen offenen Bereich mit Grünpflanzen und Sitzgelegenheiten, wo die Menschen halb saßen, halb lagen und schliefen, und fanden auch noch einen freien Tisch im Café neben dem Duty-free-Shop. Wir ließen uns nieder und Harry ging zum Tresen, um Bier zu holen.

Uns gegenüber saß ein grauhaariger Mann in Hawaiihemd und Lederhose mit einem Laptop und einem iPod. Er rückte seine Ohrstöpsel gerade, wiegte sich rhythmisch hin und her und las die *New York Times*, während er zwischendurch die SMS beantwortete, die auf seinem Mobiltelefon einliefen.

Ich schob mir ein Stück Nikotinkaugummi in den Mund und ließ meine Blicke schweifen. Im Geschäft nebenan wurde hektisch eingekauft, Männer und Frauen mit vollgestopften, leise klirrenden Einkaufstüten liefen vorbei. Spontan überlegte ich, ob ich mich an dem Spaß beteiligen sollte, gab diesen Plan aber gleich wieder auf. Harry dagegen wollte »nur kurz eine Runde drehen und das Sortiment begutachten«.

Ich saß in Gedanken versunken da, das Kinn in die Hand gestützt, und musterte gleichgültig zwei junge Männer in Mehdis Alter, die an einem frisch gekauften Rasierwasser schnupperten, als mein Telefon klingelte. Für einen Moment rechnete ich mit Eigil Larsen, aber das Display zeigte eine unbekannte Nummer.

»Hallo Oma, hier ist Sigge!«

Ich fuhr zusammen. »Sigge!«, rief ich überrascht. Das Universum rotierte wie verrückt. Ich schnappte nach Luft, starrte überrumpelt vor mich hin. Dann schluckte ich und gab mir alle Mühe, in einen Alltagskosmos zu springen, nach dem ich mich verzweifelt sehnte, der aber so fern geworden war, dass ich fast nicht mehr an ihn glaubte. »Hallo, mein Schatz …« Ich wusste nicht, was ich sagen sollte. »Mein lieber süßer Ritter Fetthand! Von wo rufst du denn an?«

»Ich wollte nur schnell sagen, dass ich jetzt ein eigenes Handy habe.« Er klang stolz.

»Was hast du? Du meine Güte, du hast aber ein Glück. Von wem hast du das?«

»Von Mama. Und jetzt kannst du mich einfach immer anrufen.«

»Das mach ich natürlich!« Ich wurde total hektisch. »Soll ich gleich zurückrufen?«

»Nein, jetzt sitz ich im Bus, und wir müssen gleich aussteigen.«

»Wo wollt ihr denn hin?«

»Wir kommen gerade aus dem Schwimmbad. Und am Wochenende besuchen wir dich …« Er wurde unterbrochen, und ich hörte im Hintergrund eine andere Stimme. »Ich soll dich von Ursula grüßen«, sagte Sigge dann. »Aber, Oma, jetzt muss ich also aufhören … bis dann.«

»Okay …« Die Verbindung riss ab. Ich sah ihn vor mir, wie er sich durch das Gewimmel im Bus einen Weg bahnte, und steckte nachdenklich mein Telefon in die Handtasche. Holte tief Luft und heulte ein wenig. Wischte mir die Augen und schmunzelte dann. Ritter Fetthand und Prinzessin Erbsenblüte.

Der Grauhaarige gegenüber hob eine Augenbraue und glotzte. Mir war das egal, ich lächelte ihn müde an, aber mein Lächeln wurde nicht erwidert. Die Geräusche umsummten mich, der Lautsprecher brüllte Mitteilungen, die mich nichts angingen, und plötzlich hörte ich in Gedanken wieder Sigges Stimme: »Wir kommen gerade aus dem Schwimmbad …«

In derselben Sekunde war der Albtraum wieder da. Sigge wurde vom schrillen Geheul der Sirenen übertönt, und ich sah die fliehenden Menschen. Sah Häuser einstürzen, sah eine Stadt in Flammen. Ich schloss die Augen. Lieber Gott, betete ich unwillkürlich, mach, dass es nicht wahr ist.

»Willkommen in Kopenhagen. Der Kapitän und seine Besatzung hier an Bord der Boeing 737 wünschen allen eine gute Weiterreise ...« Der silbergraue Vogel war gelandet. Harry erwachte, schaute sich verwirrt um und gähnte. Dann standen wir auf, griffen nach unserem Handgepäck, warteten und folgten dem Strom.

Ich hatte auf dem ganzen Flug wie auf Nadeln gesessen und versucht, mir nichts anmerken zu lassen, um Harry nicht zu beunruhigen. Nun atmete ich erleichtert auf. Keine Horrormeldungen, keine Anzeichen für höchste Alarmbereitschaft, nichts als vertraute, bekannte Umgebung. Ein Alltag, der in sicheren Rahmen steckte und mit uns oder ohne uns weiterging, als wäre nichts passiert.

Die Luft war kühl und scharf und staublos. Auf dem Weg durch den Flughafen hörte ich zwei Frauen übers Wetter reden, offenbar hatte es seit über einer Woche geregnet. Ich fröstelte und dachte, dass ich meine Sandalen mit Schuhen vertauschen musste. Als wir am Gepäckband standen und nach unseren Koffern Ausschau hielten, hatte ich das Gefühl, sehr lange weg gewesen zu sein. Auf andere Weise als sonst. Ich wusste, dass es wegen Leila so war. Und weil wir um ein Haar gar nicht zurückgekommen wären. Zwischendurch hatte ich daran schon gezweifelt.

Traurig schaute ich zu Harry hinüber, der gut angezogen war mit Jackett und Hose, die er in einem Frühling voller Hoffnungen gekauft hatte. Oh nein, das Leben war wirklich nichts für Zartbesaitete.

Er wartete bei den Glastüren. Ich stutzte und war sofort auf der Hut, als ich ihn sah. Eigil Larsen.

»Ich habe versucht anzurufen«, sagte er freundlich. »Seit heute Morgen.«

»Im Flugzeug muss das Mobiltelefon ja ausgeschaltet werden«, sagte ich schroff, dann fiel mir ein, dass er ein Freund war, kein Feind.

Harry schaute mich an und sah dabei aus wie ein misstrauisches Fragezeichen.

»Das ist Eigil Larsen, von dem ich dir erzählt habe und der unsere Reise mit großem Interesse verfolgt hat«, murmelte ich bitter, holte tief Luft und erinnerte mich abermals daran, dass er sich die ganze Zeit als fairer und freundlicher Mann erwiesen hatte. »Und das hier ist mein Freund Harry, den Sie garantiert auf Herz und Nieren überprüft haben.«

Eigil Larsen lächelte freundlich, und die beiden nickten einander höflich zu. Aber mein geliebter Harry wollte nicht auftauen.

Ich sah ihn an. »Ich habe heute Nacht angerufen und Herrn Larsen über die Papiere in Leilas Tasche unterrichtet«, sagte ich ruhig. »Ich wurde plötzlich wach und hatte das Gefühl, dass ich das tun muss.«

Harry nickte verständnisvoll, aber kurz. Vielleicht ein wenig verletzt.

Ich suchte Eigil Larsens Blick. Was machte er hier, war irgendetwas passiert? »Hab ich total falsch gelegen?«, fragte ich unsicher.

»Im Gegenteil.«

»Haben Sie …«

»Ich glaube, wir haben eine gelinde gesagt unvorstellbare Katastrophe verhindert«, sagte er gelassen und schaute mir in die Augen. »Durch Ihren Anruf.«

Ich lächelte müde.

»Aber wir haben es geschafft.« Er nickte ernst. »Wir konnten die Götterdämmerung verhindern und haben sieben heilige Krieger auf frischer Tat ertappt.«

Ich schloss die Augen, wartete eine Sekunde und spürte, wie eine unbeschreibliche Erleichterung mich erfüllte.

»Was ist mit Mehdi?«, fragte Harry.

Eigil Larsen sah ihn an. »Keine Ahnung«, sagte er ruhig. »Er war nicht dabei, und die anderen behaupten, nicht zu wissen, wer er ist.«

Wir schauten einander an.

»Mehdi ist verschwunden«, sagte Eigil Larsen. »Aber ich bezweifle nicht eine Sekunde, dass wir wieder von ihm hören werden.«

Wir lauschten dem Regen, während Eigil Larsen in seiner Aktentasche suchte und Bilder hervorzog. Er machte Licht im Auto und reichte sie uns.

Ich sah die Fotos kurz durch und schüttelte den Kopf, hielt dann aber mitten in der Bewegung inne. »Das ist Ben«, sagte ich aufgeregt, und Harry nickte.

»Ben?« Eigil Larsen runzelte die Stirn. »Der vom Flughafen in Casablanca?«

»Ja, und in Marrakesch sind wir ihm auch zweimal begegnet.«

»Und Sie sind ganz sicher, dass er es ist?«

»Da ist überhaupt kein Irrtum möglich«, sagte Harry verärgert. »Wir waren doch vor kurzem erst mit ihm zusammen.«

»Es ist Ben«, wiederholte ich.

»Na gut.« Eigil Larsen grunzte nachdenklich und sagte dann: »Dieser Junge heißt Moustafa el-Saed und kommt aus Århus.«

»Was?« Ich machte den Mund auf, klappte ihn wieder zu und starrte das Bild an.

»Aus Århus?« Harry schnaufte ungläubig. »Wenn das stimmt, haben sie uns ja unbeschreiblich verarscht.«

Ich sah ihn bestürzt an. »Er hat jedes Wort verstanden, das wir gesagt haben!«

Eigil Larsen sah uns fragend an, und ich erzählte von dem Essen bei Youssef und seinem Vetter Ben, der behauptete, in einer Kleinstadt in der Nähe von Marrakesch zu leben.

»Moustafa el-Saeds Eltern sind '85 hergekommen, er ist in Århus geboren und aufgewachsen«, sagte Eigil Larsen, als ich verstummte. »Ein halbes Jahr vor dem Abitur hat er die Schule geschmissen und ist nach Kopenhagen gegangen, wo er eine Putzstelle im Zentralkrankenhaus bekam. Er wohnt in Fredriksberg und gehört zu der Gruppe um Abu Hakim.«

»Meine Fresse!« Ich holte tief Luft und schüttelte den Kopf. Es war fast unvorstellbar.

»Ja, die sind nicht auf den Kopf gefallen.« Eigil Larsen ließ den Motor an.

Der Regen peitschte gegen die Fensterscheibe. Ich kroch fröstelnd auf dem Rücksitz neben Harry in mich zusammen und lauschte dem rhythmischen Kratzen der Scheibenwischer, während wir durch die Stadt fuhren. Es war Frühsommer, aber es war hundekalt.

»Wie Sie wissen, beobachten wir seit längerem Abu Hakims Haus in Hvidovre.« Eigil Larsen sah mich im Rückspiegel an. »In erster Linie, um sie nervös zu machen. Es gab auch allerlei Aktivitäten bei einem Reihenhaus in Glostrup und in einer Wohnung in Valby. Wir haben beide überwacht, aber heute Nacht nach Ihrem Anruf haben wir in Glostrup und Valby zugeschlagen. Uns blieb nichts anderes übrig.«

Harry und ich wurden in den Sicherheitsgurten nach vorn geschleudert, als er plötzlich bremste, einem Moped auswich und dann wieder Gas gab, während die Sirenen eines Einsatzwagens in der Ferne verschwanden.

»Das hat sich als kluge Entscheidung herausgestellt.« Er warf wieder einen Blick in den Spiegel, um sich zu vergewissern, dass wir zuhörten. »An beiden Orten haben wir Waffen und Sprengstoffgürtel gefunden. In Glostrup außerdem einen Dschihadfilm mit Propagandaszenen. Die beiden Flugzeuge vor dem World Trade Center, heilige Krieger und schwedische Atomkraftwerke. So was. Aber das Wichtigste war wohl die Aufnahme eines jungen Mannes, der sich von Freunden und Familie verabschiedet und stolz erzählt, dass er zu einem Märtyrereinsatz aufbricht. Es war nicht Mehdi, sondern Moustafa el-Saed. Den Sie Ben nennen.«

Ich starrte ihn entsetzt an. »Wann war das? Die Durchsuchung, meine ich?«, fragte ich und schluckte.

»Um acht Uhr heute Morgen. Nur eine Viertelstunde, nachdem der Junge, dem die Wohnung gehört, auf Facebook gepostet hat, Allah habe allen Muslimen befohlen, Juden und Christen zu bekämpfen und sie umzubringen.«

Es war still, die Scheibenwischer kratzten.

»Reizender Vetter«, murmelte Harry erschüttert.

Ich schaute aus dem Fenster. Fahrgäste stiegen in einen Bus. Ein junger Mann mit Fahrrad fuhr bei Rot los, ein Taxi hielt mit laufendem Motor halb auf dem Bürgersteig, während der Fahrer einer alten Dame beim Aussteigen half. Ein Mann mit Hund blieb vor der Ampel stehen, drückte auf den Knopf und wartete.

»Ja, das war knapp«, sagte Eigil Larsen unendlich weit von uns entfernt auf dem Vordersitz. »Der Zug mit dem Atommüll kommt um drei Uhr heute Nacht durch Valby.« Ich bekam eine Gänsehaut und sah wieder die Bilder aus meinem Albtraum vor mir. Eigil Larsen lächelte mich im Rückspiegel an. »Aber darüber reden wir nicht weiter, ja?«

Ich suchte Harrys Blick.

»Bedeutet das, dass wir die Klappe halten sollen?«, fragte er kurz. Ich hörte mühsam unterdrückten Zorn heraus.

»Wenn Sie es so ausdrücken wollen … kurz und gut, ja, das soll es heißen«, gab Eigil Larsen gelassen zu. »Das wäre das Beste für alle Beteiligten. Die Öffentlichkeit weiß zwar, dass wir einen Terrorangriff verhindern konnten, aber wir geben über die näheren Umstände nichts benannt.«

Wir fuhren auf die Autobahn. Er gab Gas, überholte einen Reisebus und jagte nordwärts.

»Heißt das, Sie halten auch die Information unter Verschluss, dass der Angriff einem Zug mit Atommüll gelten sollte?« Wut baute sich in mir auf wie eine Flutwelle.

»Es gibt keinen Grund, den Menschen mehr Angst zu machen als unbedingt nötig«, sagte er und klang für meinen Geschmack allzu sorglos.

»Finden Sie das richtig?«, fragte ich grimmig.

»Befehl von ganz oben«, antwortete er kurz.

»Ach.« Ich dachte mir meinen Teil, schwieg aber. Das war kein Diskussionsthema.

»Auf Wunsch der Schweden«, fügte er hinzu.

Es regnete nicht mehr und der Mond war aufgegangen, als Eigil Larsen vor dem Eingang zum Campingplatz hielt. Wir stiegen alle drei aus. Er öffnete den Kofferraum, und Harry und ich griffen nach unserem Gepäck.

»Ja, dann …« Er sah mich an, dann Harry, dann wieder mich. »Dann danke ich für die Hilfe.« Er reichte mir eine warme, trockene Hand. »War schön, Sie kennenzulernen. Ich hoffe, äh … ich würde mich freuen, Sie bald wiederzusehen.« Er lächelte freundlich und stieg ins Auto. Kurz darauf war er verschwunden.

Wir zerrten unsere Koffer über den Campingplatz. Das Gras quatschte unter unseren Füßen, und die Feuchtigkeit vieler Regentage hing in der Luft.

»Das solltest du dir gut überlegen«, knurrte Harry.

»Wie meinst du das?«

»Der will dich als Maulwurf benutzen.«

»Als Maulwurf!« Ich lachte. »Das kann er vergessen.« Ich schüttelte den Kopf und fand die Vorstellung nur albern.

Hier waren wir wieder, zwei verlorene Seelen auf einem Campingplatz. Als könnten wir auf irgendeine Weise einen Unterschied machen.

»Du spinnst«, sagte ich und versetzte Harry einen Rippenstoß.

* * *

»Hello, sweetiedarling! How are you? Hello, sweetiedarling! How are you?«

Die Sonne schien von einem hohen blauen Himmel, und Harry hatte den Käfig mit Coco vor die Tür gestellt. Er schob eine Erdnuss durch das Gitter und plauderte ein wenig mit dem Vogel. »Sie scheint sich langsam an mich zu gewöhnen«, sagte er heiter und richtete sich auf.

Gerührt nickte ich und senkte den Blick. Ich saß vor seinem Wohnwagen am Tisch und trank Kaffee. Ich hatte Besuch von Sigge und Ursula, die einem Ball hinterherjagten, während Sofie mit dem Schwanz wedelte und ihnen dicht auf den Fersen blieb.

»Oma!« Ursula blieb atemlos vor mir stehen. »Weißt du, wie man Bus buchstabiert?«, fragte sie und sah mich mit einem Funkeln in den blauen Engelsaugen an.

»Na? Lass mal hören!« Ich lächelte erwartungsvoll.

»P-I-S-S.«

Ich lachte laut, während meine Gedanken wie immer ihre

eigenen Wege gingen. Zwei Tage zuvor hatte ich in der Zeitung gelesen, dass in London ein Terrornetzwerk aufgeflogen war. Die Zeitung brachte das Bild eines jungen Mannes mit weißem Kittel und flammenden Augen. Ich sah ihn vor mir und seufzte tief.

Vor langer Zeit hatte ich Mehdi für einen flüchtigen Augenblick gesehen, aber ich war ihm nie wirklich begegnet. Hatte nie mit ihm gesprochen und wusste nicht, was er für ein Mensch war. Was er dachte und fühlte. Wenn ich es richtig verstanden hatte, hielt er sich wohl irgendwo in Pakistan auf, aber genau schien das niemand zu wissen. Für mich war vielleicht das Traurigste, dass er niemals die Wahrheit über sein Leben erfahren würde.

Ditte Birkemose, geboren 1953, arbeitete nach der Schule einige Jahre im Krankenhaus und ließ sich dann zur Erzieherin ausbilden. Später studierte sie in Kopenhagen Theologie. 1984 veröffentlichte sie ihr erstes Kinderbuch, dem weitere folgten. Für den Jugendroman *Længlens døtre* wurde sie 1988 vom Kultusministerium ausgezeichnet. Ihr erster Kriminalroman erschien 1993. 1996 kam der erste Band der Reihe um Privatdetektivin Kit Sorel heraus, der zweite Band *Engel der Stille* (*Hadets Engel*) erhielt 1998 den Dan-Turell-Preis. In den nächsten 10 Jahren schrieb Birkemose etliche erfolgreich verfilmte Drehbücher, eine Reihe von Kurzgeschichten für Zeitschriften in Dänemark, Norwegen und Schweden sowie Beiträge für deutsche Krimi-Anthologien. 2009 erschien mit *U 233* (*Eisnächte*, bei Ullstein unter dem Pseudonym Emma Høgh) wieder ein Kit-Sorel-Roman. Ditte Birkemose lebt in Kopenhagen.